ДВЕ СЕСТРЫ И КАНДИНСКИЙ

ВЛАДИМИР МАКАНИН

ДВЕ СЕСТРЫ И КАНДИНСКИЙ

РОМАН, ИЛИ СЦЕНЫ ИЗ ЖИЗНИ 90-Х

ЭКСМО
Москва
2011

УДК 82-3
ББК 84(2Рос-Рус)6-4
    М 15

Дизайн переплета *Петра Петрова*

Маканин В. С.

М 15   Две сестры и Кандинский / Владимир Маканин. —
М. : Эксмо, 2011. — 320 с.

ISBN 978-5-699-49974-8

Новый роман Владимира Маканина, автора главной книги «нулевых» — «Асана», — роман необычный.

«Две сестры и Кандинский» — яркое свидетельство нашего времени и одновременно роман-притча на тему о том, как «палач обнимется с жертвой».

Тема вечная, из самых вечных, и, конечно, острый неотменяемый вопрос о том — как это бывает?.. Как и каким образом они «обнимутся», — как именно?.. Отвечая на него, Маканин создал проникновенный, очень «чеховский» текст.

Но с другой стороны, перед нами актуальнейший роман-предостережение. Прошло достаточно времени с момента описываемых автором событий, но что изменилось? Да и так ли все было, как мы привыкли помнить?..

Прямых ответов на такие вопросы, как всегда, нет. Поживем — увидим.

УДК 82-3
ББК 84(2Рос-Рус)6-4

ISBN 978-5-699-49974-8

Изо всех продуваемых щелей вдруг начнут выползать *они*... Шепча!.. Вышептывая из себя задним числом свою вину и свою давнюю рассудочную боль.

Бедолаги. Их поставят в самую середину насмешек.

Но они вышепчут свое и выползут! Миллиононогая толпа. Тыщи тыщ. Стукачи, осведомители, информаторы.

Они пинками укажут место всей забубенной ораве наших нищих... всех видов и расцветок.

Кого — куда. Убогих, к примеру, в гуманные закутки.

Бомжей — в их норы.

Любовные парочки, заодно с алкашами, — затолкать по темным подъездам!..

Пенсионеров праздных — в их ободранные пятиэтажки. Без колебаний! В их конуры! По их теплым сортирам! Если они у них теплые!

Всех подчистую выдавить, вытолкать с перекрестков. С улиц. С площадей... А сами вперед-вперед-вперед в колоннах по восемь! Грандиозный парад покаяния!..

Стукачи будут первыми из наших кающихся.

Он сам попросится.

Ему надоело шепотком. Ему не в кайф доносить скоропортящиеся, устаревающие, уже вчерашние сведения.

Он скажет громко, в голос... Я — стукач, я был. Я был... Я был...

Из эссе 90-х

ЧАСТЬ ПЕРВАЯ

1

И снова она полна счастьем... Да?

Да!..

Ольга счастлива. Такая вот минута — счастливая тихая минута молодой женщины.

Раннее-раннее утро, а в ее К-студии уже гость, и этот гость по-мужски самозабвенно (и тоже, надо думать, счастливо) спит в ее постели. Он, разумеется, не просто гость. Он — ее любовь. Он — Артем... Артем Константа, так его зовут все... Да, любовь, вот она, обрушилась на Ольгу. Любовь словно бы собралась сделать из Ольги какую-то другую женщину... Другую?.. Но какую?.. Ведь свободно и легко!

И в голове ее, и в сердце — как в уже прожитой первой юности! Как после легкого, сладкого, южного... что там еще?.. крымского... солнечного... вина!

Но...

Уже не спится.

Если порассуждать... Если без излишнего волнения. Без стучащего сердца. Если совсем-совсем спокойно... Артему сорок лет. Он — набирающий силу и уже сколько-то известный общественный деятель с яркой харизматической кличкой Артем Константа.

И ведь они оба подходят — она ему, а он ей, еще как впору!.. Всё-всё-всё, даже по летам. Ему сорок — ей тридцать...

Ольга возле постели, смотрит на спящего со сдержанным восхищением. Он умен, образован... Она сделала выбор. Но, конечно, волнение! Она женщина, она побаивается этих утренних сладких самооценок, ласкающих женское ухо... все-таки?.. не поспешила ли. У нее бывали ошибки.

По-ночному мягко, вяло Ольга набирает телефонный номер. Вот-вот утро... Там, на другом конце Москвы, проснулась, уже на ногах, ее сестра Инна — и вот уже младшая сестренка напористо, атакующе выспрашивает у старшей:

— Он спит?

— Спит.

— А ты?

— Сторожу его сон.

— И сторожишь сама себя от ошибки?

— Что-то вроде.

— А толпы растерянных! А жуткая копеечная бедность... Всюду карманники! Сумасшедшие пикетчики... Оль! А сколько нищих!

— Куда теперь деться!.. Исторически необходимое смутное время.

— А пустые магазины? — продолжает младшая. — А хапуги! А воры! А драки в очереди за водкой!.. Вчера, Оль!.. Мужику проломили башку его же бутылкой...

— А у меня любовь, — поддразнивает сестру Ольга.

— Оля! Наши улицы — уже совсем не наши. Барахолка!.. А какой вразброс бартер! Не хочешь ли купить и тут же сменять сахар на презервативы? А рис на бронежилеты?.. Инфляция все равно сожрет зарплату! за неделю! За три московских дня!..

— А у меня любовь.

— Съешь сбережения, что дальше?.. А какой беспредел на улицах. Бездомные, беспризорные пацаны — с голодным волчьим взглядом! Волчата! Как будто война прокатилась!.. А у тебя — любовь...

Тут Ольга уточнила, подправила младшую:

— А у меня любовь и Кандинский.

Ей хорошо в ее неглубокой, но с утра такой ласковой, милой, греющей жизненной колее.

Гудки.

— Инна, Инна!.. Да что такое! Опять прервали...

*

Телефонная связь восстанавливается не сразу. Повесив трубку, Ольга ждет звонка и маячит по студии... Почему бы ей поутру и не походить туда-сюда в знакомых пределах?.. Свои стены.

Студия — большое полуподвальное помещение в недрах обычного девятиэтажного дома. Когда-то из этого полуподвала выглядывала пригретая площадка для показов опальных художников. Теплое теневое местечко. И заодно — тусовка для всякого рода инакомыслящих. Известное, но не слишком скандальное было место.

Однако сейчас уже начало девяностых, и в духе перестроечного времени здесь проросла К-студия, или просто — студия «КАНДИНСКИЙ», где вполне легально пропагандируется живопись знаменитого авангардиста. И так получилось, что безумным краскам Кандинского здесь в кайф. Уют признания! Наконец-то!.. Голодноватый, полуподвальный, но заслуженный честный покой.

Репродукции, а также кричаще-яркие дешевенькие картинки-копии, конечно, на многое не претендуют. Однако картинки эти на удивление миролюбиво срослись с новообретенной жизнью. И ни безденежье, ни подползающий к Москве голод не заставят Ольгу менять репродукции на бронежилеты. Да и к сахару, что предлагают полумешками, она не заторопится.

Она, Ольга Тульцева, критик, искусствовед, ведет эту студию.

Но сейчас лето. Студия начнет работу с 1 сентября.

Здесь же, в К-студии, Ольга и проживает, оставив отцовскую небольшую квартиру своей сестре Инне. Так им обеим удобнее.

Разница в пять лет. Сестры близки. Можно сказать, они в постоянном общении.

Спящий Артем чеканит во сне:

— Дайте слово Кусыкиной... Но сначала крикливую Петрову... И сразу голосовать!

Его обрывистые победительные слова так раздельны и четки, что сестренка Инна их тоже расслышала — в телефонной трубке. Даже поковыряла слегка в ухе. Удивляется:

— Оля. Он так громко бормочет?.. Во сне?

— Он спит... И заодно он все еще на собрании. На слишком затянувшемся. Политик и во сне сражается за голоса. Так забавно следить... Уже дважды не прошло голосование, как ему хотелось... Клянусь, Инна!.. Он во сне считал голоса. Было, представь себе, трое воздержавшихся.

— Он их, надеюсь, запомнил? Озвучил всех троих? — смеется младшая.

— Поименно.

— Неужели не выбранил предателей?

— Не выбранил. Но с иронией заметил: воздержавшиеся — они, мол, как всегда, не делают ошибок.

Гудки. Опять прервали!

— Воздержавшиеся не делают ошибок, — многозначительно повторяет сама себе Ольга.

Счастливцы эти воздержавшиеся!.. Смышленая сестренка Инна предупреждала... Но...

Артем интересный мужчина. Умен, — вновь одобряет себя и свой приисканный выбор Ольга. Женщине необходимо самоодобрение. Необходима надежная, устойчивая утренняя мысль... Артем Константа, он же Сигаев Артем Константинович, выбранный недавно в Московскую думу, популярен, харизматичен... Набирает новую высоту.

Но... В наше перестроечное время люди, спешащие во власть, взлетают и падают. Это пугает. Как подстреленные. Валятся с небес. Вместе с харизматичными своими именами... Отец — с привкусом диссидентской желчи рассказывал и смеялся, — как быстро рухнувший политик теряет лицо... теряет здоровую психику... звучный голос... теряет друзей... жену...

Но... Артем смел, свободомыслен. Орел на взлете...

Телефон ожил. Инна!

— У Артема сегодня трудный день, — напоминает Ольга сестре, заодно делясь припасенной радостью. — Звездный, может быть, его день. Выступление будет супер. Придешь послушать?

— А ты позовешь?

— Уже зову.

— По телевизору я его слышала. А вот послушать живьем...

— Завораживает!.. Море людей. И вдруг все они разом затаивают дыхание. Приоткрыв рты... И будто бы горячим степным ветром тебя обдает. Ветер по лицам! Ветер от повторений его имени... Константа! Константа! Константа!.. Уже сегодня, сестренка. Сама его услышишь.

Но, пообещав успех и едва выдержав скромную, сладко тянущуюся паузу, Ольга встревожилась:

— Лишь бы не было драк. Люди озлобились!.. А пара провокаторов всегда наготове. Я так волнуюсь за сегодня. Жутко волнуюсь.

— К чертям волнения, Оля!.. Он профессионал. Настоящий профи.

— Не люблю это слово.

— К тому же, как говорят в народе, у твоего Артема теперь могучий спонсор. Покровитель. Крепкая волосатая рука!.. Ты, конечно, знаешь? Денежный мешок? Да?

— Этот мешок обещал быть на сегодняшнем выступлении. Я еще ни разу его не видела. Мешок будет стоять рядом с Артемом. Так что рассмотрим. Разглядим... Я слышала, простоват. Но щедр. И добр.

— Таким, как Артем, нужна помощь и жесткая поддержка именно простоватых, — поддакивает (и одновременно успокаивает) сестренка Инна. — Помню, как страстно, как яростно твой интеллигентный Артем обрушился на цензуру. Я слушала его по «ящику» и замирала. Замирала от его храбрости... Тот редкий случай, Оля, когда замираешь от чьей-то неожиданной... от неподсказанной храбрости.

— «Ящик» — совсем другое. Надо слушать живьем. Приходи.

— Даже удивительно, что раньше ты меня не звала на его выступления.

— Ты же хорошенькая... Опасная.

Пошучивая, Ольга не забывает ласково «лизнуть» ершистую сестренку — подхвалить и поощрить младшую. Хотя, если о внешности и если честно, из них двоих красива именно она, Ольга.

Но Инна умненькая, все понимает. От доброты сестринских слов крыша у нее не поедет.

— Я, конечно, завидую, Оль!.. И я так хочу тебе счастья. Как не завидовать!.. Вот он с тобой, настоящий мужчина!

— У тебя, Инночка, все впереди.

— Не знаю, не знаю. У меня, Оль, любовное затишье. Отчетливая сексуальная пауза. Уже, пожалуй, затянувшаяся.

— А тот парень, который мучил стихами? который косил под жириновца?

— Проехали.

— Почему?

Но вместо ответа посыпались гудки... вновь мелкие мерзкие телефонные гудки! Невыносимо!.. Сколько можно!.. Бардак какой-то, а не связь! Возмущенная Ольга бесцельно бродит, заглядывает в комнату-кухню и возвращается оттуда, скучно грызя застарелое печенье.

Да, здесь она живет... Студия велика, полуподвал разделен перегородками на секции, это как бы смежные комнаты, много комнат. И конечно, всюду проходы без дверей. Двери, где надо, делали сами.

Кандинский. Книги о нем. Знаменитые репродуцированные работы... И очень кстати, что в полуслепые окна уже с утра сочится и пробивается к репродукциям живой рассветный луч.

Три секции, что как-никак с дверьми, являют собой личную жизнь Ольги. Но двери всегда распахнуты. Кухня... Спальня... Кабинет... Здесь ее хоромы.

Пара старых, терпеливых кресел.

Здесь же еще один телефонный аппарат, чтоб не бегать.

— Спит наш популярный политик?

— Дрыхнет, — смеется Ольга.

— Счастливая. Можешь нырнуть к нему под одеяло.

— Нет... Не этой ночью. Боюсь даже дотронуться.

— Не выдумывай. Небось только что нырнула. Ты всегда звонишь сразу после этого.

— М-м.

— Сознавайся: нырнула?

— Да нет же. Сегодня ему выступать.

— Сознавайся!

— Ты, сестренка, весело щебечешь. Ты пташечка... А для меня каждая ночь перед его выступлением — как проба на новую жизнь, как испытание.

— Я бы не колебалась. Нырнула бы еще разок к нему под одеяло — и все мысли долой. Вплоть до светлого утра.

— Представь, что творится в бессонной моей голове, если я полночи, как комсомолка, рассуждаю, что такое мое счастье! мое тихое и нескучное счастье!.. Сама с собой!.. вслух!

— И пусть!

— Вдруг и на ровном месте несу что-то бредовое — говорю-говорю-говорю самой себе...

— Счастье — это как редкое блюдо!.. Кушай, дорогая!.. Кушай!.. Я так за тебя рада, Оля! И прошу тебя, ни о чем не думай — нырни к нему в постель, вот тебе то самое... твое... Тихое и нескучное!

— Я только что там была.

— А еще разок?!

— Ему надо отдохнуть. Знаешь. Волнуюсь... Когда-нибудь будем гордиться... Жили в одно время с Артемом Константой.

— Скажи — а почему с утра?.. Утренний необъявленный митинг?!. Что за дела? Что за времена!

— Когда-нибудь будем гордиться. Мы в эти времена жили!

*

Артем в постели — он, кажется, уже в другом, но тоже тревожном сне. Он уже не пересчитывает голосовавших. Вдруг бормочет:

— Пейзажик. Пейзажик...

Ольга успокаивает — подсела к спящему, зажав плечом телефонную трубку.

Но Артем не унимается:

— Лошадка. Почему избушка так покосилась?.. Больше! Больше ярких деревенских красок. Какая серость!..

Спящий, он задышал ровней. Но тут же опять заработала его что-то ищущая, роющая память:

— Пейзажик... Совсем небольшой... Снег, снег. Много снега! И лошадка вся... вся в снегу...

Инна тоже слышит выкрики и зовет по телефону:

— Оля! Оля!.. Это он опять? Во сне?

— Да. Лепечет что-то... Не знаю, как понять! Вчера он так пылко говорил про абстрактную живопись. Про гений Кандинского. А сегодня в голове у него застрял какой-то вылизанный кич! зимняя картинка! Еще и с лошадью, запряженной в сани...

— Народный вкус. Он и во сне завоевывает толпу.

— Тебе смешно... Да, я искусствовед. Да, популяризатор. Но ты же знаешь, — со страстью продолжает Ольга. — Кандинский — это моя жизнь. Это мое всё. Кандинский! — вот где философия линии, вот где буйство красок, неистовство, интеллект...

Спящий Артем, перебивая, выкрикивает:

— Пейзажик!

— На митинге сегодня обрати внимание. Когда Артем выступает, он говорит про народ... и еще про Население. Он различает народ и население... Ты в этом понимаешь? — спрашивает сестру Ольга. — Народ, население, толпа. Я пыталась понять... Для меня это сложно.

— Нервничаешь?

— Ужасно!

— Он, Оля, бедноват, да?.. По телевизору я заметила. Плохо одет.

— Сейчас все плохо одеты.

— Но когда вчера... нет, позавчера... Когда Артем был здесь, у тебя, я отметила, что на нем новый, только что купленный пиджак. И рубашка...

— Инночка!.. Пиджак! Рубашка!.. Это все глупости! Я так боюсь главного — боюсь, что поспешила, поторопилась к нему, дернулась. Сразу постель... Я, в сущности, мало Артема знаю.

— Передай его мне, я узнаю побольше.

— Моя сестричка все шутит.

— А вот не ной, дорогая.

— Известный человек. Уже популярный. Наверняка на нем будут виснуть женщины.

— Виснут не женщины, а бабы. И пусть!.. Моя дорогая старшая сестра... Что это ты замолчала? Что за пауза?

— Взяла чашку чая.

— А!.. Я думала, он проснулся.

— Спит.

— А пока спит, вяжи его покрепче к постели.

Артем кричит со сна:

— Пейзажик!

— Расслабься, Оль. Он хороший мужик. С хорошим именем... На десять лет тебя старше. Десять!.. Это же классика для стойкой семьи!

— Ты так убедительна.

— Добавь — и так одинока.

— Ну-ну!.. Тебе только двадцать шесть.

— А тебе только тридцать. Чего ты боишься?!. Как это у нас говорилось. Вспомни. Подсказка поколения. Романы романами, но не забудь побыть замужем.

— Я как-то слишком быстро с ним сроднилась. За мной водится женская слабина. Живу его делами. Его мыслями... Его мелочами... А еще вдруг этот гадкий слушок. Дядь Кеша и дядь Петр принесли...

— Они и мне звонили. Слушок пущен специально... Но Артема не запачкать.

— Уверена?

— По всей Москве слышно — Константа, Константа!.. Кто в нашем районе борется с цензурой? — Артем Константа! Кому прочат высокий пост в Московской думе? — Артему Константе!..

— Ну зачем, зачем он политик! Отец сколько мог внушал мне отвращение к политикам.

— Но Оля! А как же речь Артема о цензуре! Знаменитая речь!.. Она прогремела! Она уже в истории!

Сонный Артем о чем-то предупреждает счáстливо разговорившихся, расщебетавшихся сестер. Словно бы издалека, строго погрозил им пальцем:

— Пейзажик!

*

—Ладно. Всё. Уже утро, — говорит Инна. —
Я одеваюсь... А ты пока погадай по Кандинскому. Погадай себе, а заодно и мне.

— О чем?

— О нынешней ночи. О сегодняшнем звездном дне.

Ольга берет в руки пульт и наугад направляет
в сторону репродуцированных работ художника.

— «Синий всадник»?

— Как хочешь...

Замелькало... Репродукции поочередно вспыхивают и гаснут. Но Ольга трусит и откладывает
гадание:

— Нет, Инночка. Не хочу... Записи громкоголосы. Боюсь его разбудить.

— Кандинского?

Тихая ночная шутка. Сестры тихо смеются.

Техническая изюминка.

Развешанные на стенах К-студии репродукции известных картин В. В. Кандинского снабжены краткими магнитофонными записями — нацель пульт, нажми кнопку, и востребованная тобой (или напротив — тобой не жданная, выкрик оракула) картина, высветившись, «заговорит».

Не бог весть, но эффектно.

Как правило, «заговорит» картина цитатой
из статей, из книг Кандинского, из интервью.

Надо бы и ей сколько-то поспать, хотя бы поваляться. Ольга осторожно взбивает прохладную
подушку на своей стороне постели.

Всматривается в спящего Артема.

Так бывает, что женщина своего мужчину может близко рассмотреть вдруг — в серенькое предутро. А затем его слишком заторопят, заспешат, затолкают, задергают, заговорят глупостями. Лица мужчины ей уже не увидеть, не разглядеть, бедолагу потащило быстрой водой... горной грохочущей водой!.. да и женщину с ним вместе! оба барахтаются!

Ее чувству нужен внятный простор.

Ольга пытается уяснить, что больше всего ее привлекло в Артеме. Его глаза? И да и нет... Его голос, голос, вот оно!.. Его хрипотца. Эта откровенная терпкая... волнующая хрипотца хранит, прикрывает Артема как богатой ширмой. Голос! Тембр...

О чем бы ни говорил — живое волшебство.

Я и впрямь влюблена без меры, размышляет Ольга. А голос — да. Голос чуть ли не главный дар, которым наделила Артема природа. Я могла бы слушать его хрипотцу до бесконечности... Но ведь я оберегаю сон. Спи, милый... Спи, Артем... До луча. До легкости дня.

Женщина, как оказывается, — это две в одной.

Одна женщина (это я! каждую минуту начеку, — недоверчивая и отчасти даже озленная (предыдущими промахами по жизни). Настороженно следящая за каждым жестом и шагом мужчины... этого непредсказуемого существа. Враждебен едва ли не всякий... Даже самый обмякший и интеллигентный... Даже самый-рассамый тупой добряк!

А вторая?

Вторая женщина (это ведь тоже я!) старается срастись с мужчиной. И прежде всего — научиться болеть ему в отзвук! Женщина как вмонтированное болевое эхо. Вот и всё! Вот залог успеха... Мне больно, когда больно *тебе*.

Даже очень счастливые в любви женщины рассказывают, что эта наша раздвоенность, эта двуликость, эта забавная разность женского двоечувствия обнаруживается у каждой из нас.

У каждой!

— Оля... Оля!.. Иди ко мне... Что? Уже утро?

Артем на миг проснулся, берет ее ласковую руку, пытается притянуть к себе.

Ольга высвободилась. Сидит в шаге от него.

— Оля!

Он тянул к ней руку, а Ольга виновато заклинала себя:

«Я не должна... Не должна еще раз... Это будет ошибка... Слабость одной минуты».

И снова заклинала:

«Слабость одной минуты. Я боюсь его мужской воли. Я боюсь постельной зависимости. Я знаю, слышала, что это такое...»

— Оля!

«Он засыпает. Вот и пусть... У него впереди трудное утро».

— Оля!

«А я молчу. Я ни слова. Любовь, конечно, еще какая ловушка!.. Меня бросало из стороны в сторону».

Его обмякшая рука так и осталась протянутой к Ольге... Спит.

«Вполне ли он в такую ночь здоров? Неужели вот так перед каждым митингом?..

Но как это хорошо — не уступить любимому мужчине сразу. Как это хорошо — выждать!»

*

Звонок.

Однако звонит не сестра — в трубке слышен не сразу Ольгой прочитанный сиротский женский голос.

— Простите... что я ночью. Но я знаю, что Артем сейчас спит... Он всегда спит, если с утра выступать. Крепко спит... Иногда с небольшим перерывом, извините, на секс... Но сейчас он уже обязательно спит. Я знаю. Я его жена. Оставленная... Брошенная... Я звоню вам, Ольга, потому что много слышала о вашем покойном отце. О диссиденте... О нем у людей хорошая, светлая память. И потому я также предполагаю в его дочери — предполагаю в вас, Ольга, — человечность и доброту души.

Пауза.

— У меня, — женщина плачет, — у меня ничего и никого нет. Кроме Артема. У нас даже ребенка не получилось...

— Я сочувствую вам, — осторожно говорит Ольга. — Я всей душой вам сочувствую. Но вы уже в который раз звоните. И что я сейчас смогу?.. И ведь я знаю, что Артем ушел от вас уже давно.

— Но для меня, — плачет, — для меня это как вчера. Я все еще с ним.

— Сочувствую и в этом... Простите.

Ольга возле постели, где спящий Артем.

Слабый свет ночника объемно освещает всё вокруг — вот он, Артем, а рядом вот он — сочный и призрачный мир абстрактного искусства. Уже давно ставший ей родным.

И почему не погадать по врачующему нас Кандинскому?.. Кандинский никогда не ранит. Ольга берет пульт — и наугад направляет, посылает команду развешанным на стенах репродукциям. В их живой пестрый разброс.

И как же не поверить, что нас слышат. Как не поверить, что где-то живет ответное слово, которое нам и которое впопад... Где-то же еще удается попасть в дразнящую нас цель!

Так это или не так, но одна из репродукций, пискнув, послушно подсвечивается.

Звучит мужской голос, баритон... Зачитывает одну из схваченных сентенций любимого Ольгой художника.

«ОСОБЫЙ МИР ОСТАВШИХСЯ НА ПАЛИТ-РЕ КРАСОК... БЛУЖДАЮЩИХ НА...»

И с паузой:

«...НА ЕЩЕ НЕ ГОТОВЫХ ХОЛСТАХ».

И снова. В правильном порядке:

«...МИР ОСТАВШИХСЯ КРАСОК... БЛУЖ-ДАЮЩИХ... НА ЕЩЕ НЕ ГОТОВЫХ ХОЛСТАХ».

*

— Кто это?

— Спи, спи. Это мой Кандинский.

Но Артем уже проснулся.

— Оля! Оля!.. Неужели я проспал такую ночь... Так много спал... Такая наша ночь... Иди ко мне!

Он проснулся, он хотел близости. Нет, нет!.. Ольга милосердно, трогательно просила его поспать еще. По-ночному тихо умоляла — не надо, не надо, Артем, уже с утра твое выступление... митинг... Ты слишком устал.

Но мужчина и не думал перестать, напротив... Он хотел ее все больше. И, крепче взяв за руку, хозяин, притягивал к себе.

«Но хотя его пробудило желание, хотя страсть, он старался быть деликатным. Он целовал меня, бережно, нежно, но, конечно, настойчиво, а я... я, конечно, старалась быть на страже его сна... и на страже самой себя...

Однако та, вторая женщина во мне (это ведь

тоже я), оказалась уже взволнована ничуть не меньше, чем он. И сама, мыслью, уже тянулась к нему».

— Оля!

«Хотя бы остановить ужасную дрожь. (Меня трясло...) Я не уступила... Нет, Артем... Не сейчас! Не сейчас!»

— Знаешь, Оля, я сразу скажу им про это клеймо. Наше позорное клеймо совковой прописки... Я напомню... Острым выпадом! Я впарю в них как раз митинговую, жгучую мысль о свободе места проживания... Ага... А затем — затем самое-самое наше больное...

«Вспышка чувства (среди ночи обоюдная вспышка... обоюдная, не спорю... я виню себя) привела к тому, что случилось самое ненужное, самое лишнее — Артем заговорил.

Это было совершенно ни к чему... перед близким утренним выступлением! Он мог перегореть. Он озвучивал в никуда свои тезисы. Соскальзывая в пустоту... Он мог потерять напор голоса на всё сегодняшнее утро!.. Я не знала, как быть.

— Уже кое-какая свобода дана нашим предприимчивым людям. И теперь я потребую отмены прописки — этого уродливого запрета на жилье, на саму жизнь... А затем мой злобный, ядовитый десерт — остатки цензуры... Искоренить ее! до точки!

— Артем, милый... Помолчи.

— Для начала в нашем районе. Наш район без цензуры — вот бешеный лейтмотив!.. Важно начать! У нас здесь две свои газеты. Издательство, пусть небольшое, тоже есть... И хотя бы на одном пятачке российской земли скажем — мы без! Мы без цензуры, мы свободны!

— Но цензура, Артем, — реальность, как я понимаю, законная — государственная, а не районная. Ты не можешь отменить то, что законно.

— Не могу? Это почему же?

— Цензуру ввело государство.

— Этого государства уже нет.

Я сидела с ним рядом. А он полулежа, вздергивая упрямым подбородком, говорил о свободе. О народе... И о населении... Народу надо срочно, а населению нет... Я никак не могла уловить разницу. Но я затаила дыхание — так замечательно, так смело он говорил!

В подвальной пивнушке, соседней с нами, вдруг зазвучала музы́чка, как они сами ее называют. Их пивная, дерганая, сумасшедшая рок-музыка.

Я испугалась... Что? Уже? С самого утра?.. Они с ума сошли!

— Они, Артем, не дадут тебе доспать.

— Пусть!

Его удивительный голос то изломом падал, то вдохновенно, волшебно взлетал... У Артема перехватывало дыхание, и я успевала понять, что этот любимый мной человек не просто неубиваемый политик-профи: он действительно переживал каждую свою мысль как встревоженную временем — как уже готовую к ближнему бою. Он обживал свою мысль. Он жил этой мыслью. Он так сильно, жадно сжимал мне руку с каждым гневным словом... Он мог сгоряча сломать мне пальцы...

— Оля...

Но, конечно, я не выдернула руку. Я терпела... И была счастлива. Хуже было то, что я по-утреннему свежо, ощутимо зябла... А он все говорил... Я захотела в туалет. А он все так же возвышенно (его горные снеговые вершины!) — то о народе, то о населении. Народу нужно срочно... Мне было стыдно. Я боялась, что лопну... ужас... Я терпела. Изо всех сил.

— Ты хочешь спать? Устала?.. Я тебя заговорил?

— Нет, нет. Что ты!.. Я готова слушать и слушать.

*

И опять эта варварская музыка.

— Артем!.. Слышишь? Проклятая пивная!.. Ты же обещал что-то с ними сделать.

— Обещал. И дал команду.

— Отец когда-то предупреждал — политики обожают обещать.

— Но политик уже дал команду. Здесь будет кафе... Да, Оля, кафешка. Но другого типа. Чай, кофе, газеты и разговоры. Как тебе зеленый чай?

— Чай — это хорошо. Это для всех.

— А как тебе, если в этом кафе будет подаваться фирменный «Чай Кандинского»? — Артем взял шутливый тон. — «Чай с Кандинским. Только у нас!» — звучит? А можно атаковать более энергично: «Чай с точкой на плоскости»?.. За хорошую рекламно-агрессивную вывеску не грех выпить по-настоящему. А что?.. Вина! Хочу вина!.. Знаешь, Оля... Признаюсь тебе... У меня есть слабость.

— Неужели есть?

— Я люблю чокаться.

— Вина не прикупила. Извини. На приличное вино денег нет, а пойла брать не хотелось. Я бедна, милый.

— Не страшно, дорогая. Сам такой!.. Это я только на словах хорохорюсь. Святая правда, Оля. Я ведь тоже беден. Скажу больше — я бедный-бедный совок.

— Мы — пара.

Минута необязательных признаний.

— Сейчас вдруг все обнищали.

— Да... Перебиваюсь подачками. Московская дума — пока что фикция. Я там на виду, я известен, но я ничто. Полуголодное воинственное ничто.

— Я, милый, тоже не богачка. В квартирке, оставшейся от отца, живет сестра. А сама, как видишь, живу в студии — в этом прославленном полуподвале. Но мне хорошо... Не жалуюсь... Я счастлива здесь. Я и Кандинский. Мы с ним — двое. Но теперь, если полуподвал тебя не пугает, ты тоже с нами.

— А как Инна?

— Она забавная. Я ее обожаю. Окончила серьезный вуз, а работать стабильно ей слабо. Не хочет. Как многие сейчас. Месяц-другой поработает — уходит... Но зато она не бедствует — она всюду востребованный компьютерщик.

— Ты хорошо сказала — мы пара. К чертям политику!.. Я хочу теперь говорить и говорить о нас.

— Артем!

Первая женщина (та, что во мне) по-прежнему не хотела ему поддаться. Ни в коем случае... Зато вторая женщина (тоже ожившая во мне) была готова на все, лишь бы добиться его покоя. Она и победила. Чтобы мужчина уснул. Чтобы спал...

— Артем, прошу, помолчи!

И я кинулась к нему в постель. Чувствуя, как мешает мне неснятый халатик. Говорят, политики всепонимающи. Артем не должен был сомневаться во мне. И он, конечно, сразу поймет. Женщина слаба руками, слаба телом, если она... если она уже лежит на спине.

А потом мы смеялись над вставшей на дыбы нашей постелью. Над собой и над своим идиотским взлохмаченным видом... Ну дела. Ну и побоище!.. Картинка любви! Среди авторитета Кандинского и среди такой ответственной предмитинговой ночи!

Он уснул на полуслове... И с ним вместе, на полу-вздохе, уснула я... Мы оба скатились в пустоту, в мертвый аут. Мы оба исчезли и провалились в сегодняшний день! Это казалось странным, ин-теллектуальный изъян. Нелепо в столь важное для него утро. Глупо!.. Очень глупо!.. Но прият-но. Не скрою.

Я все же успела выключить ночник».

*

Во тьме... шаги... шаги!

И тут же замигали огоньки со стороны ре-продукций-модерн. Сторожевые огни недрем-лющего искусства.

— О, боже мой!.. Это уже Инна! Мы же с ней договорились, что вместе!.. пойдем на ми-тинг вместе!

Ольга вскочила с постели. Недовольна собой.

И впрямь Инна уже здесь. Пришла!.. У нее свой ключ и свой свежий командирский голос. Свой человек.

— Хватит спать!.. Наше время, сестричка, супер!.. С утра — и на митинг. Когда-нибудь по таким временам скучать будут.

— Потише.

— Впервые вижу спящую знаменитость, — смеется Инна.

— Тс-с.

Моя сестренка Инна — слегка томящаяся нату-ра. За плечами вуз. Востребованный програм-мист, но никак не подыщет себе устойчивое место. Поработает — и оттуда бегом-бегом!.. Слегка рисует. Слегка помогает мне писать диссертацию. Слегка влюбляется в моих поклонников. Моя чудо Инночка!.. Всё слегка.

— Не приискала работу?

— Не.

— А деньги?

— Пока что есть.

— Молодец!.. Хочешь кофе?

— Хочу в Питер.

Чуть что — хочу в Питер. Бравирует. Она такая. Навязчивый повтор ее упрямой томящейся мысли.

Артем, наскоро одевшийся, встал и кричит:

— Что там горит? Что за запахи?

— Инна варит кофе.

— А-а. Младшая сестренка. Ей-то чего не спится — чего в такую рань прискакала?.. А ты, Оля?.. А ты, моя абстрактная красавица! Отвечай! Почему всю ночь бодрствовала — зачем?!

Оба смеются.

— Как зачем?.. Любовь!

— Психованная женщина! Ненормальная! — шумит Артем на всю К-студию. — Как можно влюбляться в политиков! Нет чтобы любить артистов и поэтов!.. Прозаиков, на худой конец.

Но тут же Артем спрашивает у Ольги почти шепотом:

— Надеюсь, ночью я вел себя прилично? Извини... Я имею в виду те замечательные минуты... секс.

— В те замечательные минуты Инны еще не было.

— А ночь? была бурная?

— Я бы сказала — да.

— Это неплохо... Это в плюс!.. Секс перед выступлением играет свою подземную роль.

Так запросто выраженный его мужской опыт задевает Ольгу. Она отвечает сдержанно:

— Тебе видней.

— Прости, прости. Слова!.. Это всё адреналин! Предболтовня политика!.. Слова уже распирают. Авангард, рвущийся в рукопашный бой.

Артем легко и по-утреннему нежадно целует Ольгу: — Что-то было ночью еще?

— Кажется, всё... А!.. Еще был пейзажик!

— Что это?

— Ты во сне очень смешно бормотал про какой-то пейзажик... Нет, нет. Все было хорошо, даже отлично, мой милый. Ты чудо. Ты достаточно спал... и... был мужчиной. Всё отлично. Но вот некий пейзажик тебя беспокоил.

— Пейзажик?.. А-а!.. Вспомнил! Расскажу!

Ольга смеется: — Учти. Ты в студии «Кандинский»... В мире Кандинского не нахваливают пейзажики.

*

Инна принесла кофе:

— По чашечке-другой перед митингом. Прошу. Все за столом.

Артем рассказывает:

— Вчера... Дискуссия о роли искусства. Я — приглашенный оратор... Я как раз сослался, Оля, на твою пустующую К-студию... Почему, когда Кандинский был под теневым колпаком и не пылил, народ здесь толпился даже летом? Поневоле заскучаешь по прошлому... А какая шумная, грандиозная! какая величественная бывала травля! Советская власть, как никто, умела травлей сделать настоящего героя из писателя!.. из художника!.. даже из музыканта!.. Мы там еще поспорили об этом. Мне похлопали... Все шло нормально.

Артем помалу прихлебывает кофе:

— Похлопали... А после выступления подходит ко мне мальчишка:.. явный беспризорник... подросток... ему, я думаю, лет пятнадцать... Кормят ли в упомянутой К-студии обедом? Ему бы, мол, в школу с питанием...

— Артем! — живо реагирует Ольга. — Артем! Я как раз о таких ребятах тебя просила. Ты, надеюсь, дал ему адрес студии?

— Но его интересовало только питание, еда, а не студия...

— Ты дал ему адрес?

— Мальчишка даже не слышал о Кандинском... То есть если и слышал, то здраво полагал, что Кандинский — что-то вроде врага народа.

— Какая прелесть! — смеется Инна.

— В общем, пацан вынул откуда-то из-за спины и стал мне совать картинку. Готовый с ходу соврать, что это его работа. А работа —

профессиональная. Сразу же видно... Пейзаж. Зимний... Лошадь запряженная, на гриву медленно падает снежок... Я хотел мальчишку прогнать. Ну явный халявщик. Но он такой серенький, тусклый, никому не нужный и беспризорный пацан... Еще и заикался. Еще и в каких-то уродливых очках. Я терпеть не могу, когда на человеке плохие очки. Уж лучше б слепой.

— Артем! — одергивает Ольга.

— В общем, этому тусклому лгунишке я не смог дать пинка. Не смог прогнать и... И дал твой адрес... Все бы ничего, Оля, но пацан три раза переспросил — кормят ли в твоей К-студии и как часто?

— Ничего страшного. Покормим.

— Но пацан еще уточнил — кормят ли с *самого утра*?.. Так что смотри, он вот-вот нагрянет.

Он признался, что сменил уже пять школ с питанием... Пять, Оля!.. В каждой школе он начинал с того, что выдавал за свой... пейзажик, который он подобрал где-то на помойке, когда ее разгребал бульдозер. И мальца принимали в школу.

— А потом выгоняли?

— Нет, нет. Просто эти доморощенные частные школы быстро возникают, но еще быстрее сами разваливаются. Инфляция! В любом деле сейчас банкрот на банкроте.

— Ну а дальше?

— А дальше лгунишка понял, что его лошадка меня не обманет. И врать, что он умеет так рисовать, побоялся... А меж тем в руках пейзажик. Он не знал, куда теперь его деть... Он уже хотел пейзажик просто выбросить в мусор... У пацана тряслись руки, и казалось — его скучную пейзажную лошадку тоже бьет голодная дрожь...

— Артем!

— Я его поспрашивал... Малый одинок и голоден. День целый ходит и ищет школу. Любую. Лишь бы там кормили... Повидал многое и уже поучился разному. Был в школе дизайнерской... Был в школе с суперуглубленным английским... Был в школе «Робинзон». Последняя из его школ была и вовсе продвинутая — с несколько пугающим названием: «Непьющие мальчики». Как в том анекдоте.

— Он прыгал из школы в школу?
— Как блоха. Как кузнечик... Зелененький он был!.. Но в наши дни школы, которые с едой, не живучи. Школы слишком скоро распадались... А мальчишке опять и опять хотелось жевать. Голодал!.. Меж тем брали его в эти расплодившиеся частные школы только потому, что он всюду показывал свой пейзажик... То есть как бы свой. Как входной билет в оплаченную столовую... И тогда я вдруг потеплел к пацану. Я растаял... И дал ему наш адрес.

Артем закругляет разговор:
— Леди. Спасибо за кофе. На утреннем митинге крепкий, подгоняющий кофе, если загодя, — совсем не пустяк.

Инна расцвела и добавила ему в чашку еще на глоток:

— Я старалась!

А вот и узнаваемая музы́чка грянула из соседней пивнушки. Пошлая и визгливая. Как говорится, *зато поутру*.

Ольга: — В такую рань. Вот варвары!

Артем смеется: — Я им попомню!.. Скоро они будут только шуршать газетами.

— Митинг митингом, — спешит спросить цепкая Инна. — А что нового почитать? У вас, Артем?.. Если о цензуре, то я читала.

— О цензуре читали все, — счастливым голосом как бы между прочим констатирует Ольга.

— Еще одна изюминка, леди! — Артем допил кофе. — Когда я расспрашивал новообращенного. Этого пацана... Коля его зовут... Угадайте с трех раз, в какой из частных школ Коля подкормился лучше всего? и дольше всего?

— Не знаем.

— Думайте. Угадывайте. С трех раз.

— Я знаю. В религиозной у католиков?.. Газеты писали.

— Нет.

— Школа демократической молодежи?

— Нет.

Артем смеется:

— Ну а с третьего раза?.. Угадали?.. Или слабо? Женщины согласны, сдаются — слабо! слабо!

— Ладно... Ответ прост: в доморощенной школе КГБ. Которую слепил некий майор Семибратов... Частная школа молодых гэбистов...

Кстати сказать, наш район. И что смешно, пацан был по отбору принят туда тоже за пейзажик.

— Я слышала. Я где-то читала про эту странную школу.

— Почему странную?.. Юные Штирлицы. Юные Зорге. Этакий романтический тренинг... С младых ногтей.

— Свобода?!

— А вы как думали, леди, — свобода только для нас?.. Нет и нет. Свобода — она для всех свобода!

— Я читала в газете. В «Московском комсомольце». В Москве возникло сразу штук пять таких школ... Их, конечно, разогнали. Но мальчишки, заметьте, в такие школы рвались.

— То-то... А я все хотел спросить пацана. За что его из такой школы вышибли?..

Артему шуточки, а в Ольге проснулся праведный либеральный гнев:

— Пять!.. Пять школ гэбистов!.. Позор! Нигде такого падения быть не может! Только у нас! Только в Москве!

— Да ладно, Оля...

— Нигде! Ни в одном городе мира!

— Почему ни в одном?.. В городе Саратове только-только обанкротились две такие школы.

— Смеешься!.. Не так уж забавно!.. Мне, Артем, не за Саратов больно, за отца больно. Возникновение этих школ показательно. Пришли новые времена — и вот, казалось бы, даже в ГБ есть отклик! отзвук!.. наконец-то! свершилось!..

Настоящая плановая чистка! Однако на другой же день изгнанный из рядов майор... как его...

— Семибратов.

— Изгнанный из органов майор Семибратов, не зная, чем теперь себя занять, затевает частную школу пацанов. Учит помалу стрелять. Сбивать с ног. Вести слежку... Он и денег, скажем, с их родителей не берет. Ему в кайф! Само обучение мальцов в кайф... Все знает, все умеет. Этакий товарищ Сухов...

— Товарищ Сухов — красиво!

— Именно!.. Каждый изгнанный майор лепит свою частную школу красиво. Ностальгия, Артем. Это их ностальгия по сукровице. И только по счастью (за неимением денег!) эти школы-пузыри лопаются! Распадаются! Но и в распаде они, сукровичные, смердят!

Ольга очень-очень задета. Ей не по себе. Ей больно.

Молодая!

Артем успокаивает: — Оля! Эти школы и школки... Это пена. Время их сдует! Время их сдует играючи! легко!

Инна: — Напрасно, Артем, ты не привел сюда голодного мальчишку сразу.

— Но я дал адрес... Инна, согласись: я не мог вполне командовать парадом. Это не моя студия.

— Теперь твоя, Артем... Твоя, — со счастливым смехом подсказывает, да и подчеркивает Ольга. Она уже успокоилась.

Молодые женщины готовы к выходу. Почти готовы. Нет-нет — и шаг, шажок, подскок поближе к большому зеркалу — глянуть на прическу, подправить воротничок.

— Мальчишку за что-то вышибли из рядов ГБ, — смеется Инна. — Забавно, а?

Обе женщины у зеркала в рост. Смотрят. Безотрывно.

— Этот мальчишка всю ночь преследовал Артема. Со своим дурацким пейзажиком, — хмурится Ольга.

— Плохая примета?

— Напротив, — воодушевляется Артем. — Отличный знак! Еще Тимофей Тульцев, ваш знаменитый отец, это предрек. Знаменитый диссидент еще когда предсказал, что чистки и уходы из ГБ начнутся неминуемо... А знаете, кто первым уйдет, говорил ваш отец... Не майоры и не чиновники в теневых погонах. Первыми уйдут стукачи... Срок — полгода!.. Полгода перестройки — и отовсюду, изо всех щелей наши стукачи начнут свой покаянный выполз...

— Артем, остановись. Прошу тебя. — Ольга обеспокоена. Он уже заговорил. Ненормальный!.. У него впереди целый митинг!

— Я убежден, — вскипает с новой силой Артем. — Грядет год их массового прихода с повинной. Высокой волной!.. И даже не потому, что стукач боится разоблачения... или боится возмездия... Нет!.. Он просто уже не может жить молчком, оставаясь один на один с накопленной невостребованной информацией...

— Артем! — Ольга уже умоляет его.

— Беднягу стукача забывают. Ему отключили кислород, и он задыхается. И теперь он сам хочет открыться. Он тоже человек. И он просится к нам. Он говорит — я хочу с вами. Я хочу с вами...

— Артем. Остановись...

— А мне интересно! — встряла Инна.

— Инночка. Он перегорит! Хватит!

— А если интересно!

— Артемчик. Умоляю тебя... Заткнись. Закрой фонтан.

Артем удовлетворенно смеется. Он сбросил в прорыв излишки пара.

— Ладно. Ты права. — Он целует Ольге руку. — Ты права. Запал надо беречь... Но еще два слова... Конечно, стукачество как жанр не исчезнет. Их наплодят снова... Но сейчас на дворе их суровый год, их праведный год, их перелистывающий год! Это — *их момент их истины*...

— Артем!

— Стукачи сейчас опережают всех нас. Предпокаяние, господа. Началось предпокаяние!

— Артем, прекрати.

— Всё, всё.

*

— Собираемся, собираемся! — весело покрикивает теперь Артем. — Инна! Что ты вертишься у зеркала... Время! Время!.. Оля. Молю тебя. Вымой физию.

— Грязь? Я чумазая?

— Заспанная.

— А чем это смывают?

— Холодной водой!

Звонок в дверь. Инна, наиболее к выходу готовая, открывает и вводит гостя.

На пороге подросток в очках.

Артем обувается. Со смехом кричит: — Это он! Это он!.. С пейзажиком!

Инна, младшая, с улыбкой: — Представьтесь.

— А?

— Как вас зовут?

— Коля У-у-угрюмцев.

— Это вы, — продолжает знакомство Инна. — Это вы так сильно полюбили художника Кандинского?

— Инна! — одергивает сестру Ольга.

— А что? Нельзя спросить?

Ольга, возможно оберегая и сразу же узаконивая, отводит новенькому его пространство:

— Тот угол. Тот мольберт старенький... Видишь?.. Будет твой, Коля. Когда-нибудь держал в руках кисточку?

— Н-нет.

— Эти кисточки — твои.

— А к-краски?

— Разведешь сам.

— А п-п-покушать?

— Найдешь сам. Холодильник у той стенки.

Артем кричит: — Одевайтесь!.. Успеете его расспросить!

Однако Инна спешила узнать ближе:

— Вы, Коля, слиняли из школы ГБ? Почему?.. Неплохая же профессия. Если в перспективе.

— Я не с-слинял — меня в-выгнали.

— За что?

— За н-неуспеваемость.

— А в школе с углубленным английским?

— В-выгнали с-сразу. Один раз пообедал.

Теперь Ольга торопит Артема:

— Чего ты сидишь?.. Всех подгоняешь, а сам в одном ботинке!

— А мне тоже стало интересно. Небось гэбистов теперь по науке учат. Психоанализ царствует? вовсю, а?

Но юнец не понимает, только переспрашивает: — Ч-что?

— Я говорю — сейчас у вас на занятиях небось папа Фрейд?.. Юнг?

— Я п-плохо учился. Голова б-болит... Все время б-болит.

— А что за педагоги? Интересно учили?

— Да. М-майор Семибратов очень с-следил за п-питанием.

— Молодец майор.

— Каждый день к-кушали.

— А другие учителя?

— Другие о-о-обычно кричали... На меня всегда к-кричали. Ты, Угрюмцев, никогда не научишься с-с-стрелять!..Ты никогда не п-п-попадешь в цель, если с завязанными глазами!

— Стрельба с завязанными глазами?.. А куда стрелять?

— На шорох.

— Куда?

— На шорох в кустах.

— И ты стрелял?

— Нет. Н-не успел... В-выгнали.

Ольга ставит точку: — Хватит потешаться! Уходим!

Инна, поощряя мальчишку, кричит: — Загляни в холодильник!

И ушли.

Коля один. В большом пространстве К-студии, там и тут увешанной странными картинами, юнец слегка растерялся.

— Г-г-говорили, покормят. Говорили, рисовать б-буду... С-странно это.

«Странно это» — уличная пацанья присказка, которую он где-то себе подхватил.

Куда деться, подходит к отведенному, подсказанному ему мольберту.

2

Осматривается.

Еще им не обжитое, но уже чем-то манящее (он чувствует!) теплое место. Греющее место... И тишина... Можно спрятаться от людей и ментов. Ему хорошо. Больше того, подросток, забывший дух и облик «родных углов», заулыбался — слышит некое родство с этим одомашненным полуподвалом.

Мальчишеское чувство новых владений!

Одним разом он берет мольберт и стул — ищет, к какой бы репродукции ему поближе подсесть... Он хочет перерисовывать. Попробовать. Его же не задаром сюда взяли... Ту картину? Или эту?

Стул не удерживается в руке, падает. Падает и сам Коля. Встал, смеется своей неловкости.

Наконец выбрал — пристроился к дразнящему «Офорту» 1916 года. Возится у мольберта с кисточками и красками.

Рисует?.. Нет... Боится... Задевает нечаянно рычажок под репродукцией. И тотчас «Офорт-1916» освещается... Подсветка поначалу слепит глаза. Краски заиграли слишком.

А юнец, словно бы испугавшись, отпрыгнул в сторону. Так неожиданно!

Запараллеленная с подсветкой, звучит сентенция Кандинского:

«ВРЕМЕНАМИ МНЕ ЧУДИЛОСЬ, ЧТО МОЯ КИСТЬ ПОРОЖДАЕТ ЗВУКИ... СОГЛАСНОЕ ЗВУЧАНИЕ МУЗЫКИ».

Отыграв паузу, голос проговаривает вновь:
«МНЕ СЛЫШАЛОСЬ ШИПЕНИЕ СМЕШИ-ВАЕМЫХ НА ХОЛСТЕ КРАСОК...»
Голос стих.

Неуспокоившийся подросток ходит кругами... Видит на столе неубранный хлеб. Кусочек сыра.

Это надо съесть!

А дальше ноги сами ведут к холодильнику. Открыв, Коля не бросается на свертки с жадностью. Он выбирает и пробует глазами. Он вымуштрован голодом.

Замирает.

Хотя там опять же, вот он, сыр. Там и хлеб. И еще кое-что. Юнец осторожен. Он пока что ничего не тронул, не коснулся. С головой всунувшись в огромный старый холодильник, рассматривает, как нутро пещеры.

Необыкновенная тишина созерцания.

Коля, надо признать, с подростковыми комплексами, грубоват, ворчлив. Бу-бу-бу-бу... Ду-ду-ду-ду! Самодостаточность пацана, выросшего без теплой крыши.

Он побывал и в детдоме, обглоданном чередой проверок. Взрослея, пожил на чердаках и в подвалах. Побывал в пацаньей стае. Однако остался сам по себе.

Ему пятнадцать, скоро шестнадцать. Не испорчен и не вороват.

По-житейски цепок. Понятливому, ему сразу захотелось сюда, в К-студию. Еще бы! Теплое место — и с едой. Он готов рисовать (если получится) эти забавные картины! Да хоть все! Потому что тогда (так он считает!) его, рисовальщика, не сразу выгонят.

Вообще говоря, кистью (грубой, большой) он недолгое время подрабатывал, прибившись к бригаде маляров.

Нет, он не станет художником. Пейзажик — и точно не его работа. Пейзажик он подобрал на мусорке. Какой-то одинокий, под сто лет старик умер, а объявившийся торопливый новый жилец первым делом выбросил из затхлой квартиры все лишнее.

*

Подросток пока что созерцает свертки с едой — мужественным голодным взглядом. Ему все слышнее шум из пивнухи, что по соседству с К-студией, все развязнее оттуда веселые голоса, а вот и вопли! диковатые утренние вскрики!

Коля удивлен.

С трудом, но он оторвал взгляд от нутра холодильника. И повторяет с досадой:

— Да что ж такое. Мне с-с-сказали, тишина будет. С-сказали, м-могу рисовать... Странно это...

А вот и звонок в дверь.

Звонит мужчина. Он вдруг появился в коридоре меж соседствующих (и столь разных духовно!) половин подвала. Лет сорока, чуть меньше. Заметно толстеющий. Но крепкий.

Он сам назвал себя Хозяйчиком. С долей презрения. Нервной жизнью сегодняшнего собственника он пока что недоволен. Ожидал, когда начинал, большего. Большего и сразу!.. При случае он готов постенать и пожаловаться — какой, мол, я хозяин. Я хозяйчик. Я никто...

— Я, может быть... — любит повторять он. — Я только, может быть, будущий хозяин этой долбаной пивнушки. Если сумею оформить эти мерзкие, мелочные бумаги... Деньги внес, а толку ноль... Мать вашу! Полсотня глупейших бумаг! Бумажонки!.. Мной помыкают. В меня плюет каждый мент. И каждый чиновник лезет в мой карман... А каждая тварь свысока грозит выбросить меня вон даже из этого долбаного подвала...

Хозяйчик стоит у дверей К-студии. Давит и давит звонок.

С другой стороны этих же дверей замер насторожившийся Коля Угрюмцев.

Безответная молчащая дверь сердит Хозяйчика — он ведь пришел запросто! как сосед!

Подросток Коля тихо ворчит:

— Да что ж такое... Странно это... С-с-сказали, т-тихо будет.

Он впустил толстяка. Хозяйчик по-соседски здесь, конечно, бывал. Но, кажется, нечасто.

Видя растерянного юнца, Хозяйчик отодвигает его и проходит внутрь, сразу и решительно отвоевывая себе достойное гостевое пространство:

— Для чего здесь звонок? Ты оглох, что ли?! Я хозяин кафе... Нам по-соседски надо жить. По-соседски доверять... Мне надо посоветоваться с Ольгой.

— Ее н-нет.

— А ты кто такой? Что тут делаешь? Кто тебе дал ключ?

— Артем К-константинович. И Ольга.

— Зачем? С какой целью?

— Ни с к-какой. Просто по д-д-доброте. Артем К-константинович сказал, чтобы я ч-чувствовал себя здесь как д-дома... Попробую р-рисовать а-а-абстрактно.

— Ого! Константа здесь уже за хозяина! Быстро он! Начинающие политики — это очень-очень шустрые мужики, согласен?

Юнец молчит. Не его уровень разговора.

— Объясняю! Политики в наши дни куда проворнее и быстрее других находят себе рослый малинник. С малинкой этак покрупней, а значит — и место, и сносное жилье, и отличную женщину.

— М-м.

— Чего мычишь?.. Ученичок?.. Как здесь оказался?

— Артем К-константинович сюда н-направил. П-подсказал.

— Пригрел?

— П-п-пригрел.

— Прямо-таки болезнь! Политик шагу не ступит, чтобы тут же не наплодить юных однопартийцев. Потомство заикающегося кролика!.. Извини, парень. Я сам был заикой... Всюду ученички! ученички!

Хозяйчик подходит к расставленному мольберту. Там заждался чистый лист. Толстяк, хмыкнув, берет наугад кисточку и пытается рисовать.

— Вот оно как!.. А я бы тоже сумел! Легко!

— В-верните к-кисточку.

— Щас! — Это он, конечно, с иронией. Набирая краску снова и снова, толстяк продолжает малевать.

Подросток Коля очень удивлен и очень недоволен — сказано же, что с сегодняшнего дня это уже его кисти. Это уже его краски! Да и мольберт, возможно, его!

— В-вам, дядя, лучше уйти... П-п-по домам... Мне вообще-то не в-велели никого пускать.

Но помалевать на чистом всякому нравится.

— Ты кто такой?.. Ну-ка представься, как следует!

— В-верните к-кисточку.

— Кто такой?! — И сорокалетний толстяк, похмыкивая, помахивая кисточкой и блаженствуя, продолжает импровизировать на замечательном дармовом белом пространстве листа.

Обидчивый юнец теперь уже осмысленно задевает, а потом и подталкивает неслышной ногой рычажок ближайшей к нему репродукции. И тотчас свет. Подсветка!

И звучно, вкусно — сопровождающий текст из книги Василия Кандинского:

«...ВЫУЧИЛСЯ БОРЬБЕ С БЕЛЫМ ХОЛСТОМ...»

Мягкий баритон зачитывает:

«...И ТОЛЬКО ПОСТЕПЕННО Я ВЫУЧИЛСЯ НЕ ВИДЕТЬ ЭТОГО ТОНА ХОЛСТА...»

И еще:

«ЭТОГО БЕЛОГО, УПОРНОГО, УПРЯМОГО... ХОЛСТА...»

Хозяйчик от неожиданности замер. Затем повертел головой, ища, откуда этот крепкий мужской голос.

Бросает подозрительную кисточку. И на плохой случай отскакивает в сторону от мольберта.

*

В дверях вернувшаяся Инна:

— Ну что? Познакомились?

— Он х-х-хотел, — объясняет Коля. — Хотел мою к-кисточку.

— Да ладно, — смеется Инна. — Он наш сосед.

Хозяйчик-сосед уже обрел себя и свою натужную значительность:

— Инночка, привет... А где сестра? Где Ольга?

— На митинге.

— Ах да, митинг! Митинг!.. Сегодня же утренний митинг!

Инна включает телевизор, немые секунды на поиск, и вот уже на экране что надо — Артем Константа. Он произносит речь.

Политик на трибуне — толпа внимает.

Кадр укрупнился. *Видна Ольга. Она в близком окружении Артема, она неразлучна, она рядом.*

— Вот! — Хозяйчик возбужденно тычет пальцем в экран: — Вот! Вот где они все!

Инна: — А вот вам и Ольга рядышком!

АРТЕМ *(он на экране крупно, потом медленно отдаляясь, чтобы зримей толпа):* — Сегодня, во-первых, мы требуем отмены прописки — этого уродливого запрета на жизнь... Требуем свободы передвижения и свободы места жительства. А теперь я опять и опять возвращаюсь к главному... нам нужна гласность. Нам не нужны ядовитые остатки притаившейся цензуры... Осколки нашего рабства!

МИТИНГУЮЩИЕ: — Ур-ра!.. Правильно!.. Ур-ра, Константа!

АРТЕМ: — Долой остатки цензуры в любом ее виде!

Аплодисменты. Толпа ликует.

Коля по-тихому садится за свой мольберт и делает наконец первый шаг в мир живописи — перерисовывает репродукцию.

Вцепившись в свою драгоценную кисточку.

Юнец счастлив.

АРТЕМ *(завершая выступление)*: — Да, да! Население — это не народ. Но бывают дни, бывают часы, когда население становится народом!.. Святые часы!

Последний всплеск аплодисментов.

Митинг заканчивается.

Инна выключила телевизор: — Сейчас прямо с трибуны они по машинам — и нагрянут сюда.

— Как? Сейчас? — Хозяйчик взволнован.

— А что?.. Утренний митинг не бывает больше часа.

— А может, они к обеду?

— Еще чего!.. Не знаю, как народ, но население любит расслабиться сразу после митинга.

Хозяйчик взволнован еще заметнее.

— Но зачем они сняли у меня всю пивную? Все столики разом с утра... Весь зал и чтобы без музыки... Это тоже чтобы расслабиться?

— Не волнуйся, дядя. Толпы не будет.

— Столики...

— Все столики — это чтоб лишних ушей не было. И лишних глаз. И лишних языков.

— Значит, элита?

— Думай, дядя, попроще. Не умничай. Считай, что сюда привалят поговорить-выпить-закусить.

— Я разве против? Я за.

— Во-первых, организаторы митинга. И Константа тоже привалит с окружением... И кое-кто из прессы. И конечно, денежный мешок, который всю эту говорильню содержит!

— Дочка. Инна... Я, собственно, за этим и пришел... Спросить... Хотел с Ольгой посоветоваться. Мы ж соседи... Говорят, этот их спонсор крутой. Слушок такой про него. Скажи — крутой?!

— Да, молчаливый.

— Я же хотел им отказать, но они силой наперли. Надавили. Телохранитель какой, а? Морда, а?.. Видела?.. И почему именно дохлая моя пивная?

— Не дрожи, дядя. Не будь тупым... Твоя пивная только потому, что крутому спонсору нужен крутой Артем. А Артем живет у Ольги. А Ольга твой сосед. Только поэтому ты и понадобился.

— А-а!.. Вот оно!.. Всё рядом, всё по-соседски... Какая ты, дочка, умница!

Хозяйчик уходит, кивнув в сторону Коли:

— Малюет... Я бы тоже мог сидеть и мазать кисточкой. Вернуться бы в детство!

*

Инна неслышными шагами подходит сзади.
Видит, как неуверенно водит подросток кистью.

— Рисуешь?

— П-просто так.

Начинающий мазилка чем-то привлекает ее.
К тому же у Инны изрядное преимущество возраста. Ей 26, а ему 15...

— Покажись.

Инна бесцеремонно поднимает его со стула
и разглядывает. Руками берет за плечи. Повора-
чивает туда-сюда.

— Ручонки хилые, — констатирует она. —
Ты на стрельбах бывал?

— Б-бывал.

— Пистолет в руке сам держал?

— И вообще, как тебя, такого чахлого, взяли в
школу ГБ?.. У них же классные ребята!

Отнимает у него кисточку.

— Рассказывай.

— Что?

— Гэбистская школа тебе нравилась?

— М-майор Семибратов о-о-очень следил за
п-п-питанием.

— А чего вялый? Тебе что — девчонки не нра-
вятся?

— Я у к-к-католиков хорошо учился... А у гэбистов почему-то никак. Х-хуже всех был...

— Совсем плохой?

— Только по памяти трояк с п-плюсом.

— По памяти?

— Остальное — одни д-двойки.

Инна усаживает юнца вновь на его стул, вернула ему кисточку — ладно, пацан! рисуй!

— Здесь тебе будет хорошо. Вместе с твоими двойками-тройками. Артем и моя сестра тебя обогреют.

— Я не у-умею рисовать. Но я же могу к-копировать. Я с-сделаю х-х-хоть сто копий!

— А что?.. Заделаешься здесь студийцем. Старайся... Студия начнет работать в сентябре.

Юнец держит кисточку. В некоторой заторможенности продолжает рассказывать о себе:

— На с-связного учился. По рации... На стукача тоже хотел. Д-доносы писал... П-правда, с ошибками.

— Пойду переоденусь. Дневной, но как-никак банкет!.. Я специально сбежала с митинга пораньше.

Коля продолжает свое: — Стрелять мне не давали.

— А хотелось?

— Иногда.

— С завязанными глазами и на шорох в кустах?

— А чего ты с-с-смеешься?

Но Инна уже ушла.

Коля переставляет мольберт поближе к рисунку. Пытается сосредоточиться. Задумался:

— Странно это... Сказали, м-можешь рисовать... А сами м-мешают.

Переодетая, эффектная, появляется Инна. Спортивный стиль ей к лицу.

— Слышал?.. Не пропусти. Банкет рядом — в нашей соседней пивнухе! Можешь поучаствовать. Ты же любишь поесть.

— Меня н-не звали.

— Я зову. Ольга зовет... А Константа сам первый сказал — прихвати, Инна, мальчишку. Пусть вкусно поест... Голод — кнут Истории!.. Так он выразился.

— К-к-кнут?

— Он имел в виду, что в смутные исторические дни еда на халяву всегда кстати!..

Инна смотрит на юнца оценивающе: — Тебе бы рубашку почище.

*

Тем временем, в ожидании банкета, из пивнушки изгонялись завсегдатаи. Молодежь, как всегда, судьбой недовольна. Как же так! Они с утра недопили! они с такого светлого, с такого чудесного, солнечного... что еще?.. с такого хорошего утра даже и вполовину не пьяны... Свинство!

Их строптивые бунтующие голоса перекрывает повелевающий голос Хозяйчика:

— Вон!.. Всех вон!.. Чтоб в десять минут!.. Вышибала! Где вышибала?.. Гнать всех вон.

Молодые выпивохи вылетают из дверей, получив жесткий пинок под зад.

Но музыка пока что играет.

Инна и подросток Угрюмцев все еще в К-студии.

— А к-кто платит за банкет?

— Догадаешься.

— Б-богатых совсем не отличаю.

— Слышишь?! — потирая руки, радуется Инна. — Уже по воплям недовольных и изгоняемых понятно, как вкусно, как алчно покушаем мы сегодня. Любишь вкуснятинку?

— Меня н-не звали.

— Уверяю тебя, пацан. Еда будет повеселее, чем в гэбистской школе у майора Семибратова.

— Ш-школу уже разогнали.

— А майор?

— Долго за школу б-бился. Б-боролся.

— А потом?

— Он стал б-б-буддистом.

В пивнушке уже в одиночку горланит молодой рок-музыкант по имени Максим, для своих Макс Квинта — последний, кто пытается здесь остаться:

— Мы — музыканты. Хам!.. Зачем же музыку вон?

— Тебя вон в первую очередь.

— Что за банкет без музыки!

— Очень даже банкет! — улыбается Хозяйчик.

*

Чтобы ему не голодать в ожидании банкета, Инна сотворила юнцу огромный бутерброд... с ветчиной! Коля ест, знакомятся ближе.

— Пивнуху закроют. Со дня на день... Артем обещал... А что в школе ГБ — было интересно?

— Мне — нет... Странно это. П-память у меня правильная, но мне не д-давались д-даже доносы.

— Неталантливо писал? — смеется Инна.

— Н-н-неправдоподобно.

— А вот Артем намекал, что тебя оценили и приняли в школу за пейзажик с лошадкой.

— Не-е-ет. Это он п-просто так.

— Просто так?

— Чтобы п-поддержать меня. Чтобы к-красиво.

— А пейзажик чужой?

— Чужой.

— Чей?

— Не знаю. Я п-подобрал на помойке... Возле девятиэтажного дома. Человек умер. Во втором п-подъезде... Его вещи выбрасывали.

Инна разочарована:

— Я бы заик не брала в ГБ.

Юнец пожал плечами:

— Люди заикам верят б-больше. Майор Семибратов сказал.

— А кликуха у тебя была?

— Ребята д-дали.

— Ну?

— Она н-несмешная. Трояк-с-плюсом.

— А я совсем недавно... — откровенничает, в свою очередь, Инна. Рассказывает с восторгом. — Я видела настоящего стукача!.. Мы в Питер на экскурсию группой ездим... Одни бабы. Такая группа. И вдруг парень вроде тебя... Извини... Затесался в нашу бабскую группу. Какой-то недоделанный. Мы всё шептались и гадали — стукач? Или голубой?..

— Это н-непросто, — соглашается знающим тоном юный Коля.

— Нормальный вроде парень, но что-то в нем этакое. Что-то утонченное. Я так и не поняла до конца поездки... Деликатен. Опрятен слишком. И взгляд внимательный.

— Б-бывает.

— Похоже, стукач косил под голубого?

— А вот это н-невоз-зможно. З-запрещено.

— Ну, значит, наоборот. Значит, голубой работал... Под неопытного стукачика. Это же вполне возможно?

— В-возможно.

— А я тогда винца в обед выпила и расшалилась. И знак ему сделала. Пальчиком постучала по пуговке у меня на кофте: тук-тук-тук... Мол, как живется — как стучится в наши перестроечные дни?.. А он улыбнулся. И мне сразу же ответил. Тоже нежным пальчиком... По своей пуговке на пиджаке: тук-тук-тук...

Знаток Коля морщит лоб, задумывается. И приходит к выводу:

— Г-г-г-голубой.

3

Уйти бы сейчас к Ольге, а не пьянствовать с ними. Артем устал. Но, конечно, боец... А боец не жалуется.

Как-то Артем неожиданно скоро выдохся сегодня на митинге. Но ведь застолья не избежать.

Застолье — обязательный жирный довесок. Как второй тайм. Ввалившиеся в пивнушку после митинга, они все хотят пить, еще и еще пить — люди Босса!.. И, воздав Артему, ощутить его сегодняшнюю победу — как свою.

Босс, он же спонсор, мог бы уже первым спокойно отвалить домой, уйти. Дело на сегодня сделано... Но Босс сидит и жует победу — будут сидеть и остальные. Вся команда.

Босс называет их «своими».

Артему уйти бы сейчас к Ольге... Ее К-студия рядом! Пять шагов... Ну, десять-пятнадцать.

«Свои» без церемоний, напористо, вдруг разом рассыпавшись, заняли места за квадратными пивными столиками, составленными в линию.

— Бульдозерная! — кричит Стратег. — Все знают и чтут Бульдозерную выставку! Уже легенда!.. Хрущевский идиотизм двадцатилетней давности неотменяем!..

— А меж тем всего полгода назад была не менее знаковая выставка художников, которую власть тоже сгоряча помяла... Водометная, так ее окрестили.

«Свой», которого уважительно называют Стратегом, сразу повернул застолье в наши недавние боевые дни.

Так что отдохнуть, отмолчаться, тихо налечь на выпивку Артему не удастся. Стратег не зря помянул. Артем как раз один из героев той, недавней Водометной выставки.

А Босс, он же спонсор, любит и ценит рыцарскую тему разборок художников с властями. Отвагу нашей интеллигенции ценит!

— Когда началось задымление, народа уже не было. Там были одни менты.

— Но там были пожарники, — возражает один из «своих».

И тут же ожидаемый спор. «Свои» загудели. Их человек семь или восемь. Артем в сколоченной команде недавно и плохо их различает. По номерам. Свой-1... Свой-2... Свой-3...

— Это крутились менты, переодетые в пожарников.

— А тогда кто поливал из шлангов! Менты?.. Они что, умеют профессионально поливать из шлангов?

«Свои», как в разношенные домашние тапки, влезли в родную для всех нас застольную позицию. Выпьют всё, что на столе. С криками и с перестроечно вольными жестами. С расширенными зрачками!..

Артему ли не знать, что «свои» пьют много, пьют безразмерно, никогда, однако, не пьянея до точки. Сказочная черта. Не падают!

«Своим» как бы противостоят (отчасти, в меру) люди Ольги. Прямо с митинга приглашенные сюда и слегка важничающие... Их всего двое, оба, конечно, художники.

Уйти бы Артему к Ольге...

— Господа!.. — кричит Художник. — Эти политизированные выставки уже оплаканы. К чертям их... Это уже сама История! Слюни!

Но «свои», отлично помня, что их Босс как раз и любит послушать, узнать про саму Историю и ее свисающие холодноватые слюнки, поднимают дружный шум несогласия:

— А что? менты не сразу сумели устроить задымление?.. Неужели?

— Еще как сумели!.. Имитировали пожар с четырех углов. И подмигивали и посмеивались. А потом совсем развеселились! И вместо того, чтобы разгонять выставку, стали нет-нет и шутейно поливать пожарников.

— Из красных шлангов! нечаянно!

«Свои», с расширенными зрачками, уже страстно вовлечены в подсказанный им спор.

Художник не прочь поддержать их благородную болтовню. Но, конечно, с подблюдной джентльменской иронией:

— Господа и друзья! Все было по-честному... Пожарники честно ликвидировали задымление... А духовный огонь недовольных честно заливали водой, конечно, менты.

— Все мы были на выставке героями. Как оказалось наутро. Чудесная новость!

— Это что? Ирония?

— Но согласитесь! Согласитесь, господа!.. Как здорово наутро узнать о своем геройстве... И совершенно не важно, поливал ты вчера из красного шланга пожарников (которые на самом деле были менты)... или ты поливал ментов, которые были чуть-чуть пожарники...

— Чего этот мужик хочет? Он пьет с нами или не пьет? — кричат рассерженные «свои».

— Иронист!

— А заблудившемуся надо подсказать, где из-за стола выход.

— Все иронисты — ничтожества. И ничтожеством своим неплохо живут!

— Ладно, ладно, господа, — смеется Художник. — Я согласен вместе выпить за прошлое. За наше боевое прошлое, где... Где все мы — герои. Все, как один. Даже я.

Стол силен выпивкой! стол серьёзен закуской!.. Гуляй, ребята!

Нервничая и нет-нет поглядывая на тающую снедь, вдоль и вокруг похрустывающего застолья снует волнующийся Хозяйчик.

Но не зря же совершенно спокойно делит с ними застолье мерно выпивающий и пока что недоступно молчаливый Босс. За его спиной, в двух шагах, каменно застыл Телохран. Скрестив руки.

*

Вбежал опоздавший Свой-Смишный.

Телохран, сделав настороженный мягкий шаг ко входу, тотчас его встретил лицом к лицу. Заглядывает в свою для памяти бумажку:

— Так... Такое, значит, ваше имечко... Кликуха... Сме... Смешной?

Опоздавший поправляет со снисходительной улыбкой:

— Не Смешной, а Смишный... Я отвечаю за СМИ.

Прошел и садится за стол.

Понятно, что Смишный — человек здесь, несомненно, значащий. «Свои» ему сразу, без подсказки, с двух сторон наливают.

Стратег: — Мы тебя ждали. Очень ждали.

Смишный: — Ну, вот он я.

— Господа! — Стратег наново ощупывает разговор. — Мы «свои». И мы отмечаем свое. Мы вслух и громко!.. Мы празднуем прекрасное, смелое... сегодняшнее выступление Артема Константы на важном митинге в Московской Думе.

Все кричат: — Да, да, прекрасное! Да, да, смелое!.. Да!.. Да!.. Да!.. Да! — И выпили.

Стратег, он деловой, паузку, однако, дал небольшую:

— Мы тебя ждали, дорогой наш Сми. Выкладывай. Мы тебя слушаем! Ну как?.. Ты отвечаешь за «ящик»?.. Ну?

Свой-Смишный сесть сел, но еще не расслабился за столом! Он только-только! первая стопка!

— Телевизионщики обещали. Дело сделано. Сначала сговорились на отрывки из Константы. А затем — я напомнил им подскочивший рейтинг — на полный текст его выступления. Я как камень. Я их дожал... Додавил... По многочисленным просьбам москвичей.

Стратег: — Петров сам обещал?

— Сам.

— Отлично.

— Я дожал. Я из них выдавил! весь их сок! всю их жижу! — *Смех.* — ...Все их сопли... слюни... слезы... Какая там еще у нас жидкость на «с»?

Стратег подчеркнуто мазнул взглядом, осердился:

— Пошлости побоку. Напоминаю... Главное, чем мы сейчас живем, — это выдвижение Артема Константиновича в Комитет по культуре Московской думы.

— Ура...

— Тише!.. Рано «ура»... Выпьем тихо. Чтобы и нашему Артему тихо, но реально засветило стать министром в Московском правительстве уже этого созыва.

А у входа некоторое столкновение интересов. Впрочем, пустяки.

Телохранитель аккуратно вправляет мозги хозяину пивной, то бишь Хозяйчику:

— Сказано — тебе сытно заплатят! Не торопись. Наш никого еще не обидел. Ты понял?.. Видишь, там сидит человек...

— Вижу.

— Для тебя он — бог. Вон тот. Справный такой. Нет, нет!.. Не толстый, как ты, а справный... Кто он?.. Он для тебя Пал Палыч.

— Но мне надо знать, сколько он заплатит?

Цыкнув на холуев, Стратег продолжает:

— ...За Артема... Пал Палыч. Вы наш вдохновитель. Но близок час, когда вы будете вдохновлять не нас, пеструю команду... не нас, жалкую свору... не нас, чиновничью свиту, — а всю тучную, ожиревшую Московскую думу. Можно выпить нам за это, Пал Палыч?.. Мы чуть-чуть волнуемся. Мы чуть-чуть торопимся. Мы чуть-чуть забегаем и спешим, Пал Палыч, но... Но все-таки мы выпьем уже сегодня, уже сейчас!.. за это?!

Босс, он же спонсор, — человек молчаливый. Он произносит ровно одно слово:

— Пей.

И едва заметно кивает головой. Он спокоен и занят — разделывает ножом и вилкой кусок ягнятины.

Теперь в духе времени, конечно, о ГБ.

— Гэбисты, я слышал, кой-где сделали популистские районные отделения. Офис как офис. Как бы ближе к народу. И дверь прорублена — прямо на улицу. Прямо в объятия к народу... Заходи хоть все!

— А что? Демократизация. Правильно.

— У входа сидит расслабленный гэбист. Мужичок-канцелярист с милым лицом. Как в ЖЭКе. Заходи, народ!

— И что?

— А ничто — принимает жалобы.

Телохран и Хозяйчик все еще перешептываются. Хозян жалуется:

— Это же, можно считать, корпоративная

66

встреча!.. Цена другая! Цена соответственно встрече...

— Если ты еще раз разинешь...

— Я разину свой рот столько, сколько я захочу.

— Это правда. Но ты захочешь его разинуть ровно столько, сколько я тебе разрешу.

— Я...

И наконец вместо слов — тихий стон часто обижаемого человека. Это когда телохранитель, упрощая разговор, стиснул трепещущую руку Хозяйчика. Своей заждавшейся клешней. И дальше — шепотом:

— Видишь тот темный уголок возле той двери?

— Ви-и-ижу.

— Хорошо видишь?

— Хо-орошо.

— Иди туда, сядь и думай о женщинах.

*

Это правильно, — Босс, он же спонсор, главный в застолье и зачем ему искать слова? Зачем париться?.. Правильный человек сам собой держится в теньке.

Политика для Босса — недавний, но кой-где в перспективе уже зрелый плодоносящий бизнес. Конечно, подстраховка. В параллель он поддерживает сразу трех таких выдвиженцев, как Артем. И за один только этот бурный летний месяц три митинга.

И соответственно — три таких застолья.

Да, да, да, он продвигает Артема Константу во власть. Да, вложил в Константу свои честные деньги. Да, пришел поощрить, порадеть за своего выдвиженца, который так дразняще удачно выступает на митингах... Импровизирует под открытым небом. На ветерке. А с каким блеском он врывается на экран ТВ!

Свой-1 и Свой-2 сидят рядом. Им наплевать на знаковое молчание Босса. И, если уж до конца, на самого Босса тоже сейчас наплевать. С пятой-то стопки перестроечный гражданин может почувствовать себя свободным?!. Ну хоть с шестой!

— А нужен ли Пал Палычу в нынешней Думе именно Артем Константа? Как мыслишь?.. За него уже проплатили? Много ли?

— Потратились.

— Однако народу, если про сегодня, было маловато.

— Но не потому, что поутру!.. Пал Палыч мог бы и светлым утром собрать стадион. Но он четко сказал, как отрубил, — пока что только «свои». И плюс немного быдла.

— Не любит лишние уши?

— Лишние языки.

А вот еда хороша. Оба почти одновременно отмечают, что курочку запекли славно!.. К тому же, ха-ха, в разделке им повезло — у разбежавшейся и тормознувшей на этой части стола курицы четыре... нет, пять ножек!

— Кто там рядом с Константой?

— Какой-то пацан.

— Может, сын его?

— Вряд ли... Какой-то заика.

Уйти бы к Ольге...

Помалу завелись. Опрощаются.

— Да, да... Артем, как не поздравить тебя, дорогой. Вот это был улёт! Потрясающее выступление.

— Но ты, Артемка, сейчас должен ответить на наши тосты и на такую нашу любовь!

— Мы не митинг. Мы хотим тебя послушать открыто и по-домашнему!.. Как своего!

— Устал?..

— А выпей! А взбодрись!

— Обещал же о переменах!

— Ну, пожалуйста, Артемчик. Помечи сегодня еще немножко бисеру — перед нами, свинюшками!

С расширенными зрачками!

Артем пружиной встает в рост, нависая над торцом стола... Хотите о переменах?!

— Погоди, Константа!.. Наливаем!.. Что? Перешли все на водку?

Артем дал время... Заодно поощрил сидящего с ним рядом Колю Угрюмцева. Дружески, туда-сюда, треплет стриженую голову жующего пацана:

— Вот, господа! Получите!.. С нами за одним столом начинающий художник... Как имя? Напомни.

— К-коля.

— Нет, друг мой!.. Ты художник. Привыкай называть фамилию, когда у тебя спрашивают имя. А Коля и Вася здесь никого не интересует.

— У-у-угрюмцев я.

— Принято... У нас, господа, некоторые проблемы с речью. К тому же волнение.

— Ура, Константа!

— Тихо! Наш Николай Угрюмцев совсем юнец. Обычный пацан, мальчишка!..

Артем легко разгоняет крепкие и нарядные, послушные ему слова. Артема Константу, если он этого не хочет, не перебить:

— А знаки перемен — совсем рядом... Да, пацана выгнали из школы... Но из какой школы? Это потрясает!.. Вам, господа, не угадать. Ну-ка?.. Слабо?.. Так вот — его выставили из некоей самодельной гэбэшной школы... лучше сказать, его выгнали... изгнали из славных рядов ГБ.

— О!

— О!

— Ого!..

Застолье хохочет.

— Однако, господа, что смешного?.. В школе ГБ мальчишке развили и остро отточили именно зрительную память. Главное оружие как для будущего художника, так и для будущего гэбиста — глаз.

— О да!

— О да!.. На всю жизнь память!

— А меж тем, — продолжает, балуясь, Артем, — а меж тем духовное рождение юного художника Угрюмцева, обрыв его духовной пуповины увязан... косвенно... с Водометной выставкой. Которую мы только-только поминали... Такие нынче времена. Знаки новизны, как ручьи, стекаются издалека!

Артем еще раз поощрительно похлопывает юнца по стриженой башке:

— Молодец! Был на выставке!

И вот ведь вновь ожила недавняя Водометная выставка художников.

Случайно или нет?.. Как знать!.. В отвязном, пьяно-победном застолье так бывает, что некий необязательный факт (или, к примеру, чье-то случайное чужеватое имя) вдруг возникает повтором... дважды!.. словно бы напрашиваясь зачемто к нам в питейный разговор. Словно бы просясь войти... Словно бы легкий стук-стук в дверь. В нашу дверь.

*

Но Артем как-то не угадал. Слишком спокойный, он помалу сбавил голос до проторенно застольного трепа:

— Возможно, на выставке были серьезные люди в теневых погонах. Но я не о них. Я лишь о той школе ГБ, в которую затесался наш голодающий Коля Угрюмцев. Всего лишь самодельная, домашняя школка... Ее организовал какойто тусклый майор Семибратов. Пользуясь общей неразберихой... Самого майора из рядов ГБ как раз турнули, чистка, вот обойденный майор и слепил свою собственную школу. С энтузиазмом слепил и в пику! Хотел деятельности!.. Хотел во благо!.. Время Семибратовых, господа!

Артем не спешил:

— Да, господа, о выставке как раз тогда начали писать-шуметь, и наш майор зажегся интересной мыслью. В самый скандальный день он надумал послать в залы с проблемной живописью свой творческий молодняк. Для практики. Потолкаться среди интеллектуалов. Что-то записать, кого-то запомнить... Святое дело! Нашего Колю и еще нескольких обучаемых мальчишек майор остро нацелил и, благословив, отправил в жизнь...

Застолье внимало.

— Да, господа, случай!.. Внедренные майором мальчишки час в час совпали с задымлением — с акцией ментов по силовому закрытию выставки... Представьте картинку!.. Угроза пожара... Сотня зрителей. Толчея. Подростки с рвением вынюхивают в уже слегка задымленном зале. Записывают либеральные реплики и запоминают несогласные лица. Школа!.. Начальная школа, господа!.. Коля Угрюмцев один из них — из посланных вынюхивать... А что случается заодно?.. А заодно, господа, наш юнец впервые в своей жизни оказался в залах, увешанных картинами, — вот оно что! Носом в краски! Впервые в своей жизни мальчишка попал на... вернисаж!.. Крикливый, задымленный, уже кашляющий, однако же вернисаж!

Артем наращивает интерес:

— Нет, нет, вы не морщьтесь! Вы представьте себе этот выворот сыскной овчинки!.. Вместо того чтобы пробираться, шастать из зала в зал и прислушиваться к разговорам изгоняемой и разгневанной (особенно брандспойтами) нашей интеллигенции, юный гэбист ходит слепыми шагами, забыв, зачем он здесь... Забыв, зачем его прислали! Забыв Семибратова! Он ходит спотыкаясь. Он ходит, потрясенный, от картины к картине. И то там, то здесь замирает от незнакомой ему пьянящей силы искусства!

— Артемчик! Класс!.. Сработала живопись!.. И душа у мальчишки перевернулась!

— Артем?!. Пацана ударило по башке?

— Друзья!.. Артем!.. Уверяю вас — мальчишку ударило красками! цветом! красотой!

— Некоторые рисуют сто лет, а их до сих пор не ударило.

Это уже выпад. Это уже старые счеты. Это приглашенный Ольгой ее приятель Художник ничего не забыл — и в подхват плюнул в богатеньких, сытых «академических» художников.

Второй художник подзаряжен не столь зло, жует воздух, губы в улыбке, пьяно журчащий добродушный ручей:

— Буль... Буль... Буль... Буль...

Но зато «свои» уже раскатали губу на рассказ, почуяли набегающий сюжетец и вперебой кричат:

— Артем... Расскажи... Подробнее.

— Артем! Ты-то уж точно был там героем... Знаем! Знаем!

— Не скромничай!

И совсем неожиданно открыл рот Босс, он же спонсор:

— Расскажи, расскажи, дружок... Пожарники против ментов, а?

«Дружок» — это он Артему. Запросто!

После добрых, чуть глянцевых слов так долго молчавшего Босса у Артема словно бы второе дыхание.

Вот и отлично!.. Вот и вперед! Вино сработало.

— Общеизвестно, господа... Чтобы покончить с выставкой, ее публично не обсуждая, менты по подсказке имитировали пожар и прислали своих ряженых в медных касках. Брандспойты... Струи воды... Разгон... Всё шло хорошо!..

Как по нотам. Менты кричат пожарникам — отвалите! Мы дым сделали — и сами его укротим!.. Пожарники — ни в какую! Они же по вызову! Они — профи. 01 против 02!..

А вокруг этой разборки двух (заметьте, серьезнейших) наших ведомств — кружит озленный рой! Вокруг медных касок бегают и прыгают представители нашей прекрасной, разгневанной, плюющейся и, простите, некрасиво визжащей интеллигенции... Крики-вопли. Примчавшиеся художники! Вынос картин!.. Кто-то спешно одевает свои пейзажи в целлофан!.. Крест-накрест шланги заливают все водой! Пошла в ход и пена!.. И по полузатопленным, оскверненным залам бродит, ни на кого не обращая внимания, мальчишка Колян, ударенный красотой по голове. Завороженный. Замирающий возле каждой картины — забытой в зале... и сверкающей в мокрых красках.

Улёт!.. Хохот и крики восторга. У едва сплотившегося застолья, это мы, мы такие, — сразу же и сплоченный тост за нас... за... за... как бы там ни было!.. Мы такие... за нашу интеллигенцию! За какую есть! За стерилизованную! За некрасиво визжащую! Но все-таки за, господа!.. Мы — за!

А юнец забавен. Юнец — как-никак герой дня.

— Господин Угрюмцев... Ну?.. Расскажи нам сам... Коля!

— Коля, а нам про живопись с дымком? С пригарками?

— А холодны ли, ха-ха, пацан, струи брандспойтов?

Шутливо расспрашивают, теребят его, смеются — и господин Коля Угрюмцев сдержанно отвечает:

— Б-брандспойты — это холодно не оч-ччень. Когда уже м-мокрый насквозь.

Артем видит заблиставшие, нервные глаза мальчишки. И ведь уже улыбается... ожил!

— Еще... Еще минуту внимания, господа. Развязка!.. Познавший Красоту, наш Коля как в столбняке. Он все забыл. Заметьте, пацан пропустил еду!.. А главное, ученичок не поспешил и не доложил майору — не вернулся в свою сыскную школу, как вернулись, примчались туда другие пацаны. Профукал первое же задание! Больше того — в потрясении, в той неразберихе Коля и вовсе ушел, потерялся. Кругами бродил и бродил по неласковым московским переулкам. Его еле отыскал Семибратов...

— И что?

— И пока шли, майор держал найденного пацана чуть ли не за шиворот. А шел майор — это важно! — в родное отделение ГБ. В районное.

За финансовой и прочей поддержкой. Самодельная школа майора Семибратова остро нуждалась. Майора в те дни из ГБ только-только выгнали. Во время чистки. Но, само собой, у майора остались там знакомцы. К ним майор и ходил поклянчить. С просьбами. С протянутой левой рукой. Каждый день...

— В к-конце рабочего дня, — вставил Коля, понемногу помогая Артему.

— Именно. Майор Семибратов не мог, конечно, взять с собой пацана во всемогущие коридоры и оставил его в предприемной. На время... А сам со своими хлопотами пошел по кабинетам... Приказ. Сиди здесь и меня жди! Бодрствуй!.. Усёк? — сказал он Коле прямо, по-майорски.

— Оставил одного?

— Ну, не совсем одного: пусть, мол, Коля просто посидит в канцелярском предбаннике... Там как раз дежурил дружбан майора. Там оставленный Коля и заскучал. Томился. Сидел долго на жестком стуле... Поодаль от канцеляриста.

— Стул ож-ж-ж-жидания, — прожужжал Коля.

Застолье заволновалось. Нерв был задет. За пацана уже болели.

— Ну? — вопрошали, кричали через стол. — Ну и?.. Ну и дальше?

— А дальше наш Коля несколько неприглядно там уснул. Сидя.

— И что?

— Сначала пацан вытащил из карманов и разложил перед собой куски хлеба... сухари...

Канцелярист увидел, возмутился. И спящего пацана выставил... Ну да, да, Коля вдруг нелепо уснул. Уткнувшись лицом в хлебные корки.

Майор Семибратов вынырнул наконец из полумрака гэбистских коридоров, а пацана нет. Нарушение дисциплины.

— И что? сразу гнать вон?! из прикормленной школы?.. Пацана с хлебными корками?

— В том и досада майора! Майор Семибратов, помимо жалкого фильтрования коридорных слухов, напоследок не забыл потолкаться в буфете. Заодно купил там и принес пацану бутерброды. А пацана нет.

Артем увлек застолье. (Но и сам увлекся своим рассказом. А ведь не надо было!)

— ...Не брошу, господа, камень в майора. Сказать честно, пацана выгнали из самодельной школы (из недофинансированной) не только за нелады с дисциплиной. У нашего Коли, увы, были двойки. С учебой у Коли было не ах. Не ах как хорошо.

— Ага! Я это предвидел!..

— О! Двойки!.. Такой рассказ!.. Я разочарован!

— Ничего, Коля! — кричали бравые «свои». — К чертям гэбистов и их голодные школы... Ты на этот раз выбрал правильный путь... В художниках ты отъешься!

И как же сплотившаяся тусовка вдруг развеселилась. Над скромной сытостью художников кто только не потешался. Во все века. Ух, какой живой, какой развязный, ёрнический загулял над столом смех!

— Не расстраивайся, старина! Ешь от пуза!

— Выгнали?.. Это грандиозно! — кричали, веселясь, юнцу. — Это путь многих и многих голодных и слабогрудых!

— Я не художник. Рисовать не у-умею, — отбивался Коля. — Я б-буду к-к-копировальщик.

— Вы-то, монстры, как свою жизнь начинали?! — вступился Артем. — Отстаньте от парня.

Но «свои», почуявшие веселую, незлую поживу, на Колю уже насели:

— А все-таки? Почему двойки?.. Ну скажи, старина! Нам интересно! В этой суровой гэбистской школе хоть иногда тройки ставили?

Коля, ясное дело, не солжет, не умеет:

— У меня по «памяти» трояк с п-плюсом... И один раз был трояк по с-стрельбе лежа. Но лежа стрелять — это совсем у них не ценится, не в-востребовано. Не в счет.

И новым взрывом! Застольный пьяный беззаботный смех!

— Стрельба лежа? Не востребована?.. Обалдеть!

— А почему, старина?.. Какой-то намек на крутой секс, а?

— Лежа стрелять — не ценится?.. Как это понять?

Телохран выступил из-за спины Босса — решился из тени вставить словцо:

— Разрешите, я подскажу... Ценится больше всего, сами понимаете, стрельба в движении.

В прыжке, к примеру. На ходу. На бегу... Это, извините, как на эстраде. Раньше певец пел, застыв по стойке «смирно» и чтоб руку у сердца... А сейчас певун, долбаный солист, прыгает как козел, притом еще и с гитарой! Сальто делает! и еще как орет!.. Вот так и стрелять надо уметь по моде. Падая и прыгая. Взлетая и кувыркаясь!

— Ладно, Коля. Наплевать и забыть прошлое!.. Выпейте с нами, художник Угрюмцев!

— Я не л-люблю.

— Ну, тогда поешь как следует. Жуй веселее, Трояк-с-плюсом!

— Уже п-поел... С-спасибо... Я хочу туда.

— Куда?

— К К-кандинскому. Х-хочу малевать.

И ведь этот Трояк-с-плюсом мог бы уже уйти, исчезнуть, нет его.

В К-студию из кафешки всего-то десять шагов — рядом! Ну пятнадцать!.. Уйти бы ему туда сразу. Сидел бы там за мольбертом с любимой кисточкой, тихо радуясь закончившемуся сытому дню. К-к-копировальщик!

И ведь уже поднялся, привстал, чтобы уйти. Но Художник, приятель Ольги, властно придавил мальчишье худенькое плечо: сиди!.. Художник был заметно взволнован:

— Считай, что здесь состоялось твое крещение, Коля. Нарекаем тебя живописцем. Помни! Ты должен уметь опустошать тарелку. При любом подвернувшемся случае... Жрать много. Жрать впрок!

Этот поддатый мужик, Ольгин приятель, хотел, чтобы мальчишка своей милой придурковатостью размягчил его огрубевшее, набрякшее, в мелких лиловых сосудиках мужское сердце. Мальчишка ему напоминал.

И потому так навязчиво хотелось, чтобы мальчишка поел. Еще и еще.

*

Наконец и Ольга с Инной. После митинга молодые женщины сколько-то передохнули, освежили лица и только теперь сошли к шумному мужскому застолью. С каждым шагом хорошея.

Обе нарядные, красивые.

Мужики, уже изрядно набравшиеся, разумеется, кричат:

— О!

— О!..

— Наконец-то!

Молодые женщины стоят, колеблясь. Не решаясь. Или не сразу угадывая, где им лучше сесть.

И первым из сегодняшней коллекции мужчин Босс, он же спонсор, поторопился их приход одобрить:

— Садитесь, дамы. Облагородьте наш шумный свинарник.

Хозяйчик волоком тащит через пустую пивную сразу два береженных им стула. Настоящие, правильные два стула, а не остро вонзающиеся в зад молодежные табуреты из бара.

— Больше таких нет. Только два.

Оба стула отдаются дамам. Но Инна вдруг возражает:

— А я хочу на табурет. Мне нравится... Как в баре. Люблю покрутиться, туда-сюда! Да, да, хочу повертеть задом!

Свой-1, удивленно: — Надо же. Молодая... Ей такая острая штука в заду нравится.

Свой-2, облизнув губы: — Юная!

Оказавшийся незанятым правильный стул рывком забирает для себя Художник. Настоящее счастье разве скроешь! Он садится, расслабился, плюх на широкое сиденье и кричит. Оглашает... На все застолье:

— О, Господи. Спасибо тебе... Я в раю!

— Хозяин, дай-ка и нам настоящие стулья!

— Чем вам плохи эти? — упирается Хозяйчик.

— Да на них же нельзя сидеть!

— А не ерзайте.

И вновь вспыхнула, казалось, уже истерзанная тема «стульев». Грубоватая, разумеется. Под водку, разумеется. И в замедленном исполнении...

Свой-3: — Мама родная!.. Я как девственная птичка на жердочке.

— А как мыслишь? Почему деревенеет левая ягодица?

Стратег: — Господа, без ягодиц! Призываю!

— Все дело в болеутоляющей юности. Вон Коля сидит на жердочке — и ему хоть бы что!

— Юнец — в прошлом гэбист. Эти люди могут сидеть на шиле.

Художник: — А не надо в прошлом раскармливать задницу.

Оказавшийся тотчас за его спиной Телохран реагирует немедленно и жестко:

— Что за намек?.. Ты, родной, на кого намекнул?!

— Молчу, молчу.

— Здесь серьезные люди.

— Я же сказал — молчу.

Как великолепны женщины, когда они приходят туда, где их уже ждут.

Инна придала лицу броскую, резкую, нарочито навязчивую дневную красоту. Ольга, красивая всегда, — стреляет без подготовки. Ей лишь надо чуть горделиво приподнять голову.

Свой-3 с пьяноватой лукавой серьезностью атакует Ольгу:

— Я бухгалтер... Вы должны мне поверить. От сидения на этом табурете у меня нервный тик.

— Что-то вашего тика я не вижу.

— А он не на лице.

Ольга смеется: — Все равно стул не уступлю.

С другой стороны тут же вскочил Смишный, вздымая в руках свой табурет с микроскопическим сиденьем. Трясет им!.. Наглядно, ничего не скажешь.

— Да, я терпелив. Но гляньте же, гляньте!.. Это же патентованное орудие пытки!

Ольга смеется: — Стул не уступлю.

Стратег: — Друзья. К нам пришли две очаровательные молодые женщины. Хватит, наконец, про то, на чем мы сидим... Можно же не ерзать. Можно стерпеть. Можно, в конце концов, думать о монголах. Вчера фильм по ТВ, а?.. Видели?.. Там монголы одного своего монгольского мужика долго сажали на кол.

— И что?

— Очень страдал.

— Почему я весь вечер должен думать о страдающем монголе?

Но, балагуря, Стратег, конечно же, не забывал, куда течет река:

— Друзья... Не зря мы раз-другой вспомнили сегодня про Водометную выставку. Именно там был по-настоящему замечен людьми... и, уже можно сказать, отмечен судьбой Артем Константа. Явилась личность!

И разом застучали бокал о бокал. Звук запрыгал со стекла на стекло. Подлаживаясь под бессмертную, радостную бим-бом-тональность.

И конечно, стадное счастье общения. Счастье людской слаженности: это мы!.. ай, какие мы!

*

Ольга и в меру ядовитый, провоцирующий Смишный.

— Мне, Ольга, рассказывали, что... ваш Константа... На той самой выставке. Ну как бы это сказать... Артемчик сам немного поливал... Из брандспойта. Не помните? Ментов или пожарников он поливал?.. А?

— Как я могу помнить? — Ольге весело. — Меня рядом не было.

— Рассказывали о нем, конечно, отчасти шутливо... Он...

— Я не была там.

— Прямо из брандспойта...

— Я не была там.

Артем — сама улыбка: — Друзья! Только не делайте из меня героя!

Художник: — Я!.. Я расскажу... Я сделаю героя. Запросто!.. Я видел сам... Суматоха была жуткая. Бегали и сталкивались лбами. Константа прямо по лужам на полу подошел к колоритному пожарнику... Когда тот вовсю поливал людей водой и похохатывал! Не без злорадства! Просто по-ребячески поливал. Скалил зубы из-под каски!.. Артем выхватил у него медный патрубок брандспойта... Артем ему крикнул — а теперь смотри! смотри, водяной вояка, классную живопись твоя вода не берет!

Инна: — И надвинул каску ему на глаза... Я слышала про это. Восторгались люди прямо на улице!

А Ольга свое счастье сдерживала. Спокойная в застолье, чуть насмешливая, она медленно пила славу. Капля за каплей... Это Артем! Обалдевшие от его слов мужчины сидели с приоткрытыми ртами. Восхищались. Как девочки-студентки!

Он говорил так же легко, как дышал. Еще и легче!..

Второй художник сильно пьян, говорить трудно — но как же хочется рассказать им о бегущей, о самодостаточно быстрой воде. Хочется, чтобы как пророк. С рвущейся слезой. Не дают ему слова. Увы.

И тогда он прорывается в их мусорные факты... в их неёмкие мысли:

— Буль... Буль... Буль... Буль! — кричит.

Душа его болит. Душа стеснена. И лучшая его мысль о воде. О вечно текущей. С мелкими волнами.

О пресной, спешащей, набегающей воде.

4

Художник: — И по развешанным картинам — струей!.. Но ведь с умом!.. Артем, ты ведь знал, что делал?!

Артем смеется: — Уже здесь перебор — уже больше легенды, чем факта.

Стратег: — Нет, нет, Артем! Мы должны знать героев. Расскажи... Ты бил струей только по той известной картине, где особые масляные краски...

— Ха-ха-ха... Артем, высший класс! Как с гуся вода!

— Вода не помеха. Водица стекала, только и всего. Так говорят очевидцы!

Артем лишь отмахнулся рукой: — Так говорят легенды. Я просто отогнал пожарников туда, где задымление.

— А они туда идти никак не хотели!

— Потому что там в касках ряженые! Сплошь менты!

Артем: — Господа... Друзья!.. Мне смешно... Ну да, да, да. Вроде бы и впрямь что-то жертвенное в той суматохе было. В той дурной толчее... Легенда?.. Какая же легенда без брандспойта!.. И без эффектной фразы. Но если честно — разве в дыму у настоящего свирепого пожарника вырвешь брандспойт?!

— Ну ясно!

— Однако тебе, Артем, удалось вырвать. Потому что пожарником-то был переодетый мент. Не настоящий — липовый был пожарник!

— Без ссор, господа! Здесь собрались единомышленники.

— Друзья... А пусть эта геройская сценка живет. Пусть все трое — на века. Артемчик с брандспойтом! Мент с надвинутой на глаза каской. И в центре — кропящий, все и вся поливающий, честный свирепый пожарник... А вокруг одуряющая жертвенной красотой живопись! Под скрещенными струями воды! В клубящемся едком дыму!.. Друзья! Это же героическая мистерия! Пусть она живет! Пусть как живая!

Артем: — Должен признаться... Что касается героизма, там было еще много чего. И помимо меня — и поинтереснее меня.

— А расскажи.

— Расскажу. Три художника с Волги... Из Хвалынска, что ли. Не помню... Все трое — андеграунд. Все трое впервые в Москве!.. Все трое грудью вперед — и закрыли каждый свое детище. У каждого только и было выставлено по одной картине... Каждый заслонил собой. Как щитом. Даже не прикрывали ладонями лицо, глаза. А струи били в них хотя издали, но с напором!.. Лица! Мокрые! В ручьях воды! Какие прекрасные у них были лица!

— Давай, давай, Артем! Всегда интересно, из чего варится легенда.

— Артемчик, легенда варится как раз из воды. Отожми из любой легенды воду — и там мало что останется.

— Буль... Буль... Буль... Буль!

Художник и Инна.

— Хотел бы вам понравиться.

— Не успеете.

— На свою выставку приглашу. Бываете на выставках?

— Только в Петербурге.

Смишный: — Как Артем на вас смотрит, Ольга!

— Завидуете?

— Почему ж не завидовать?.. Блестящая речь! Блестящая женщина!

— Слышу иронию. Надо будет рассказать Артему.

— Как же нам без иронии, леди!.. Мы, журналюги, народ простой.

Художник: — Артем! Артем!.. А я припоминаю там, в задымленных залах, представителя Министерства культуры. Чиновник, по имени он большой, известный, а ростом мал... ужасно растерялся! вмертвую!.. Отмахивался от дыма своей дурацкой папкой!

Артем: — Я тоже его приметил. Чиновничек был насквозь мокр. В толстом шерстяном свитере!

— Я не мог оторвать от него глаз! Кругом вода, вода... Чиновник словно плыл от картины к картине. Похожий на маленького толстенького кита.

— И плакал синими слезами! Настоящими синими. Ручейки по щекам!

— Ну-ну, уже сразу синими.

— Синими!.. Ей-ей!

— А пусть синими — для легенды.

Стратег первым вспомнил о самом тихом здесь из мужчин:

— А я хочу выпить с начинающим художником!.. Уйти от майора Семибратова и прорасти в мир живописи — это прекрасно! Налей, налей себе, Коля Угрюмцев. Налейте ему сухого, друзья. Одну каплю ему можно.

— Н-нет. У меня с-сразу голова. Б-б-б-болит. — Юнец смутился, отказывается.

— Но сок тебе, Коля, можно?

— М-можно.

Юнцу на радостях налили.

И только тут, прихлебывая... ух как вкусно!.. хмелея от яблочного сока, Коля заговорил. Наверняка ему льстило внимание этих взрослых дядей — их напор, их балаганный интерес.

— Ч-чиновник... Я его т-тоже видел. Днем. На той мокрой в-выставке. Он плакал не синими, а ч-черными слезами. П-потому что... П-п-потому что от воды у него полиняла шляпа. Ч-черная шляпа.

— Ага! — кричит Смишный. — Этому пацану я могу реально верить. Это вам не легенды!

— Этому конкретному пацану и я поверю! — соглашается Стратег.

Коля: — А в-вечером я тоже в-видел его — в отделении ГБ.

— Ого!

— Давай-давай, Коля Угрюмцев!.. Ты видел чиновника. И этот чиновничек в полинявшей шляпе плакал черными слезами.

— Не знаю почему, но заикам хочется верить.

— Заики правдивы. Потому что минимум слов!

— Если нищий заикается, я подаю больше.

— И стало быть, чиновник по культуре побежал сразу туда. В ГБ побежал... Краси-и-и-во!.. Сразу после разгрома выставки!.. Вот они, половинчатые люди перестройки!.. Ты, Коля, сам его видел?

— С-сам.

— Это когда ты уснул, уткнувшись в хлебные корки?

— Да. В к-канцелярии... Н-но я еще не уснул... Не сразу... Я т-только вынул куски х-хлеба из кармана. И разложил на с-столе. Чтоб подсохли. Ждал майора... За отдельным заляпанным с-столиком для ожидающих. У с-самого входа.

— Представляю! Вижу! Вижу эту картинку! — вскрикнул Артем. — Юнец не сводил глаз с полинявшей шляпы!

— Ш-шляпа его текла ч-черной водой. Он не знал, в-войти со шляпой или нет... В-вертел ее в руках... И т-топтался у входа. А ч-черным капало. Он оставил шляпу на углу столика. Возле меня. На входе. Боялся, что с-слишком капало.

— Такое не выдумаешь! — Артем в восторге. — Молодец, Колян Угрюмцев!.. Господа! Друзья! Запомните — всегда найдется глаз, который увидел и узнал в лицо саму Историю.

— Глаз — алмаз. Глаз молодого гэбиста! — кричат в подпевку «свои».

Но Художник не согласен:

— Нет и нет... Это уже проросший хваткий глаз молодого живописца!

— На канцелярской приемке, что п-прямо с улицы. Там для любого. Там любой мог жаловаться, — пояснял Коля поначалу с детским стеснением. — Дежурного к-канцеляриста майор Семибратов з-звал дружбаном...

— А майора уже раньше из ГБ выгнали?

— Майора в-выгнали, а дружбана еще нет.

— А ты вдруг уснул сидя?

— Так п-п-получилось.

— Но что надо увидеть — пацан увидел. Молодец! — продолжал воздавать Артем своему приемышу.

И видно, забыл Артем Констант, что похвала мальчишке хороша, когда в меру.

Юнец, от еды было отупевший (и вообще во взрослом застолье лишний), теперь говорил все радостнее и легче. Осчастливленный своей минутной нужностью этим дядям... Он торопился рассказать. Он куда меньше заикался.

А просят или не просят, уже не важно. Юнца понесло.

— П-помню... Все п-помню!

Хвастаясь цепкой мальчишьей памятью, Коля продолжал:

— Я, Артем К-к-константинович, и в-ваше донесение помню... Вы вошли почти сразу за этим, с которого капало... За ч-черной шляпой. Канцелярист-придира с-спросил, почему донесение не напечатали на машинке, а вы ответили: «Рука пишет более ответственно». Я з-запомнил. Майор Семибратов учил запоминать п-первые слова, ф-фразы. Лица, конечно, тоже. Головные уборы... Но особенно п-первые ф-фразы.

Хвастливый пацан хотел поощрения:

— П-первые слова самые т-трудные. Но ведь я правильно запомнил?..

— Мои слова?.. Мое?.. Донесение?!

— Не донесение, к-к-конечно. Нет... О-о-объяснение... Но ведь я правильно запомнил?

Повисла пудовая пауза.

А затем в полупьяно-полупротрезвевшем застолье стали пробиваться негромкие удивленные
восклицания.

— Вот это да! Ты слышал?

— Неужели?

Недоуменное туда-сюда перебрасыванье
словечек.

— Ого.

— Надо же!

— Ух ты!

— С ума сойти!

И совсем-совсем тихо:

— Артем Константа постукивал?

— Вроде того.

Тихо, но оно прозвучало.

Осторожное, робкое, несмелое и как бы
только на пробу. Но, конечно, уже чреватое будущим. Не издалека, не отдаленным, а уже зав-
трашним злобно-радостным будущим, скан-
дальным!.. Уже не остановить.

А заикающийся пацан продолжал — все с той же
отрадой счастливого припоминания подробностей.

С безмятежным мальчишьим хвастовством.

В конце концов эти жрущие дяди тоже хва-
стуны, и еще какие! Весь день они... Кто о чем!
Не затыкались!.. А ему, юнцу, тоже хочется, и
ему есть что рассказать.

— Я, Артем К-константинович, сначала не
был уверен. Я с-сомневался... Но когда вы сказали, что трое... Про трех п-подпольных х-худож-
ников с Волги. Я тут же их вспомнил... Их лица...

Юнец выкладывает всё:

— ...Сначала я вас, Артем Константинович, увидел на выставке. Когда п-пожарники начали орать и п-поливать из шлангов этих трех х-х-художников... Уже мокрых. Уже с ног до головы... Артем Константинович смело пошел, попер прямо на них и сказал одному из пожарников. Вы п-потрясающе сказали ему, Артем К-константинович. Вы сказали: эти трое, эти х-х-художники, они с Волги! Они с Б-большой Волги, с большой воды — и простой водой, что из шлангов, их не напугать и не удивить!

Стратег хмыкнул: — Однако память.

— Маленький стукач, а памятливый.

— А как правильно?.. Стукачик? Или стукачок?

— П-первые ф-фразы трудные. Но я всё-всё п-помню. Я еще подумал — какие слова! Большой водой не удивить! А на вас кричали — Константа! Опять этот долбаный Константа!.. Когда вечером я увидел вас в отделении ГБ, обрадовался. Узнал. Вы уже переоделись... были х-хорошо одетые, сухие и... и вынули из кармана ту бумагу.

А у взрослых дядей от его припоминаний захолодело в желудке, как в вороватом детстве. И опять *оно* прозвучало, чреватое уже совсем близким, уже набегающим, уже домашним будущим:

— Постукивал, а?

Ольга тихо охнула: — О господи.

Инна хватает ее за руку:

— Сиди, Оля. Мальчишка мог напутать.

— Я?.. Н-нет. Н-нет, честное слово... Помню. Я слышал сам. Артем К-константинович замечательно это сказал. С-с-смело сказал. Провинциалов с Волги б-большой водой не удивить!

Смишный первый напал на теплый след: — Сказал про воду — и что дальше?.. Дальше!

— Я п-помню. Там, на их картинах, ф-фамилии написаны. Всех троих... П-провинциалы стояли рядом. С Волги... Их картины тоже рядом. Афиншеев... Кучайников... и... сейчас... сейчас... я в-вспомню... и Труновский.

Свой-1: — Во память!

Смишный: — Дальше! Дальше!

Артем: — Я сам скажу, что дальше... Меня вызвали в ГБ для объяснений. Как одного из организаторов той выставки. Повесткой... Любого из вас могли туда вызвать.

Смишный: — И меня вызвали. Но я проигнорировал.

Свой-1: — А я своей бумажкой подтерся!

Свой-2: — Вот то-то.

Теперь, злобно-радостно оживая, заговорили все.

Но и Коля, он же Трояк-с-плюсом, не замолкал... торопился... все еще расстилаясь своей шикарной (так нахваливали их в самодельной семибратовской школе) памятью:

— Майор Семибратов нас так учил: если объяснения, Артем К-константинович, они з-записываются диалогом. Вопросы-ответы. А вы принесли г-готовый текст... К-как монолог. Я привстал. Я п-подсмотрел... Тот дружбан к-канцелярист колебался... А потом все-таки положил вашу б-бумагу в ту п-папку, где сообщения и донесения.

Артем: — Сообщение-донесение-объяснение... Черт-те что! Друзья. Мальчишка наивен, как ангел. Мальчишку переучили жить подглядом. Заучили его. Чтобы не сказать — зомбировали... А на самом деле — это всем нам известные штучки ГБ.

В паузу Артем даже сумел рассмеяться:

— Друзья!.. Ведь это старинные гэбистские фокусы — они всякое наше объяснение называют (меж собой!) доносом.

Но будущее набегало, не остановить.

Уже не замолчать круто поплывший разговор. Это ясно. Водкой уже не залить и горячей бараниной не зажевать.

И как-никак дирижирующий застольем Стратег лишь на миг растерялся... как быть?

— Ну-ка... Ну-ка, Артемчик!.. Поподробнее. Гэбистские штуки и штучки мы, конечно, знаем... Но и самих себя в наших честных игрищах с властью мы изучили. Тоже знаем.

Телохран осторожничает. Затем преданно подкашливает — и обращается к главному здесь человеку:

— Босс. У вас кровь прилила к лицу... Вы как свекла.

Главный произносит одно лишь слово. Отцеженно густым, насыщенным баритоном:

— Фигня.

*

Артем: — Именно фигня. Мыльный пузырь, друзья!.. Не сомневайтесь!.. Да, да, гэбисты меня вызвали — они, мол, смотрят на меня как на одного из зачинщиков... Скандал уже был вовсю!.. Им нужны прямые объяснения — почему и как?.. Как я подыскивал помещение для скандально не разрешенной властями выставки. Как я организовал. Как писал письма художникам в провинцию... И тому подобное... Они, мол, меня вызывают для технических объяснений... как только выставка закончится. Закончилась выставка — и я пошел туда сам... Да, я не стал ждать повторного вызова. Да, я сам туда пошел. Да, это правда, что я написал все заранее, а как иначе?.. С ними надо быть начеку. Чтобы были готовые, продуманные фразы. Чтобы они не подловили меня на слове... Очень сухо. Аккуратно. Просто сухая информация. Ин-фор-ма-ция.

Свой-1: — Вы, что ли, как их информатор?

Артем: — Ты спятил?! С ума сошел!.. Возможно, я поспешил. Но не более того.

— Никто из нас не поспешил.

— Как попался я, мог попасться любой.

— Правда. Но почему-то мы туда не поспешили. Почему-то мы не попались. А ты почему-то попался.

— И что?! — в голос кричит Артем.

— Ничего.

Ольга сидит, закрыв лицо руками.

Инна обнимает сестру за плечи: — Погоди, Ольга. Погоди... Это всё их пьяная чушь! Это какие-то их перевертыши! Глюки!

Малопьющий Смишный, долго и профессионально весь вечер копивший в себе газетный яд, делает первый смелый выпад:

— Если Артемчик знал... Если ему загодя сказали, что его вызовут, это значит... что?.. это значит, что и прежде его вызывали. И что он там уже бывал, и не один раз.

Артем: — Они вызвали реальной повесткой... И если вызовут вас, любой из вас тоже пойдет. Побежит!

Коля Угрюмцев, вот кто наконец спохватился. До юнца дошло.

— П-п-подождите... Я не хотел... Ничего с-стыдного. Майор Семибратов сам сказал. Такими з-з-записями и п-папками в ГБ набиты ящики... Т-тыщи!

— И что?

— Там т-тыщи.

Смишный кивнул:

— Так мы и жили, парень. Информаторов были тыщи.

Смишный уже увидел воображаемый газетный лист. Покропленную отравой целую полосу... И вразлет тихий заголовок: СНЕЖНЫЙ ОБВАЛ В ГОРАХ МОЖЕТ ВЫЗВАТЬ НЕГРОМКИЙ КРИК МАЛЬЧИШКИ.

Художник: — Не надо раздувать. Господа и друзья! Письменное объяснение Константы ровно ничего не значит. Бумажка пустяковая. Гэбисты делают из этих бумажек задел. Просто задел на будущее — вдруг когда-нибудь сгодится. Чтобы выдвинувшегося человека, желательно лидера, подловить и припугнуть... Когда его минута созреет.

Стратег разом прояснил, куда течет река. И нарочито переспрашивает:

— Когда минута... что?

— Когда созреет.

Вежливо и мягко. Чутко. Боясь своего промаха... Но тем чутче! В осторожном напряге раздувая тонкие ноздри, Стратег обращается наконец к Боссу:

— Минута вроде созрела.

Однако Пал Палыч молчит.

Зато юнец Коля несет свой запоздалый лепет. Задергался пацан, пытаясь исправить:

— П-простите меня. Я не думал... Гэбисты держат такие б-бумажки просто так... Майор Семибратов... Эти объяснительные... Эти б-бумажки сор... мусор канцелярский — бумажки лежат и тыщами ж-ждут неизвестно чего.

Но Стратег уже вполне слышал дыхание молчаливой реки — ее большой воды:

— Известно. Известно чего, малыш! Очень даже известно... Гэбисты ждут, пока имя наберет высоту.

Смишный: — Да, да!.. Ждут... Да, да!.. Ждут,

когда Константа попадет в московское правительство. Этого ты, малыш, не чувствуешь. Зато мы чувствуем. Нюхом. В обе ноздри.

Свой-2: — Однако Константу не очень-то пошантажируешь.

Свой-3: — Еще как! Человек, если припертый, быстро становится ручным. Я бухгалтер, я знаю.

Стратег: — Ты, парень, еще припомни. У тебя отличная память. Припомни. Когда канцелярист сортировал... Куда он положил или отложил бумагу, которую принес Константа...

— М-м... М-м... Н-н...

— Ну, не мычи. Не мычи.

— В п-папку...

— На папке не было надписи?

— Н-нет.

Артем уже не сдерживает гнев. Он оглушенный. Ну да, в темноте бывает! Ну да, ступил человек в обычную лепешку дерьма.

Обидно, непонятно, заспанно чего-то вдруг испугавшийся, он почти кричит:

— Не ради себя! Я хотел защитить людей, организаторов выставки. Хотел защитить художников!.. Да, поспешил. Да, принес объяснение... Да, если хотите, прибежал к ним. Но я — это я. Я — Артем Константа!

Стратег: — Твое «я» уже сейчас в их руках.

— Я, Артем Константа, сегодня тот же, что был вчера!

— Верно. Ты и вчера уже был в их руках.

Смишный подхватывает: — В их руках, в их ногах, в их чреве, в их заднице, сам того не зная... Друзья!.. И этот человек хочет быть политиком высшего эшелона. Политиком милостью божией!

Спонсор издает малопонятный возглас: — Гоп-пля-а!

Все смолкли. После странно пролаявшего откуда-то свыше — полная тишина.

Только Ольга шепчет сестре: — Сердцу тесно. Давит. Принеси мне что-нибудь. Валерьянки.

Инна тоже негромко: — Где она у тебя?

— Не помню.

Инна мягкими шагами, не спугнув тишины, уходит. Ушла.

Тишина все еще висит.

Но вот Стратег, угадавший новый поворот реки (непостижимо как), вновь сумел понять (прочесть) ветвистое будущее. Сумел прочитать на неподвижно-красном лице Босса:

— Мы все разочарованы... Чтобы не сказать больше. Вы, Артем Константинович, всех нас подставили.... Обгадили, если уж впрямую. Извините... Вы должны были дать знать. Нам. Каждый такой шаг... Шаг — это ведь не прыжок. Вы не акробат на батуте. Вы должны были хорошо подумать, когда сочиняли им свое объяснительное письмецо.

Артем: — Я хорошо подумал. Я в ответе за свои слова. За каждое слово. За каждую фразу... Я в ответе. Я готов подписаться публично.

— Так, Артем, говорят все и каждый.

— Я — не все!

— И ваша довольно малая слава, Артем, уже не в помощь. Слава — вода.

При слове «вода» Второму художнику вновь померещился вырвавшийся из земляной тюрьмы, родниковый, зажурчавший, свободный ручей. Играющий в догонялки с бликами солнца.

— Буль.

От неожиданности замерли. Серьезные же вокруг люди... А эта пьянь снова:

— Буль... Буль... Буль!

Стратег очнулся. Пусть! Хохот как разрядка. Пусть посмеются. Вполне определившись, Стратег уже негромко, вполголоса. Уже по-семейному, дергает молчаливого Босса:

— Скажите же что-нибудь, Пал Палыч.

И вновь мгновенно возникшая тишина.

Босс, через стол, этак простовато-грубовато обращается к Артему Константе:

— Я что-то сейчас не врублюсь. Я ж, милок, спросил... Я ж тя тогда в упор спросил — с гэбистами у тебя чисто?

И чуть-чуть с напором:

— Помнишь?.. При встрече. При первой. Ты мне ответил — чисто.

Артем: — Так и есть. Я считаю, что чисто.

— Нет, погоди, погоди. Сядь-ка сюда, чистюля... Поближе.

Артем, полагая, что его плохо слышат, дернулся, пересел на один стул чуть ближе.

— Поближе. Поближе, я сказал.

Но при подчеркнутом нажиме Артем остается на месте.

— Вот я тебе щас, Константа, подскажу урок. Покажу, что такое чисто.

Босс вынимает из портфеля бумажную «трубочку». Несколько легких, воздушных бумаг, свернутых, скатанных в трубочку... Приготовленных к сегодняшнему победоносному дню.

— Вот контракт о нашем с тобой сотрудничестве. Мы этот пирог только-только сегодня спекли... А? Вкусен был?.. Видишь?

Рвет.

— Вот спонсорство. Девственное.

Рвет.

— А вот фонд.

Рвет.

— Вот теперь чисто.

Телохран внаклон возле главного человека. Шепчет:

— Вы весь красный... Босс.

— Фигня.

— А левые пол-лица лиловые.

Босс, с неожиданной искренностью, с теплом в голосе (и по-мужски немного смущаясь), просит Ольгу:

— Поди снеси в сортир, девочка. У тебя в студии небось проблема с туалетной бумагой.

Ощупывая вздувшуюся жилу на лбу, Босс добавляет:

— Сейчас у всех с мягкой бумагой плохо.

Телохран тоже решил высказаться:

— Кроме тех, кто часто пишет в ГБ... Гы-гы-гы!

Ольга стоит в растерянности. Прижимая к груди бумажную рвань.

Босс, не подымая глаз, продолжает выговаривать Артему:

— И упаси тебя боже вякнуть где-нибудь в газете... на экране... в эфире... даже шепотом... что я собирался тебе помогать. Я тебя, Артем Константинович, в ноль. В пыль. Сотру... Тебя просто не будет.

Наклонившись к Артему, большой человек продолжает совсем тихо:

— У меня за воротами бегает десяток сук... Лают?.. Нет, не лают. А общаются очень даже человечьими словами — мол, за штуку... пришьем кого угодно. За тысчонку, а?.. Я их не допускаю близко, конечно. Но за воротами пока что пусть бегают... Пусть.

А заканчивает главный здесь человек знаковой отмашкой.

Сдержанный сильный баритон Босса, он же спонсора, обращен ко всем пьющим и жующим, к нашим и не нашим. Ко всему встрепенувшемуся застолью в целом:

— Конец фильма.

Все: — Правильно!

— Верно!

— Решительно и правильно!

— Константе уже не отмыться!

Смишный: — А заметили, как сразу Константа сдвинулся в тень? Даже от тех далеких ламп? Насторожился... Как только пацан заговорил про полинявшую от воды черную шляпу.

Свой-1: — Раньше, раньше! Ушел помалу в тень. При первом же намеке.

Свой-2: — При слове «брандспойт»...

Инна, вернувшаяся из К-студии, кричит, срываясь на совсем высокий фальцет и визг: — Перестаньте лгать! Ложь!.. Ложь!

Затем, подойдя к сестре, разводит руками:

— Не нашла валерьянки.

Стратег успокаивает Ольгу:

— Чего там валерьянка! Выпейте немного вина, леди. Взлеты и падения — норма жизни политика. Игра в игре. Ваш великий отец прекрасно говорил об этом когда-то.

Наливает ей:

— И не жалейте его. Посмотрите, какое у него сейчас лицо.

Артем, похоже, чувствовал потребность ответить и достоять до конца у своего стула, у своего стыда. Стоял с застывшей на лице чрезмерной натужной улыбкой.

Ольга мрачно огрызнулась: — Лицо как лицо.

Стратег: — Именно. Именно так, леди. Но мы-то от его лица ожидали куда большего.

— У меня есть подружка. — Стратег поднимает свой бокал, приглашая Ольгу к миролюбию. — Тоже как вы. Молодая... Она каждый раз повторяет мне беспомощно: «Ну что? Ну что?.. Ну что может женщина, кроме валерьянки?..» — и, выждав секунды две... всего две, никак не дольше... наливает себе французского винца.

*

Спохватившись, Артем все же пытается выровнять проигранную в дым позицию:

— Ладно. Разошлись. Я сам по себе... Но я, Пал Палыч, хочу просить вас.

— Садись сюда.

— Просить...

— Просят не так. Я же сказал — садись ближе.

Артем (еще выдерживающий характер) и Босс (уже принявший звездное решение) сидят друг против друга.

Но вот Артем придвигается вместе со стулом — как бы даже не к Боссу, а к незаставленному краешку стола. Чтоб вроде бы развязно выставить локоть. Видок у него все равно нехитрый, жалковатый. Но Артем идет на это. Из просительной — из бомжеватой тактики.

В полупоклоне. К чистому краешку стола:

— Зарплату.

— Что?

— Зарплату этого месяца не отбирайте. Оставьте ее мне.

Стратег, он рядом, и он опять знает наперед,

что сказать: — Однако нет!.. Извините! Деньги — знак равенства. Деньги — это примирение. Нет и нет!.. Пал Палыч, оставляем политика на его вчерашних сухариках!

Смишный участвует тоже, кричит:

— Оставь его голым, Пал Палыч... Ни копейки. Пусть уже завтра начнет ходить с протянутой.

Босс: — Значит, Артемка, молчим про фонд? Про контракт?.. Молчанка?

— Да.

— Значит, и в глаза друг друга не видели?

— Да.

— А почему... или, лучше сказать, зачем... зачем я оставлю тебе зарплату за месяц?

— Затем. Я этот месяц отработал на вас. Уже двадцать восьмое.

Инна недовольно, почти оскорбленно вскрикивает: — Артем!

И Художник кричит ему из далекого далека — через чужой, ставший чужим стол: — Константа, заговори наконец! Скажи. Вруби им что-нибудь!

В подхват снова Инна: — Артем!.. Где твоя отвага?

Босс: — Помню, ходил с этой своей отвагой по моему складу — пиджак выбирал. Артемчик ты наш!.. Долго выбирал. Я уже там почувствовал... Кто идет в политику, кто лезет в гору круто, пиджак так долго не выбирает.

— Этот самый пиджак?

— Этот.

Второй художник слегка протрезвел: — Буль... Буль... Буль... Артем... Неужели так долго выбирал?

Свой-3: — Хороший обалденный пиджак видно сразу. Я бухгалтер, я знаю.

Художник взывает через весь стол: — Артем!

Босс: — Снимай, Артем. Мне пиджак не нужен. Фигня! Мне и сто пиджаков не нужно. Мне только истина... Нехалявная... А нехалявная в том, что такой правильный пиджак ты, Артемка, не вполне отработал.

Артем молчит.

В своем конце стола уже воет оскорбившийся за человека Художник. В праведной ярости: — Константа! Где твой знаменитый голос! Где ты? Куда ты делся...

Размахивает руками:

— Артем! Мы обойдемся. Как-нибудь пробьемся без толстых задниц!.. Почему ты молчишь?

Артем растерянно, с заострившимся лицом: — Выбили из колеи. Это шок.

Смишный, с остатками исходящего яда: — А уж какой у нас шок!

Гнев в открытую — роскошь. Как праздник... Но честный толстосум может себе праздник позволить.

— Я деньги в тебя вложил. Знаешь, какие деньги!.. Не знаешь! — Босс выхватил из портфеля новую порцию «артемкиных» бумаг, чтобы вновь рвать напоказ.

Рвал публично — умело, резко, звучно.

Но если ту, первую часть бумаг он с практичной прохладцей определил в руки Ольге, то теперь, в позволенной себе минутной ярости, новую порцию рвани он надумал швырнуть прямо в лицо Артему.

Инна, вот кто бросается между ними. Не допустить столкновения!

— Ну ты, козел!

После чего Телохран, он начеку, тоже бросается в баталию: — Ты что?!. Девка? Ты кому?.. Ты что такое сказала?!

— Сказала что хотела!.. Я не ты — я свободный человек!

Замахнувшийся было на Артема, Босс все-таки одумался, сдержал порыв: — Ну-ну, девочка. Спокойней. Да, да, я козел... Здесь все козлы. Разве я с тобой спорю?

И как бы в рифму Босс устраивает бумажную рвань Инне в руки.

— Держи, держи и ты, девочка. Сейчас у всех проблемы с мягкой бумагой.

Сестры рядом. У обеих женщин в руках, не знают, куда деть, только что обесцененные умершие листки.

Артем сидит молча, умерший политик.

Ольга тихо зовет его: — Артем. Уходим отсюда.

Артем встал. Снял пиджак, вешает на спинку стула. Машинально обил ладонью, разгладил пиджачные плечи.

Босс продолжает свое — с неожиданным просветлением в голосе: — Ходил он кругами по моему складу. И долго-долго выбирал. Всего-то пиджак. И так виновато мне блеял: «Хочется поярче...» Ах, как долго выбирал... Я всё присматривался, что, мол, это за будущий политик!

Босс поднялся со стула. Конец фильма.

Артем: — Зарплату мою за месяц.

Они стоят друг против друга.

— О!.. Вот-вот. Уже появляется интонация. Та самая, что на складе.

Унижение — колодец, не выпивается до дна.

— Зарплату за месяц.

— Да, да, еще разок проси. С интонацией... Уже получается... Мне, мол, очень надо.

— Зарплату за месяц. Мне очень надо.

Ольга, чуть ли не со стоном: — Артем!

Босс итожит: — Ладно. Жируй.

Обернулся к напрягшемуся Телохрану: — Принесешь ему деньги сюда... Все в точности. Рубли и копейки. Завтра же. До обеда. Но с какой бы второй просьбой он ни сунулся — в шею.

Голос Босса густеет:

— Фигня... Чтоб ноги его больше не было! Возле нас!.. Чтоб носки его интеллектуальные нам... мне... мне больше не воняли!

Главный человек ушел. Телохран вместе с ним.

*

Остальные откушавшие гости на минуту-две задержались, не решаясь сопровождать главного и гневного. Не решаясь даже близко к нему быть! кашлянуть, скажем! в такую минуту!

Но вот теперь он ушел. Теперь жизнь проще. И легкий ветерок стадной свободы!.. Допить-доесть!.. Доверху, в перелив, они грузят винцо в непросыхающие бокалы. Что там ни говори, какой обед оборвался! Скомкался!

— Сваливаем! Уходим!.. За стол заплачено!

— Ловить нечего.

— А ведь событие!.. Константа едва не попал в Думу.

— Однако зарплату себе отсосал! И пиджак... вот он... Пал Палыч ему оставил!

— С пиджаком обгадили классно!

— На ТВ картинка не пройдет. Зато считай, что она уже во всех газетах!

Но ведь, уходя, чего-то хочется сверх. Вроде как недогуляли! Не до самого пупка.

— Что?

— Константа труп.

— А давай его баб возьмем?

— Пожалуй!.. какая мысль!.. Девчонки! Собирайтесь! Едем гулять дальше!

Инна: — Хамье!

— Собирайся, собирайся, девочка. Ух, погуляем!.. Ты не знаешь команды Пал Палыча! Ты не знаешь нашей лихой команды!.. А Артемку гони!

— Забудь Артемку, он же гэбист! Зачем он тебе?

— Забудь его хотя бы в память о своем диссиденте отце!

— А я тоже хочу глянуть, как Артем уйдет. Глянуть, как *они* уходят из Истории.

— Как они уходят со своей маленькой сцены!

И как раз Артем уходит. Со своей маленькой сцены. Вяло, замедленно, почти механически вчерашний герой переставляет ноги. Он и впрямь в шоке.

А еще впереди надвигающийся на него неизбежно долгий, растянутый по минутам душевный надлом — не праздник.

Вот ведь как уходят.

С ним вместе уходит невольно подставивший Артема пацан — подавленный Коля Угрюмцев.

Всю развязку юнец ошеломленно молчал.

Он идет рядом с Артемом, как бы держась за него. Хоть что-то бы сейчас раскаянно сказать. Хоть что-то бы косноязычно промямлить... Но заикание душит его.

— Я... Я...

И умолкнул. Боясь, что вдруг стыдно заплачет. Мальчишка!

Художник раздосадован уходом Артема. А еще больше пораженческим финальным его молчанием (неответом!). Пустынная скверна! Художник пьян и озлен. Он счел, что заодно и его, пейзажиста, мастера, сволочно оскорбили этой последней зарплатой и этим пиджаком.

Вот так мы и сходим на нет. Вот так мы, божья искра, и проигрываем будущее.

— Ну вы, хозяйчики жизни! — кричит вдруг Художник, задиристо готовый к стычке, а может быть, и к драке. — Вы никто! Хамье! Прихлебатели!.. Валите, валите отсюда всей толпой!.. И поскорее! Наслушался я вас! Сыт!

Свой-1: — Храбрый, а?

— Да, храбрый.

— Очень храбрый?

— А ты, пригазетная сука, смолкни — думаешь, только ты за тыщу зеленых можешь нанять киллера!

— Неужели и ты можешь?

«Свои» смеются до коликов. Они в восторге. Хватаются за животы:

— Ну дает!.. Ну гангстер! гладиатор на арене... Ну крут!

— Давай и его возьмем с собой — за шута!

— А запросто! А предложи ему сотенную! цветом зеленую! Он же пейзажист!

Свой-2: — Поедем с нами, храбрец. Мы любим отвагу! Мы за храбрость тебе такого винца нацедим — упишешься!

Проснулся от гвалта Второй художник. Вступает сразу в дело... На этот раз он лишь разок грозно выкрикнул свое водопадное: «Буль!.. Буль!.. Буль!» — а затем вдруг обрел слова:

— Жлобы. Стоять!.. Зажравшиеся лакеи! Да, да, да, у нас нет сейчас денег. Да, мы не можем нанять киллера за штуку. Но зато мы... Мы — свет жизни!

«Свои» хохочут:

— Вы? Свет жизни?.. Посмотрите на этого пьянчугу — хорош свет!

— Это мы, дорогой Буль-буль, — свет жизни. Сейчас, как только мы уйдем, у вас сразу станет темно. Заметь! Заруби себе на носу! Как только такие, как мы, уходят, у вас тьма!

— И какая тьма! Самих себя не сыщете!

— Вы, художники, говно! Вы только и способны бодаться меж собой! сшибаться лбами! и с воплями натыкаться в накликанной тьме на эти геморройные стулья!

— Ну что? Забираем их баб?

Ольга: — Пожалуйста. Держите себя в руках.

— Девочки!.. Собирайтесь!.. Поедем!

— Ух, погуляем!

— Ах, как погуляем!..

Инна: — Убери лапы!.. Никто с вами никуда не поедет. Мы уходим. Мы хотим отдохнуть. Хотим спать!

Смишный указывает на вяло уходящего Артема — на его сутулую спину. На обмякшие плечи, на поникшую голову оступившегося депутата Московской думы.

— Спать?.. Неужели с ним?.. О!.. Это будет интересно!

Команда Босса (всего лишь одна из подсобных, ручных его команд) хохочет и озорничает. Их распирает сытая радость обновленной жизни.

Весело, счастливо безобразничают. Недогуляли малость, это ясно!

И ничуть не из голода, а из баловства и бахвальства, команда на прощанье расхватывает с большого, серьезного стола бутылки и прячет по карманам, по сумкам.

Ольга, уходя, кричит им: — Соберите, соберите всё. Босота!

Инна уходит вслед за сестрой и в крик тоже яростно подсказывает:

— Братки!.. Пробкой, пробкой заткните, а то расплещете вдоль по улице.

«Свои» только похохатывают:

— И заберем. И заткнем.

С Артемом, как и был, рядом Коля. Юнец то ли сопровождает, то ли виновато тащится за Артемом вслед. Оба еле бредут.

— Это я в-виноват... Я н-нечаянно... Расхвастался п-памятью. Хотелось чем-то п-похвастать. По памяти у меня трояк с плюсом... Я это... Я это зря. Артем К-к-константинович... Д-дошло до меня. П-простите.

Артем на минуту ухода сколько-то вернул, обрел лицо. И посочувствовал расстроенному мальчишке.

С юморком его успокаивает:

— А ты горевал, Коля, что не умеешь стрелять с завязанными глазами. И что на шорох в кустах стрелять не умеешь...

— В-вы ш-шутите.

— А оказалось, друг мой, — прямо в десятку.

Попал с первой пули... Напрасно они тебя выгнали.

— Я о-очень в-в-виноват.

Артем усмехнулся:

— Что и говорить, Коля!.. Виноват... Но пиджак-то поинтересней я выбирал себе сам. Покрасивше выбирал. Яркий... А в яркий легче целить... Даже с завязанными...

И уже — никого. Ни души в притихшей кафешке. Яркий пиджак Артема только и остался. Так и повис на спинке его стула.

5

В тихой К-студии — вот где и когда у него заболело. Прощанье с Ольгой (поглядывая, как бьется в своем кругу большая стрелка) — да и расцвеченный на стенах Кандинский уже утомляет.

Артем сидит, откинулся на стуле. Вот ведь понурое жизнелюбие!.. Надо не горбиться, досиживая последнее время. Но как же медленны эти предотъездные, топчущиеся на месте минуты!

Провинция ждет. Жирные воронежские черноземы... Родные места... Ивы... Седенькая мама... Это ему неудобно, ей все удобно. Она устроит его, взрослого мужика, учительствовать — уже нашла в школе место. Старшие классы, конечно. С возвращением, сынок!.. Только не болей!

— Уезжаю, — повторяет с слабым, нищенским нажимом Артем.

А Ольга ни слова.

— Как ни банально это звучит, я хочу, Оля, покончить с Москвой и с моим незадавшимся политиканством... Ты слышишь?.. Припасть к провинции — к этой прославленной, омертвело скучной живой земле. Хочу в черноземы. И зализывать там раны. Как ни банально это звучит...

Он еще раз откинулся на стуле:

— Я, Оля, оценил, что ты не гонишь меня... Ты хочешь, чтобы я ушел сам. Чтобы достойно. Чтобы красиво.

Ждет хоть каких-то ее слов.

— Ты даже проводить меня пойдешь, угадал?.. Да и почему бы тебе не бросить последний взгляд на экс-политика, на интеллектуала, который, как вдруг открылось, какой ужас!.. тайком побежал в ГБ... Поторопился осведомить гэбистов о выставке. О проблемах современных художников.

— Твои бумаги. Нашла их... Соберу чемодан.

— Я пришел сюда с рюкзаком.

— И рюкзак найду.

Артем пытается заглянуть ей в бесслезные глаза. Ольга отворачивается.

— Ольга... Хочу тебе сказать... Я, конечно, виноват, но виновато и...

Это расхожее оправдание. И ничего лучше?.. Какие они скоропортящиеся, эти последние его минуты!

Артем мучительно кривит лицо.

— ...В повсеместном нашем стукачестве, Оля, винова...

Ольга опережает его. Протянув руку, женщина касается пальцами его губ — не надо, Артем, слов.

— ...виновато само наше...

Ольга вновь руку к его губам — не надо слов. Не надо про *виноватое наше время*. Пожалуйста.

— Я понял. Я понял... Значит, объяснения не принимаются. Значит, просто уйти... Просто исчезнуть?

Ольга молчит.

— Но, Оля... Я исчезну. Я исчезну совсем... Но ты же меня проводишь?

— До такси.

*

Ольга укладывает в чемодан кипу бумаг Артема... Заглядывает в ящики... Нашла и сложила две его рубашки.

«Я боялась, что не удержу слезы и уже завтра привыкну... Как привыкала к его харизматическому имени. Я боялась простить. Женщина привыкает (как при счастливой постельной близости). Женщина, ночь за ночью идущая у мужчины на постельном поводу, привыкает к чему угодно. К стукачеству... К воровству... Женщина простит... Я боялась его голоса. В трепете тембра, в задыхающейся интонации, в самом звуке его голоса слышалось что-то, что заставляло меня трепетать в ответ. Я замирала на краю».

Ольга собирает ему чемодан.

«Артем не дал мне мучиться... Он не спросил — поеду ли я с ним в черноземы. Возможно, я сама должна была заговорить. Об этом... Но я не заговорила. Я просто женщина. Я не декабристка. Я шестидесятница, вышколенная отцом-диссидентом. И даже малый оттенок стукачества был мне омерзителен».

*

Артем и Инна.

— Когда уезжаешь?

— Сегодня в ночь.

— Это чтобы тихо? в темноте?.. Чтобы Артема Константу не видели?

— И чтобы я никого не видел.

— Что так сурово?

— Так.

— А деньги на билет наскреб?

— На билет я и просил так постыдно. Клянчил у Босса... Ты же слышала... Его люди все-таки выдали мне мое... последнюю зарплату.

Мне надо, мне обязательно!.. обязательно уезжать, Инна... Сегодня ночью во сне меня травили. Хватали. Ловили... Я два раза бросался с постели на пол. Улюлюкали!.. И все время голоса. Крики: «Попался... Ага! Попался!.. Вот он!»

— Не слабо.

— Во сне травят больше, чем в жизни. В жизни людская злоба виднее, но не больнее. Мне, правда, присылают скотские вырезки из газет. Ну и пусть!.. Я молчу... Я молчу... Зато во сне настоящая травля. Во сне я кричал. Знаешь, что я кричал?

— Скажи.

— Я кричал: я уеду! Я уеду!.. Дайте мне немного тишины, и я уеду, сбегу, исчезну!.. Я кричал: теперь вы меня ненавидите. Толпа!.. Население!.. Сволочи!.. Вы же вчера меня так любили!

— Ты когда-то говорил, что толпа — это не население. А население — это еще не народ.

— Чего я только не говорил... Когда политик кончился, его слова дырявы, мертвы, уже не дышат.

— Олька не поедет тебя проводить?

— Вполне ее понимаю — чего церемониться со стукачом!

— Артем.

— Да, Инна.

— Если поезд в ночь, это не скоро.

— Где-нибудь посижу.

— А посиди в нашей кафешке. Ты так добивался, чтобы там всегда было тихо, чтобы газеты и чай.

*

Ольга с уже собранным чемоданом. Артем благодарит за сборы:

— Спасибо, Оля.

Инна не станет им мешать — она уходит в соседнюю комнату. Но в дверях останавливается. Стоит там, замерев. Младшая сестра не прочь послушать (а то и подслушать) их прощанье.

Вот и последние, ненужные минуты.

— У меня был рюкзак.

— Он в чемодане. Вместе с рубашками.

— Спасибо, Оля.

Оля...

Ольга лишь повторяет свой жест — холодноватой ладонью к его губам — к обезболивающему молчанию.

Без слов.

И Ольга поставила, как ставят точку, возле Артема его чемодан.

— Я все-таки хочу. Последнее желание, Оля... Слышишь?.. Я не стану оправдываться, а напротив — я стану топить себя в дерьме еще глубже. А знаешь зачем?

И сразу ответ:

— Я хочу, чтобы ты меня вычеркнула. Чтобы не жалела.

Ольга молчит.

— Хочу, чтобы ни на секунду ты не жалела о разрыве. Чтобы не жалела, что твой Артем ушел и исчез.

Артем придвинул свой чемодан к ноге поближе. Уже вполне вокзальным жестом.

— Послушай, дорогая, напоследок... Я ведь еще раз был тогда в ГБ. Посетил их.

Он усмехнулся:

— Твой Артемка еще раз помчался, побежал в ГБ с объяснением... О той же самой, о выставке художников... Зачем?.. А затем, что какие-то фразы мне в прошлом объяснении не нравились... были не точны... я, клянусь тебе, ха-ха-ха... я исправлял ненадежные фразы. Я подыскивал слово к слову. У меня горели щеки! Муки стукаческого творчества... Мне хотелось уточнить. Нет, не ради себя! Я чувствовал себя гуманистом, как ни смешно сейчас и как ни потешно это звучит. Настоящий человеколюб!.. Мне хотелось, чтобы гэбисты, по-своему тоже каторжные, чтобы в своей сыскной и черной норе они тоже не глохли, не вырождались, а чтобы перестраивались. Чтобы вслушивались в наезжающую на них живую жизнь...

А ты знаешь ли, Оля, что такое приходить к гэбистам во второй раз?.. Пусть даже человеколюбом?

Затаившаяся в дверях соседней комнаты Инна негромко, но вполне понимающе вскрикивает: — О господи!

Артем еще на чуть придвинул к себе чемодан. Уже к колену.

— Еще минута, Оля... Я пришел к ним. Я сидел, исправлял свой человеколюбивый донос... Исправлял, если вдруг безликая фраза, чиркал авторучкой... приборматывал, пробуя слово к слову на слух... А напротив меня — за столом — человечек. Уже совсем седенький одышливый человечек. Он, смешно сказать, курировал там искусство... в этом отделении ГБ. Кажется, в районном... Я его и в лицо теперь не узнаю... Как все мелкие гэбисты... Седенький. Серенький... Моль... Так вот — минута шла за минутой, а серенький смотрел, как я правлю. И сочувствовал. Да, да, сочувствовал!.. И все приговаривал он к моей затянувшейся, творческой правке текста: хорошо... хорошо... хорошо. А однажды он даже вздохнул: ах, бедность, бедность!.. Вроде как я — начинающий осведомитель. Вроде бы я на пробу пришел, прошусь к ним подработать, Оля... Смешно?

Тут Ольга все-таки вышагнула, выглянула из своей карающей молчанки:

— Тебе надо поскорее все это забыть.

— Смешно, Оля. Забыть?.. А я вот не могу отделаться от той картинки. От старичка-гэбиста.

— Забудь и не взбаламучивай тину, — повторила Ольга.

Артем вскрикнул: — Я так и сделал... Я так и сделал, Оля!.. Я забыл. Я забыл. Однако они не забыли... И по почте следом за моим визитом еще и мелкие деньги пришли. Отправитель денег означен был некий... туманный... безадресный, но мне-то было ясно, откуда деньги... ясно, что они означали оплату.

— О господи!.. Зачем же ты брал их?

И подслушивающая Инна вскрикнула с тем же негромким, глухим повтором: — О господи!

— Я не брал. Я не брал, Оля!.. Ты что!.. Однако мы с женой хотя и в разводе, но прописаны все еще по одному московскому адресу. Взяла деньги по старой еще доверенности моя жена — была на почте и понятия, конечно, не имела, что за деньги и откуда пришли. Когда деньги приходят — это ведь не важно откуда. И ведь денег в доме негусто!.. Мало ли где и когда выступал Артем Константа! Газеты! Радио! ТВ!.. Жена как жена. Взяла деньги, а вспомнила и сказала об этом уже сильно позже... Что мне было делать? Отослать деньги обратно — но как?.. Адрес отправителя настолько был туманен и неразборчив, что почтовые отделения пересылать деньги на возврат не желали. Отнести?.. Из рук в руки? Но куда? Кому?.. Смешно, а?

— Не смешно.

— А я смеялся.

— Чему?

— Да, Оля! Артем Константа в те дни... в дни той славы! на высоком том взлете своем!.. да, смеялся. Хохотнул даже. Хотели, мол, пометить меня деньгами! Меня! Артема Константу!.. Какие, мол, однако, в ГБ устаревшие методы. Все еще деньги у них в ходу! Чуть что — деньги!

Артем продолжал едва ли не взахлеб, торопясь, с надтреснутой радостью:

— Ах, бедность, бедность! — как сказал тот гэбистский капитан. Седенький. Серенький. Чином не вышел... Почему-то старый, а все еще капитан... Я смеялся тогда. Я смеялся... Он, я думаю, и послал мне те копеечные деньги. Ничтожные деньги, но тем он понятнее и тем заботливее. Гладко выбритый гэбист. Седенький... Помог бедному интеллектуалу...

Он сбавил голос:

— Пусть, Оля... Пусть!.. Ты же знаешь, зачем я все это тебе выложил?

— Ты объяснил.

— Чтобы не жалела, что я ушел.

Сопереживая, Ольга на порыве хватает его за руки. — Забудь. Забудь. Забудь! — Она держит его руки в своих.

— И никогда... Артем, никогда!.. Слышишь, никогда и никому больше не рассказывай.

Она просит Артема впрок, на будущее. На его будущее:

— Никогда... Никому не рассказывай о... о них.

— О деньгах с почты?

— И что ты над ними смеялся.

Не выдерживая дольше прощания, Ольга уходит. Куда?.. Комнат в полуподвале много. Быстрым нервным шагом. Убежала.

*

Подслушавшая Инна подошла ближе.

— Оля... — Артем поднимает голову, но видит Инну. — А-а, ты, сестренка!

Он бодрится:

— Ну вот. Точка поставлена... Харизматик кончился... А чтобы след стыда не тянулся за ним, герой-харизматик спешно уезжает в провинцию. Бежит. Куда-то под Воронеж. В городишко, где его старенькая мама.

— Харизматик уже звонил ей?

— Звонил. И матушка уже нашла ему место школьного учителя... Найти нетрудно. Найти оказалось проще простого. В школьные учителя мужчины не рвутся.

Инна подошла к Артему совсем близко. Он сидит недвижно, застыл возле своего чемодана.

Инна чуть сзади, гладит рукой его по плечу. Ей жаль не политика, не ослабленного скороспелого харизматика — ей жаль Артема.

А он немного не в себе, с усмешкой бормочет:

— Теперь там будет настоящий снег... Снег... Снег и провинция. Лошадка и сани... Лошадка вся в снегу...

Инна нажимает рычажок ближайшей из репродукций. Как-то отвлечь Артема.

— Погадаем, Артем?.. Я обожаю у Оли гадать!

Высвечивается, вспыхивает большая, яркая работа Кандинского. Разгул его неистовых, обжигающих красок!

Звучит голос, сопровождающий эту (возможно, изначальную для изучения и усвоения) репродукцию:

«ВАСИЛИЙ ВАСИЛЬЕВИЧ КАНДИНСКИЙ РОДИЛСЯ 16 ДЕКАБРЯ 1866 ГОДА В МОСКВЕ... В СЕМЬЕ КУПЦА ПЕРВОЙ ГИЛЬДИИ...»

Проникновенный голос повторяет:

«В СЕМЬЕ КУПЦА ПЕРВОЙ ГИЛЬДИИ... РАННЕЕ ДЕТСТВО... ХОР КРАСОК».

И еще раз:

«РАННЕЕ ДЕТСТВО...»

Инна подхватывает многообещающую победную ноту:

— Артем... Понял? Прочитал?.. Ты еще вернешься, Артем. Вернешься. Как вернулась к нам его живопись. А что?.. А почему нет?.. Кандинский — классный оракул!

6

И простился, и уже невыносимо ему оставаться в Ольгиной студии, а он все там. Ночного поезда надо же где-то дожидаться. А в двух шагах пивнушка. Туда Артем и перебрался. Место его недавнего разоблачения и позора...

Пивнушка, она теперь — КАФЕ С ГАЗЕТАМИ. Пусто. Посетителей ни души. Артем в одиночестве за столиком. Рядом только чемодан, готовый в дорогу.

Хозяйчик приносит Артему его пиджак:

— Наконец-то увидел вас... Я уж думал отдать ваше добро какому-нибудь бомжу... Шучу, шучу!.. Классный пиджачок!

Артем молчит. Он в полудреме. Он убивает время до поезда.

На столиках уже выложена пресса. Можно полистать.

Хозяйчик: — Но пить нечего. У нас теперь не пивная, а безалкогольная кафешка. Чаю принести?

Здесь и впрямь мертво.

Зато с крутизны стены (с высокой подставки) начинает работать телевизор, которого раньше не было.

Новости. По ТВ повторяют выступление на митинге Артема Константы. Толпа замерла, толпа внимает — экранный Артем говорит. А пиджачок-то на нем и впрямь классный!

Хозяйчик, не узнавая сидящего за столиком единственного посетителя, бранится.

— Константа, Константа! Везде Константа! — жалуется он Артему. — Вы знали его?.. Из-за этой болтливой гадины у нас нет даже бутылочного пива.

Хозяйчик убирает звук.

Артем на экране стих — голос еле слышен.

Но едва Хозяйчик в сторону, телевизор ожил самостоятельно, прибавил громкости — и, продолжая речь, вдохновенный Артем Константа завопил заново во весь голос.

Хозяйчик: — Ну гадюка. Непотопляемый... С одного раза такому пасть не заткнешь.

В кафе врывается группка молодых людей.

Хозяйчик в крик: — Предупреждаю: кафе безалкогольное. Объявление на входе. Висит объявление... Неужели не прочли?.. Газеты и чай. И к чаю печеньице.

Молодые возмущены:

— Что за дела! Ты же прогоришь, дурень!

— Кто к тебе, толстяк, ходить будет!

Хозяйчик: — И рад бы деньгам... Но в нашем районе теперь только так. Константа плюнет — мы подчищаем.

— Опять этот Константа! Ему неймется!.. Что ж это за гнида такая! Они, когда делают карьеру, гадят на каждом заборе!

Молодые ушли.

Артем поднимает голову: — Голоса. Все время слышу эти голоса.

Хозяйчик кричит своему вышибале: — Гони и тех и этих!.. Ты вышибала или кто?.. За что я тебе деньги плачу?.. За твои сладкие сны?!

Артем негромко, самому себе: — Короткий, но какой отчетливый был сон!.. Пейзажик в теплых зимних тонах... Акварелька... И как много снега! Откуда там столько снега?

Оглядывается: — Чай... Где же чай?

Припоминает мелькнувшую дрему: — И лошадка там была... Но слабая. Вся в снегу... Давай, милая, давай. Вывози... Я кричал ей. Ну еще... Еще разок. Я кричал ей. Натужься. Вывози.

*

К Артему, к его столику, подошел Коля Угрюмцев:

— Я вас п-провожу на п-п-поезд. Время уже... Время уже на п-п-подходе.

Артем молчит. Он в отключке. Со стороны Артем вроде бы читает, уткнулся в газету.

Юнец продолжает свои извинения: — Вы меня з-защищали, пригрели.

Артем зевает: — Не бери в голову.

Но юнец опять свое. Как же так?! Знаменитый Константа бежит из Москвы жалкий, пришибленный!..

Коля, по-мальчишьи, торопится свести жизненный прокол экс-политика к самому распространенному случаю — к случаю «как у всех»:

— Не расстраивайтесь, п-пожалуйста. Обычное это... Обычное дело, Артем К-константинович... Не один же вы...

— Что не один? Что ты несешь?

— У к-каждого, можно сказать, когда-нибудь

там осталась такая п-подписанная бумага. Такая или п-похожая. У-у-уступчивая. И ее уже никак не забрать и не выкрасть. Не взять назад.

Артем: — Где же чай?

Голос Хозяйчика: — Сейчас будет.

А Коля знай успокаивает:

— В том ГБ, если глядеть изнутри, одни только коридоры... К-коридоры и шкафы, шкафы. Шкафы вчерашних бумаг. Но некоторые бумаги еще не рассортированы. Без н-номера... И лежат... Много. Как небольшие к-кучи. Прямо в коридоре... Майор С-семибратов нам рассказывал. Майор все з-знает... Из ГБ, из этих куч, человеку уже ничего не забрать. Не спрятать и не переделать. Н-не переписать. Не переиначить. Это на века.

Артем молчит.

— Майор С-семибратов нам лекцию ч-читал. Тысячелетия пройдут, а у гэбистов в ш-шкафах на их полочках бумаги будут лежать, как сейчас. Донос к д-доносу... Оттуда уже не выцарапать... Вчера н-написал бумагу — а сегодня она уже далеко-далеко-далеко. Как в бесконечности. Как в вечности. Как наскальные рисунки в п-пещере...

Артем молчит.

— Майор С-семибратов сказал... Наскальные рисунки. На века. Это не п-погибнет. Никогда. Не сгорит и не утонет. От этого не уйти. С этим надо жить... Осведомитель... с-стукач... доносчик... разведчик... шпион — как бы ни называлось... Это как религия. П-пишется как на к-камне.

— Рукописи...

— ...не горят. Майор Семибратов нам эти слова ч-часто ц-ц-цитировал. Это в ГБ рукописи не г-горят. Именно т-там они не горят.

Артем с вялым, чуть пробудившимся вниманием спрашивает:

— А пытались?.. Некоторые... взять бумагу обратно?

— Сам в-видел... Как горько к-каются... Как плачут, просят свое объяснение назад... Я, говорит, только два слова исправлю. Проси не проси — не помогает... Некоторые в слюнях-соплях. Через их открытое окно я сам видел. Летом... Когда наша семибратовская школа была в их флигеле. Когда урок, нам хорошо видно. Слюни размазаны... Слезы видно... У просящих. У мужчин. На самом п-подбородке. Крупные слезы. Как в д-дождь.

— Семибратов с-сказал — все дело в т-трепете.

— Что? Что за трепет?

— О-обыкновенный. Когда, скажем, просьбу... Когда с-свою характеристику... Когда сами на себя. Когда автобиографию п-пишет — все равно наш человек пишет д-донос. Потому что трепет. Майор Семибратов сказал.

Появилась в кафешке Инна. Она поодаль. Она делает знаки юнцу, чтобы ушел.

Но Коля продолжает. Юнец не знает, как загладить — как избыть свою неумышленную вину:

— Артем К-константинович, простите. За тем столом я же нечаянно. Я съел лишнего. От

еды т-тоже п-пьянеют... Если нечаянно сболт-
нешь — не в с-счет.

— Ладно, ладно. Верю.

— Я н-невольно настучал. Я п-пацан, и мне
очень хотелось рассказать. Хоть что-нибудь...
Заике особенно хочется. Чтобы за столом люди
обратили в-внимание.

— Верю.

— Я просто расхвастался...

— Я же сказал — верю.

— Я расхвастался своей п-памятью.

— Не бери в голову. Ну да — стукнул немножко. Ну и забудем... В наши дни, как сказал
бы твой майор Семибратов, все стали... вернее,
все оказались стукачами.

— Это вы з-зря. Майор нет... Майор стал б-буд-
дистом. Когда его школу разогнали.

Инна решительно подошла, присела за столик: — Иди погуляй, Угрюмцев...

— Я б-буду п-п-провожать.

— Проводишь. До поезда еще есть время.

Юнец ушел, а к их столику подскочил на полминуты Хозяйчик:

— Даже пива, Инна, извините, нет... Каждый
день они придумывают что-то новое и дурацкое.
Такая жизнь... Проклятый Константа.

*

Инна снимает пиджак со спинки стула.

— Наденьте. Вечер будет прохладный.

Она ловко помогает Артему. Руки в рукава...

Экс-политик не протестует. Машинально, от-ключенно надевает свой зеленый пиджак. Яр-кая тряпка из яркой прошлой жизни.

Инна совсем близко с Артемом. Кажется, она ждала этого момента. Этого тет-а-тета. И так до-бра, ласкова ее ладонь на его плече.

— А я восхищаюсь... Восторгаюсь вами, Ар-тем. Вашим признанием. Вы не побоялись при-знаться в промахе... Это так непохоже. Это так удивительно в наши дни... Когда нет настоящих мужчин... В Москве нет мужчин, вы заметили?

Хозяйчик в эту минуту изгоняет рвущихся в дверь: — Распива не будет! Всех, всех вон!
Голоса:
— А что? Пивка нет? Музыки нет?.. А жрать что — эти газеты?
— Константа! Константа!.. Эта сволочь все прикрыла!

— Артем, — участливо спрашивает Инна. — Но почему надо сразу в провинцию?
— В маленьком городишке проще молчать.
— Что-то вроде покаяния? Замаливание гре-хов?
— Что-то вроде. — Артем усмехнулся. — С митинга на митинг. Когда меня здесь звали выступить... Еще вчера! Когда приглашали там и тут... Я ведь тотчас шел и выступал. Спешил! А уж как вещал! Пел в удовольствие. И как же волновало, пьянило, что меня спрашивают, что я

востребован... Что меня зовут... Именно меня... Константа! Константа!.. Я млел.

Хозяйчик приносит наконец чай.

Артем пьет, делает первые трудные глотки.

— Я млел... А сейчас у меня перед глазами снег... Снег... Снег... Как бред. Лошадка и сани... Лошадка вся в снегу.

— Но, Артем! Когда вы рассказали шаг за шагом про свой приход в ГБ, про объяснительную записку, это была минута... Минута настоящего мужества. Не нашенского, особого мужества...

— Какое мужество! Мне, Инна, было некуда отступать... Уже некуда было спрятаться. Мальчишка классно меня подставил.

— Он нечаянно.

— Знаю.

Инна набрала побольше воздуха в грудь:

— Сама не понимаю, чего я к вам пристаю. Хочется, Артем, тоже что-то рассказать вам... Про Питер. Про Санкт-Петербург.

— Я помню, помню... Ты часто туда ездишь. С какой-то туристической группой.

— Я влюблена в этот город.

— Я думал, у тебя заодно с городом там парень.

— Никого!.. Только сам город.

— ...Неконтакт с властью. И особенное отвращение к стукачам.

— Это ясно.

— Вы же помните, Артем, нашего отца... Известнейший диссидент — это еще не значит правильный отец. Он привил Ольге излишнее презрение к слабостям людей. И гордыню с пеленок... Этакий либеральный снобизм. А я была тогда маленькая. И потому я проще и снисходительнее.

— Вы так смело об отце.

— Не я. Это Ольга... Это ее слова... Я только повторяю.

— Хотите — поедем вместе в Питер?

— Зачем? — В голосе Артема пустота и равнодушие.

— Ну так.

— Зачем «ну так»?

Инна, помолчав, подбирает слова:

— Конечно, я не такая красивая... Но... Но я восторженная. Со мной легко... я думаю, я умею залечивать раны.

Артем только усмехнулся:

— Инна!.. Какие раны?! Что тут залечивать? Неудачников не лечат.

— Если Ольга расплевалась с мужчиной, это точка. Когда Ольга бросает — бросает навсегда.

— Я вполне почувствовал.

— Сказала об этом?

— Нет. Она расплевалась молча.

— Она погладит рубашки, продуманно соберет вам в дорогу чемодан... Даже за носками проследит... Но она не поедет с вами.

Старшая сестра, конечно, авторитет. Но Инна не первый раз влюбляется в мужчину, которому Ольга только-только дала отставку. Инне словно бы интересно идти след в след... Умненькая, она знает, что в счет молодости ей позволительно, ей можно делать по жизни небольшие промахи.

Конечно, ее любовь «по следу» отчасти пробная, перемагниченная. Однако же и не совсем болтовня. Заостренное современное чувство.

*

— У меня есть кой-какие деньги, — продолжает Инна своеобразную охоту за Артемом. (Вернее, за тем, что от него осталось.)

— Богачка, — улыбается Артем.

— Не богачка. Но я неплохой компьютерщик. И когда я хочу, я всегда востребована. Мы проведем чудесную неделю-другую в Питере... Что скажете?

А ничего он не скажет.

— Зато здесь, в Москве, ви... в этом вашем остаточно-развинченном состоянии... простите, вы ни одной женщине не сгодитесь даже на посиделки с чаем. Шутка, Артем.

Артем улыбается, но его задело: — А ведь слышится, Инна, и в шутке металл. Слышится эта железная жесткость. И в вас... И в Ольге... Это что? тоже от отца?

— Дочери диссидента. Что наше, то наше.

— Ну так что, Артем Константинович? Решились?.. Ну почему? Почему?.. Чем я вам плоха?

Выдерживая пустую паузу, Инна пробует поднять чемодан Артема.

— Ого!..

Артем делает еще один трудный глоток чая:

— Какой Питер!.. Вы, Инна, ничем не плохи. Но я-то сейчас червяк червяком. Я разбит, раздавлен. Меня переехало машиной... Мне надо слинять к моей матушке. Пока она жива. Я тоже скажу вам жестко. Вы ничем не плохи, Инна, но сейчас вы, извините, номер двести шестнадцатый... Спасибо вам... Но я... Я никто... Только к своей матери... Только в маленький воронежский городишко. Там мое нынешнее место. Смотреть, как гуси перебегают дорогу... Вы видели, как опасливы бегущие гуси? Как недовольно, как хрипло кричат, торопясь перебежать колею? Трясут задницами...

— Поняла.

— Простите меня.

— А прощать, Артем, нечего. Я всего лишь скучаю по великому городу Санкт-Петербургу. Я езжу туда с женщинами... Экскурсия за экскурсией. С таким же бабьем, как я сама. А хочется с мужчиной. Только и всего.

— Я раздавленный. Я убегающий. Я уже бегу. Уже трясу гусиной задницей. Погоняю сам себя... И мыслишка только одна — убежать. Сам себе отвратителен.

Появившийся Коля Угрюмцев взял было чемодан Артема.

— П-пора.

— Погоди, Коля. Сядь. — Инна велит ему взять стул. Считаясь с приметой, неплохо бы всем сесть... вместе с отъезжающим... Присесть на вялую минуту перед его долгой дорогой.

Встали — и пошли.

Ольга в К-студии. Услышав понятные шаги, она подходит к своей закрытой двери и приникает ухом. Вся обращаясь в слух... Сердце ее ноет. В ногах дрожь.

Уходят.

Артем, как нарочно, медленно, очень медленно движется мимо двери К-студии... С ним рядом Коля. С ними Инна.

Юнец несет чемодан.

— М-мы успеваем. В-вполне... П-проверьте билет... Инна, вы тоже провожаете?

— До такси.

Ольга припала к дверям. Она колеблется, не сказать ли... на прощанье... два добрых слова.

Как долго ей теперь переживать разбитое в одночасье чувство. Столько надежд! И каким ярким был в ее жизни Артем Константа — и почему теперь так необратимо пусто!

Ушли.

Ольга вышла в пустой коридор. Все еще колеблется — не выбежать ли к подъехавшему такси и не помахать ли рукой? Не крикнуть ли Артему хоть напоследок — и рукой ему, рукой!

Нет.

Машина отъехала.

Случилась и внешняя помеха — вбежавший с улицы рок-музыкант, по прозвищу Максим Квинта.

Запыхавшийся, торопливый.

— Мы рок-музыканты, — наскоро объясняет он. — Мой барабанщик здесь пропадал... Пропадал в этой пивнушке... Спивался...

— И что? — недоуменно и сердито спрашивает Ольга.

Музыкант объясняет:

— Сюда нам теперь ходу нет. Я забежал на миг. Надо же проститься... с хорошим, теплым местом. Мы иногда здесь выступали.

Со стороны подскочил недовольный Хозяйчик: — И очень много иногда здесь пили.

— Мы, дядя, пили за свой счет.

— Я сам видел — вас поили.

— Угощали. Это практика всех музыкантов.

И рок-музыкант убежал.

Хозяйчик уходит за ним — идет проследить, ушел ли шальной малый насовсем. Как бы вдруг не вернулся, шумный, немыслимый, дикий эгоцентрик!

*

Инна обнимает сестру.

— Ах, Оля... Ты и я... Поедем — ты со мной — в Питер!

Но Ольга шутке не улыбнулась — слишком подавлена своей неудачей. Да и что ей Питер.

— Зачем?.. Там разве будет какая-то особенная Водометная выставка?

— Подыщем, Оля, и выставку.

— Которую разгоняют по-питерски?.. Или там нет своих стукачей?

— А вот представь себе, Оля, — нет! А знаешь почему? У меня точные сведения. Они все перебрались в Москву... Ну?.. Ну улыбнись, Оля!

Но Ольга без улыбки. Просто спросила:

— А ты?.. Что у тебя?

— Что, что!.. Всё то же. Опять жириновец.

— Боже ж мой. Опять?.. Где ты их находишь?

— Поначалу молчал о политике. Мужчина как мужчина.

Сестры обнялись. Сидят рядом, прижавшись. Птички на мерзлом подоконнике.

Надо бы Ольгу увезти, думает Инна. На большую бы реку... Или в горы... Но Ольга никуда не поедет. Что ни придумывай, боль уже в сердце, в мыслях, в пальцах рук, повсюду, в морщинке под глазом. Боль уже растеклась.

— В Петербург. В Петербург, Оля. Не могу тебе объяснить. Сам город нас манит... В его именитых улицах, в его зданиях есть по-настоящему возвышенное. Даже в его серых камнях, Оля...

Ольга усмехнулась:

— Как это изящно там сказано?.. В том стихе?.. И шпили, как фаллосы.

— А что ты думаешь?.. И шпили на женщину действуют. И подъемные мосты... Казалось бы, казарма кавалергардов. Бывшая, разумеется. С вороньими гнездами. Заброшенная, разумеется!.. А я, Оля, иду мимо — и сердце млеет. Как на свидание пришла! Опоздала, но ведь пришла! Прибежала, запыхавшись... Спустя два с лишним века!

— Поезжай. Поезжай, Инна. Тебе Питер на пользу.

— Я всегда возвращаюсь обновленная. Со светлой душой. С новым зарядом.

— А иногда с новым жириновцем.

Постсоветский мужчина?.. И разве Ольга не знает его одежку? Его нынешнюю чешую?

Прост в начале знакомства. Со средним достатком. Закомплексованный. Безмашинный. Его претензии невелики: вставить свое... В твою жизнь... В тебя... Как только число встреч перевалило за две-три.

Он считает, что его желание законно, застолблено и оправдано его честной заявкой на эти две-три встречи... Он, пожалуй, и скупиться по ходу своей любви не станет!

Зато и расстается легко. Ему пофигу. Даже когда ему отставка. (В нем нет даже подспудной злобы самца.) Вставить свое, чтобы ты это его «свое» прочувствовала, — вот и все. Чтобы было ясно... Слова?.. Его слова, надо признать, бывают подчас небанальны и очень ему в помощь. Но его ли слова?.. В кармане малоформатная книжка. Он почитывает в метро. Он и не подумает жениться. И не всегда чистая сорочка в вырезе его пиджака.

Но ведь как-то потоптать женщину надо. Потоптать, но не сильно. До первых слез, до жалкости только довести, до раздавленности первой — а там пшла вон!.. или наоборот: иди, иди ко мне, любимая. Пожалею.

ЧАСТЬ ВТОРАЯ

1

А ведь она снова полна счастьем... Да? Да!..

Такая вот тихая минута молодой женщины... Раннее-ранее утро, а в ее К-студии гость, и этот гость по-мужски самозабвенно (и тоже, надо думать, счастливо) спит в ее постели. Он, разумеется, не просто гость Ольги. Он — ее любовь. Он — Максим... для своих Максим Квинта, еще и так его зовут.

И ведь вновь любовь в полную силу — вот она. Обрушилась на Ольгу. И вновь неожиданно. И в голове ее опять и опять, как после легкого сладкого южного вина!

Его композиция «Пилот» крутится на радио... Его песня «Останься» у молодежи на слуху. Прозвище Максим Квинта несколько небрежно, не очень высокородно... Но зато современно. На улице звучит... Ему завидуют, а острая зависть — тоже, конечно, признание. Но... Но...

Уже не спится.

Ольге удивительно. Женщина ступает по своим же следам, это верно. Но любовь и на повторе пришла празднична и легка. И словно бы опять любовь собирается сделать из Ольги другую женщину... Но какую?

Если порассуждать... Если самой себе без излишнего волнения и без накрута. Без стучащего сердца... Если спокойно... Максиму — двадцать шесть. По сути, очень молод, но глядится стойким мужчиной, рослым, крепким и всегда загорелым, а как талантлив!.. а как всерьез занят тем, чтобы создать свою суперсовременную рок-группу. Объединить горстку наглых пацанов с их безумной вздрагивающей музыкой... Он и сам с забавной наглецой, с причудами под гения. Очень даже! (Но ведь каждого можно назвать идиотом, когда ему двадцать шесть...)

Все-все-все у них хорошо, но тогда почему так опасливо ее волнение?.. Ей тридцать — он моложе. Ну и что?.. Ну и что, черт побери?.. Ольга в шаге от постели.

Она смотрит на спящего. Да, с оглядкой. Да, взволнована... Все-таки боится, не поспешила ли она. У нее бывали ошибки.

Ольга подходит к телефону, набирает. Накручивает внятно (по-ночному) стрекочущий циферблат. Вот-вот утро... Там, на другом конце Москвы, уже проснулась сестра Инна — и сразу же младшая сестренка спрашивает у старшей:

— Он спит?

— Спит.

— А ты?

— Сторожу его сон.

— И сторожишь сама себя от новой ошибки?

Гудки.

— Инна, Инна!.. Да что такое! Опять прервали...

Телефонная связь то восстанавливается, то прерывается. Повесив трубку и ожидая звонок сестры, Ольга в нетерпении ходит по студии.

Почему и не походить ей в родных пределах?.. Свои стены. Своя вотчина.

Похоже, что картины и репродукции на стенах К-студии к новому Ольгиному увлечению отнеслись спокойно — сдержанно к ее новой любви. Репродукции, конечно, как были, бедноватые. По-своему честные. Аляповато-кричащие. Но ведь Кандинский... Чудо!.. Ольга и теперь не поменяет их на бартерные полумешки с сахаром.

Картину Кандинского можно подсветить и долго, страстно, ненасытно разглядывать. Заодно, так и быть, выслушав соответствующую сентенцию. (Не утратившую. Однако уже слегка охлажденную временем.)

Но сейчас лето. Студия начинает работу с 1 сентября.

Ольга села на край постели, где спящий. Смотрит и смотрит. Словно бы ждет, словно бы считывает на его лице нечто — некую трезвую, медленно проясняющуюся мысль.

Предмет ее нынешней любви — тот молодой человек, что несколько раз сталкивался с Ольгой на выходе. Она выходила из студии, а он — из бывшей пивной. Он вываливался оттуда обычно с дружками-музыкантами... Шумная полуподвальная пивнушка тогда соседствовала — можно сказать, жила дверь в дверь — с К-студией.

Да, да, в ее постели симпатяга музыкант Максим Квинта.

*

Одна из их встреч (из той глуповатой и прекрасной поры, когда Ольга много смеялась) виделась ей уже прощальной. Одна из первых, первых стремительная, а уже, казалось, прощальная:

— Точка, Максим. Точка... Я старше вас. Старше на...

— На четыре года... Полная ерунда. Я, Оля, все о вас знаю. Больше, чем о себе знаете вы. Если в прицеле любовь... Сердце рок-музыканта не выбирает грандиозных слов...

В прицеле! Вот так ломано он поначалу говорил.

— Ах, ах! — не могла не сказать, смеясь, Ольга.

— Если есть песня. Если слова песни в десятку совпадают с музыкой — зачем другие?.. Я хочу этими же словами. Прямо из песни... *Останься*. На первом же пороге. Не уходи... *Останься*. Хоть на один денек... *Останься*. Я боюсь тебя потерять...

— Отличную песню нашли себе в помощь.

— Я каждый раз включал ее в записи... Или

вживую со своими ребятами исполнял вам навстречу...

— Теперь вспомнила.

— Да, да! *Останься!*.. Едва вы выходили из своей студии. *Останься!*.. Вы еще и шага тогда не сделали.

— А я все думала, почему эти страдальческие вопли так ко мне привязались. Оказывается, вы! С умыслом!..

— Я старался. Для вас.

— Бросьте!.. Сквозь этот немыслимый пивнушный шум-гам вы слышали, как я выхожу? Как открывается моя дверь?

— У рок-музыкантов особый слух.

Ольга только смеялась.

Но музыкант вдруг попросил:

— А можно ли оставить вам кассету? С песнями моей группы?

— Надо ли?

— Меня здесь больше не будет... Нас всех не будет. Моего барабанщика выкинули на улицу. И вообще... Слышали?.. Этот кретин Константа успел — нашу шумную пивнуху перевел на чай и сушки. Кафешка пуста. Разумеется, безлюдье. Хозяйчик, разумеется, зол...

— Заведение прогорит, — смеялась Ольга.

— Да и кому? Для кого здесь теперь музыка? Здесь скоро будут грызть газеты!.. Ольга!.. Я оставляю вам одну-единственную кассету? Ту самую, а?.. Там для вас «Останься»...

— Зачем?

— Просто моя музыка. А меня не будет.

Отдал ей кассету и ушел.

«Вот так и появился в моей полгода как освободившейся личной жизни этот Максим... Красивый молодой мужчина... И его глаза. Такие же голубые, как и его несвежая, увы, рубашка в тот вечер... Он не говорил, что любит меня. Но он говорил, что я — его жизнь... Что я — его душа... его мысль... его рассветы и его закаты».

«Хотя на секунду кольнуло. Мне не понравилось, когда он назвал Константу кретином».

*

Ольга смотрит на спящего. Она все еще топчется на своей подслащенной мысли — мол, есть разница в возрасте... Но есть же, мол, и плюсы. Максим талантлив! Всегда весел! Хотя и не слишком востребован... Зато как энергичен!.. Непроста и его рок-группа. Ребята, как объясняет их сам Максим, гениальные, но проблемные.

Особенно это относится к барабанщику, он же ударник, он же проблемно большой любитель поддать.

Ага! звонок пробился!.. Голос Инны протиснулся в телефонную трубку:

— Он еще спит?

— Спит.

А Максим уже сел в постели. Быстро натягивает простенькие спортивные штаны.

Зато его футболка с немыслимо ярким рисунком. Пара попугаев вроде бы застряла там, на его спине, занявшись любовью... Попугай — веселая птичка!

— Все, Инночка... Прервем, сестренка, нашу болтовню. Максим... проснулся.

— И сейчас будет гнать сок из свежей морковки?

Ольга смеется: — Ты уже все-все знаешь.

— Сок из морковки. И заодно сок — из тебя?

— Но-но. Не преувеличивай.

— Не буду. А что там новенького насчет проблемно пьющего барабанщика?

*

Однако, в отличие от предыдущей ее любви, теперь не Ольга суетится возле любимого, а наоборот — ее Максим, вот он, весь-весь со своей любовью и со своей повторяемо дробной утренней заботой!

Суетливый и красивый!

Он варит Ольге какой-никакой кофе. Он делает морковный сок. Прибирает на столике... А Ольга, вся обмякшая от любви и любовного недосыпа, застыла в единственном здесь кресле.

И почему бы молодым музыкантам — сейчас лето!.. — не выступать иногда здесь же, в ее полуподвальной К-студии?.. Ольга предлагала. Рвалась помочь. Она, скажем, сама могла бы нарисовать им зазывные, модерновые афишки... Однако Максим отказался наотрез. Даже вспылил!

Человек с идеями! Сейчас у него запущена в

работу одна из его, как знать, великих мыслей — выступать с рок-группой в глухих местах мегаполиса. В спальных районах Москвы. Простые люди — вот его интерес. Усталые и отупевшие, едва ползущие с работы домой дохляки, — да, да, они!.. именно они будут слушать его «живой рок»!

Работяга или, пусть, задолбанный тощий офисный клерк. Или женщина с неподъемной авоськой... пусть они, эти трудяги, рабы, эти продавленные жизнью стулья, приостановятся посреди хмурой, вонючей улицы... прислушаются... и пусть хоть на миг... причастятся к диковатому небесному звуку современной музыки!.. Круто?

Живой рок как живая вода ополоснет их загаженные души... остудит! омоет умученные, вялые лепешки их лиц. Распрямит их дневные горбы... И пусть взовет саксофон, взовет суперсоло! Прямо хоть из мусорного бака!.. Максим называет это «работать на пленэре». И круто звучит — и заодно дистанционно, вскользь, повзрослому заигрывает с когдатошним небрезгливым французским импрессионизмом!

— Слышь, Оль. Сегодня барабанщик должен быть особенно в ударе. Мы будем играть, клянусь, на самой грязной и скучной... на самой дохлой окраинной московской улице. Там блюют прямо на тротуар.

— Максим!

— Серые офисные мертвяки! Людишки! Но когда они слышат мою рваную музыку — гени-

альные наши импровизации, — они столбене-
ют. У них светлые глаза! Светлые и печальные.
Дворники, клянусь, плачут первыми!.. Это правда, Оля, — плачут! Если улица получше и почище... Мы всегда начинаем возле дворника... Слезы сразу — это так прекрасно!.. А ты, Оль?.. Как
ты без меня? Без меня целый день — это ведь
тебе нелегко, а?

Вот и морковный сок... Максим ставит на столик
возле Ольги.

— Оль, ты слышала — я спросил. Без меня
минута за минутой — это ведь тебе нелегко теперь, а?

— Да, милый.

— Будешь продолжать свою книгу о Кандинском?

— Как всегда.

— Но сначала сок...

Максим вдруг колеблется. Небольшая проблема:

— Сок сначала? Или кофе?.. Здоровье? Или
легкий разврат? — Он готов позаботиться и, рва-
нувшись к плите, подсуетиться заново: — А может быть, мягкий утренний шоко? Шоколад, а?

Через пять минут Ольга пьет горячий густой шоколад. Помалу оттягивая губами из чашки. Бе-
зумно вкусно!

«Одна женщина (во мне) по-прежнему начеку —
настороженная предыдущими промахами по
жизни. Легко понять! Эта женщина-дичок чутко

следит за каждым шагом мужчины... Слегка опасного. И всегда слегка обманывающего существа.

Другая женщина малоопытней (но это тоже я!), и эта другая опасно быстро и страстно срастается с мужчиной. Уже вся, душой и телом с Максимом... И вот почему больно. Остро больно от его расхлябанной прямоты. Еще больнее от его недомолвок.

— Но мы пробьемся, Лёльк!

Мы?.. Ему так просто это «мы». А мне все тяжелее скрывать свое подчиненное ему «я». Когда вновь эти дурацкие проблемы с выпивохой барабанщиком. Или с загулявшим вокалистом... Вдруг открывшаяся в Максиме молодость — уличная, дерзкая, подзаборная... Я... Я не знаю... Я влюблена... в этого сумасшедшего Максимку!

Многие, даже очень и очень счастливые в любви женщины могли бы рассказать про эту подспудную женскую нашу раздвоенность. Про этот разлад и про наш длящийся двойной стандарт в сердце. Про тайну жизни с мужчиной... Эта улыбающаяся половинчатость в любви есть у каждой из нас. И в самые первые пробные дни... и в первые месяцы... иногда даже в первые годы.

У каждой!..»

*

—Барабанщик просто обязан быть в ударе, — смеется Максим. — В своем фирменном ударе.

— И что это означает — деньги? — смеется Ольга.

— Немножко. Не жалей, Оль.

— Я не жалею.

— Ты чудо.

— Горячий шоколад — это так вкусно... А знаешь, о чем сейчас думает твое чудо?

— О чем? — Максим — сама невесомость, когда он переспрашивает. Ангел от иронии! Его интонация нарастающе легка, напориста и лишь самую чуть обаятельно небрежна: — О чем?.. О чем бы ни думало мое чудо, это нам ничуть не в тягость... Правда, Оль? Мы ведь разберемся. Легко разберемся!

Максим уходит. Можно сказать, убегает. А Ольга?

А Ольга берет остывшую телефонную трубку, разговор с сестрой — с кем же еще расслабить свою двоякую женскую душу!

— Я люблю... Ничего не делаю — и непривычно это и так радостно. Представь себе. Бездельничаю!.. Не подхожу к плите. Ем какие-то сухие корки! Я, конечно, увлеклась. Влюбилась. Но ведь я хотела забыть Артема. После Артема — это уже *без* Артема....

— А что Максим?

— Сейчас я как пуганая птица... Улетевшая из клетки... Порхаю!

— А Максим?

— Максиму все запросто — это, мол, твои закидоны, Оль! Твои глюки. Твои тараканы... Представляешь?.. Мне не работается, не читается, не думается. Я как во тьме расставила, растопырила слепые руки, ищу дверь, знакомый угол, еще не нашла... а для него — закидоны!

— Красивый и молодой...

— Грустно, Инночка!.. Мне сладко и грустно. Но все-таки я забыла Артема. Удалось.

Из глубины студии донесся грохот.

— Кто там? Ты что-то уронила?

— Это Коля Угрюмцев.

— Коля?.. Мальчишка опять появился?.. Где он шлялся?

— Понятия не имею. Не говорит. Худой как щепка.

— Но все-таки появился.

— Озлобленный стал... И раз в день обязательно роняет стул. Мне даже кажется, он не роняет стул — он швыряет его. Или пинает.

— Отогреется!

— Такая недетская в нем хмурость... Но я боюсь, дело проще. Я вдруг подумала... Вдруг он больной мальчик.

— Но ты, Оль, не гони его.

— Нет, нет.

Подошел проснувшийся Коля. Шаг его неуверенный. Юнец робеет.

— Д-доброе утро.

— Доброе. Тебе привет от Инны... Иди, иди позавтракай. Там на столе... Еда... Чайник ополосни.

— С-спасибо.

— Но сначала ополосни физиономию. Умойся.

— У тебя, Оль, какая-то музыка?

— Нет... Это с улицы.

— А как наш юный Кандинский рисует?

— Коля?.. Никак... Ничего не умеет. Водит кистью туда-сюда. Он думает, что он копирует. По пять раз одно и то же. Он уверяет, что, когда он малюет, у него не болит голова.

— Что?.. Голова?.. У кого?

Больше Инна не может говорить, потому что все заглушают диковатые звуки проснувшегося саксофона.

— Опять музыка? Я ничего не слышу... Оля! Оля!

*

«Разговаривая с сестрой, я тоже все время слышала утробные звуки... Вроде как непродутый кларнет? Или труба?..

Но я думала, что звуки с улицы... А это дудел мой вернувшийся Максим! В двух шагах! Уже у самых дверей!.. Оказалось, его проблемный саксофонист простудился, жар, температура, еле стоял на ногах и истекал соплями... Так что Максим отправил саксофониста домой. А сам взял, прихватил его инструмент... Чтобы простуженному легче втиснуться в троллейбус... ну и... добраться до постели.

— Это я, я шумел, — смеется Максим. — Вот принес. Пусть пока у нас поваляется... Можно при случае подудеть.

Максим мне втолковал, как это важно, чтобы простуженный саксофонист не выронил из дрожащих рук любимый инструмент... чтобы не грохнулся с ним в лихорадочном ознобе. По лестнице с температурой и с матюками на свой пятый этаж. «У них, Оль, нет лифта. Сволочной дом!.. А саксофон, Оль, плачет, падая. Если скачет вниз по ступенькам. Как малый ребенок...

Я думала, Максим только руководит ансамблем, пишет для них музыку. И спросила — на каком инструменте он сам играет?.. Максим так спокойно ответил:

«На всех».

Это правда. Нормальная скромная правда музыканта. Он взял саксофон и заиграл. И как заиграл! Потрясающе!.. А какие на быстрой смене мелодии! Одна за одной. Какие импровизации!.. Я испытала настоящую гордость.

«Хочешь, сыграю «Останься»?» — спросил он напоследок.

А вечером пришел побитый. Под глазом синяк... На физиономии свежайшие ссадины.

Улыбался.

А что, мол, плакать — дело творческое! Его рок-группа вошла в предвиденную полосу первых неудач. Они с налету внедряли живой, нервный рок в каком-то окраинном пролетарском кафе... Их побили...

Появился, как всегда, внезапно.

Я даже вскрикнула: «О господи!»

«Все нормально, Оль. Конкуренция... Столкнулись с хоровиками. С самыми затхлыми и отстойными отголосочными хоровиками. Но у них контракт. Капитализм, его величество!.. Незримая рука рынка».

Незримая рука рынка здорово поработала над его обаятельной физиономией. Особенно удались руке синяки на его левой скуле.

Максим исчезал в ванной комнате — и снова появлялся, восторгаясь как стычкой с непредвиденно трезвыми хоровиками, так и своей новой музыкой!

А был уже поздний час. Мы засиделись. Я обрабатывала ему раны, а он о любви... о любви к своей рок-группе, к своим гениям. К запойному барабанщику. К загульному вокалисту... К вечно простуженному саксофонисту.

«Сам хрипит, а винит саксофон... Оль! Представляешь?.. Ну дурачина!»

«И что?»

«Пинает инструмент ногой».

*

Голос Максима из ванной комнаты:

— Они шизы. Саксофонист, Оль, он абсолютно ненормальный!.. Но они мне как дети!

Максим выскочил — голый до пояса. Он показывает Ольге и впрямь изрядную рваную царапину на левом боку.

— Вот, Оль... Вот еще здесь. Обработай...

— Ого!

— А я все думал — что за хрень там жжет! Еле терпел!

Ольга, обрабатывая ему рану, качает головой: — Опять ты пришел поздно.

— И опять прошу денег.

— Я все хочу тебе объяснить, Максим... Все никак не решаюсь — ведь я небогата, милый.

— Но ты говорила — у тебя есть сбережения.

— Есть. Очень скромные.

— Но это же мои пацаны! Гении... Ты же не хочешь, чтобы они оказались под забором? Чтобы сломались от нищеты?

Он показал еще одну глубокую пугающую царапину.

— Ты же не станешь загонять талантливых пацанов в воровство и криминал? Или в наркотики?.. В крысиную голодную норку, а?

— Максим. Ты словно погоняешь время. Полгода пронеслись как один день.

— Наши полгода.

— А?

— Я говорю — зато, Оль, это наши полгода!

Как веский довод Максим ставит перед Ольгой свой бывалый магнитофончик:

— Слушай.

Он ищет «Останься»... Но знаковая песня никак не всплывает. Звучит что-то другое.

— Черт. Куда она делась?.. Ты услышишь. Услышишь, как я тебя люблю, Оля-Лёля... Эта песня — это мое сердце!

Он нажимает перемотку, ищет:

— Всем своим пацанам сказал — если я ставлю эту песню, значит, все молчат. Все умерли!..

Сдохли!.. Мелодию «Останься» ничем и никем не перебивать. Все знают — не трогать... Что за люди! К ней нельзя прикасаться руками! Нельзя лапать... Тем более пачкать чужими звуками! Это наша мелодия, Оль!..

Однако же, так и оставив звучать чужеватую мелодию, Максим уходит. Еще разок чертыхнувшись. Убегает.

*

Ольга выключает магнитофон.

И пробует включить свою жизнь — она открывает книгу. А затем и тетрадку. Делает пометки. Надо бы не урывками... Вернуться бы к работе над диссертацией.

Коля Угрюмцев меж тем торопится на свое рабочее место. Как маленький автомат, уже проглотивший монетку. Прошел с мольбертом в глубину студии. Сел.

Рядом с ним тотчас замигал очередной подсвеченный Кандинский. Юнец заторопился, малюет.

Спасаясь кисточкой, как он сам говорит, от х-х-ронической г-г-головной боли.

А вот и сентенция при этой подсвеченной репродукции. Придется выслушать. Она кратка:

«ОСОБЫЙ МИР... ЛЕГКИХ КРАСОК...»

И опять в К-студии все тихо. Абстрактному миру легко дается покой.

Сдвинутый, странноватый кочевник Коля Угрюмцев, вернувшись, тоже не привнес новизны. Неприкаянный, он просто поселился. За неимением другого жилого места в огромном мегаполисе.

Спит он в самой глубине студии. Там запасная постель. Как-никак у бездомного юнца есть эта теплая ниша. Впрочем, как настоящий приживал, Коля малозаметен, никому здесь не мешает. Вот он тихо сел, в руке кисточка.

Перемалевывает. От усердия высунул язык.

Прежде чем умолкнуть, сентенция Кандинского повторяет себя с силой и с подчеркнутой перестановкой слов.

«БЛУЖДАЮЩИХ НА ПАЛИТРЕ ЛЕГКИХ КРАСОК... ОСОБЫЙ МИР...»

*

О чем бы Ольга ни говорила, она о Максиме. Ей теперь уже поздно меняться.

— На чем нас прервали, Инна?.. Да, да! Слишком выпирающая, напористая его молодость...

— Если бы только!.. Но ведь он отсасывает у тебя рубли. Насос, как на пожаре... И заметь: при всей своей выпирающей молодости твой Максим на полкопейки не сумел устроиться работать. Заодно скучает со своими проблемно безденежными...

— Безденежье, Инна, — это тоже молодость.

— А не суета?

— Пусть суета. Но какая красивая, завораживающая, праздничная суета... Он пробьется!.. Инночка! Сестренка!.. Максим, конечно, как туда-сюда ветер, шальной, сквозняковый, безумный, но в нем ни на грамм нет политики — это сейчас так прекрасно! Я отдыхаю душой!

«Мне кажется, я чувствую Максима даже через опыт моих подруг и сверстниц. Медом не корми, дай такому, как Максим, влюбиться в тридцати-, а то и в сорокалетнюю. Еще и пошвыряться последними копейками. Мода?..

Но ведь и помимо моды молодому мужику хочется ускоренного опыта. Это как месяц май. Утолять чувство тоски — заодно и вместе с хорошей погодой... А какой секс. Ах, как мы им сладки!

Да и они нам, если уж признаваться...»

*

Максим — сама занятость!

Вот проснулись репродукции. Там и тут. В чем дело?.. Отчаянно мигает и гаснет вразброс потревоженный Кандинский! Нет даже сентенций великого художника. Не успевает мэтр высказать и передать заветное людям. Магнитофонная запись словно бы подавилась собой. Кашляет...

А ворвавшийся Максим хвать телефонную трубку!.. и кричит кому-то: «Еду! Уже еду!..» Спешит!.. Он и впрямь как туда-сюда ветер. Уносясь из К-студии, он что-то наспех показывает Ольге... изображает рукой некое краткое ей объяснение.

Хватает со стола что-то забытое — и нет его!

А вот он опять вбежал на миг. Но теперь он сразу к ней — теперь он понятнее. И Ольга, доставая бумажник, к нему с улыбкой... но уже не с такой широкой улыбкой, как вчера:

— Максим? Опять деньги?

— Сейчас, Лёльк, самое время нашей любви.

— И что?

— Сейчас, родная, грех думать о деньгах!.. Я все верну. Я же заработаю, родная!.. Мы вот-вот заработаем! Не будь жмотихой! Я же знаю — ты славная девчонка!

— Девчонке, заметь, тридцать.

— Ни годы, ни деньги нам с тобой считать сейчас не надо. В такое время ничего не считай... Каждый наш день свят. Время любви, родная! Время любви!

Ольга сообщает сестре: «Он стал мне говорить — родная...»

*

—Пойми, Лёль. Пойми. Я не работаю для ублажения богатеньких... Мы распахнутый рок. И вся-вся-вся музыка — для простого люда. Да, мы могли бы разок-другой выступить в этой соседней пивной... Но мерзкая пивнуха, которая здесь была, превратилась в еще более мерзкую кафешку. С газетами и с чаем! С зеленым, Лёль!.. Интеллигентский отстой! Кастраты!.. Без капли пивка! Как только вижу на столе свежую подшивку газет, хочется блевануть...

Максим, как обычно, включает себе в посильную помощь магнитофон. Но там опять шипенье. И какая-то чужеватая мелодия взамен. И опять Максим, торопясь, не может найти «Останься».

— Лёль! Что ты сделала с магнитофоном?.. Где наша песня?!

И убегает.

И голос Инны по телефону совсем не такой, как вчера. Это уже родственный спрос. Младшая сестренка разгневана:

— Но он как-то объясняет свое долгое отсутствие?

Ольга отвечает сдержанно:

— Да.

— Ночует?

— Ночует. И опять исчезает.

Ольга устраивается у аппарата поудобнее:

— Его ночные объяснения, моя дорогая Инна, одни и те же. Сводятся они к временной (надо верить!) нужде. И конечно, к безденежью его рок-друзей... К драчливому вокалисту... К пьющему барабанщику.

— Барабанщик и правда так гениален? Ты его слышала?

— Барабанщик сейчас в чужой рок-группе.

161

— Ого!

А Ольга отчасти передразнивает, перехватив летучую Максимкину интонацию. И если, мол, барабанщика, если эту гениальную свинью сейчас не прикормить, он так и останется хрюкать у чужих корыт... Мы можем его потерять, родная!

— Родная?

— Да. Так он теперь говорит.

Готовая взорваться, Инна спрашивает: — Но кроме. Кроме рок-группы... Какие-то другие ценности у человека есть?

Ольга смеется: — Я.

*

— А еще?

— Не знаю... А!.. Есть!.. Есть!.. Примером для Максимки его отец. В ярких красках! Это для него кумир, бог!

И, словно в поддержку Ольгиных слов, появился Максим.

Он — бегом, бегом! — ворвался в К-студию. Услышав слово «отец», он уже с расстояния подхватывает. На ходу. На бегу. Подгоняемый запредельным восторгом:

— Мой отец!.. Мой батя!.. Вот человек! Вышел на пенсию, свое отработал — и уехал к друзьям в Сибирь. Едва только на пенсию — и к друзьям. На настоящую неболтливую землю! Взял и вырубился из страны перевертышей. Ух, Лёльк! Как он умеет дружить с людьми и ценить их! Мне бы хоть вполовину, Лёльк!.. Друзья — это всё.

Максим рядом:

— Представляешь, Лёльк!.. За Уралом... Далеко!.. Огромная Сибирь! Я спросил его, откуда у тебя столько друзей. Батя только пожал плечами — *друзья по жизни!* Он так и сказал... Обрати внимание, Лёльк, — не по работе друзья, не по институту. Не по пенсии, мать их... По жизни.

Инна по телефону Ольге: — Я все услышала. Не пересказывай. Передавай Максиму привет.

— Передаю.

— И скажи ему, Оля, — мне тоже нравится такой отец. Я как бы слышу его таежный шаг. С хрустом. Слышу мужчину. Слышу здоровое... В нашем-то московском вылизанном муравейнике... Забытый звук!

Ольга счастлива совпадением мнений:

— В перестроечные дни, а?.. Пенсионер колесит по немерено-огромному пространству, навещая там своих друзей. Ты слышала, Инна, — большинство его друзей в Сибири.

— Как у всякого порядочного человека.

Сестры меж собой:

— Он говорил об отце, и сердце мое сжималось.

— Мы, Оля, тоже любили отца. Больше чем любили. Жили, едва-едва его дождавшись. А он вернулся из лагеря и полгода прожил.

— Семь месяцев... Хватит о печальном...

*

Максим кричит. Появился из глубины К-студии:

— Отец!.. Его обожает все Зауралье и вся Сибирь! Оль!.. Где поездом, где самолетом. Это только нам, в Москве, кажется, что сибиряки живут плечом к плечу. А на деле расстояния меж ними огромные!

Приблизясь к Ольге, Максим сбавляет голос до шепота:

— Но батя все равно ездит и ездит, летает и летает — от друзей к друзьям. Надо брать с него пример, родная!.. Надо жить жизнь... Батя всегда так и говорит: «Максим, живи жизнь».

Максим еще ближе к Ольге, еще тише — и уже с просьбой:

— Давай, родная, жить жизнь.

Что означало — дай еще последних деньжат. Дай деньжат — мои музыканты, друзья... мои друзья!.. они совсем на мели.

« — Лёльк! — взывал он.

Я молчала. У меня кончились свободные деньги. Я тоже была на мели.

— Лёльк!

А у меня нет сил говорить с ним. Разве что завыть по-бабьи... Но нет сил и одернуть... на время бы выставить, выгнать его. Я все еще влюблена. Я все понимаю... Деньги, эти наши контрольные метки!.. Я все-все понимаю. Душа болит. Душа хочет покоя. Но подтаявшая сладкая влюбленность все еще лижет и лижет мне сердце».

А Максим в шоке — он рассказывает, какая жуткая творится на белом свете несправедливость... Ужас. Барабанщика бросили его женщины. Бросили его друзья! Скулящее его одиночество... Даже он, Максим, на время отодвинулся от бедолаги — и вот сейчас рок-барабанщик один... Один в мире!.. Твоему выцветшему Кандинскому и не снилось, как может страдать современный одинокий художник!

Максим сокрушается, негодует, но не падает духом:

— Этот барабанщик, мать его, — загульный!.. Но он, Лёльк, гений, без дураков! Для него деньги — дерьмо. Бумажки. Особенно — зеленые. Он живет и даже не замечает их цвета... Я видел, как в гневе он рвет стодолларовую купюру. В его руках это получалось так легко! Руки барабанщика... Эти руки сами по себе рвут деньги. Эти руки сами по себе живут жизнь... Его руки! Это стихия. Это ветер! Это бессмертные овражные лопухи!.. А ведь мы с тобой, Лёльк, тоже живем жизнь.

Максим выкрикивает свою беспечную, радостную правду. И его слова заново волнуют и дразнят Ольгу... как дразнят нас долетающие запахи ненашего счастья.

И так медленно-медленно, тихо-тихо Ольга растет в понимании мужчин этого нового для нее сорта.

*

Максим рассказывает про копейки... Конечно, это копейки. Конечно, проходя мимо, кое-что бросают им, играющим новую, непризнанную музыку.

— Бросают в потертую шляпу (вокалист шляпенку свою на общак пожертвовал, принес)... Монеты... Металлические рубли. И ни одной бумажки, Лёльк... Но ведь рок-музыканты не рвачи и не гонятся за тем, чтобы на асфальтовом пленэре обобрать слушателей. Своих же дохляков. Своих умученных трудяг.

Да, Лёльк, стало чуть полегче... Музицируя, мои парни наконец заприметили, что когда на асфальте не одна, а лежат две шляпы рядом, туда бросают больше... И вообще, когда лежат две шляпы, это как две протянутые руки...

Максим рассказывает, и все это — его правда.

— Когда ты протягиваешь шляпу, из кошелька выковыривают тебе монету вместе с кусочками сердца... А ты никогда не слышала, как безденежные усталые людишки вымямливают свое голое «спасибо за музыку»?.. Робко так... Спа-си-бо... Такой утомленный неожиданный у них звучок... Горловой.

— Но я, Лёльк, больше всего люблю наших московских доходяг, возвращающихся с работы. Работяг с тусклыми глазами. Торопящихся толстых теток... Так благодарно играть им. Их заплесневелому сердцу...

Какую-то струну да заденешь! Обязательно! Как-никак сердечко царапнешь... И такие благодарные тогда у них глаза! Светлые!

Каждая следующая любовь у женщины более быстрая. Более бегущая и спешащая, чем прошлая.

И повторяющая прежние, увы, ошибки.

Сестра Инна, умненькая, считает, что каждый раз ошибкой Ольги был уже сам выбор мужчины, *который на взлете...* И который с большой вероятностью подвержен падению.

Мужчины, *которые на взлете*, в этом своем нестабильном часе женщиной не дорожат.

*

Так или не так, Максим вновь рядом. Он обнимает Ольгу. Он нежен. Он суетится с горячим шоколадом. Туда-сюда... От плиты к столу... И вот он уже несет горячую чашку. Вкусно пахнущую в его руках уже издалека... А руки его так долго нежны. А тонкие пальцы музыканта-профи.

Уже свой, уже нажитый с Максимом любовный опыт подсказывает Ольге (нашептывает ей) не портить и не комкать этот их сегодняшний вечер. Не торопить ускорившееся чувство (оно и так убегает, торопится). Не испортить, подгоняя, хотя бы саму ночь. К чему выяснения! К чему жесткие прямые вопросы?.. Только она и Максим.

«Нас двое, он и я.

И ведь мы, двое, живем этот наш вечер... Живем эти минуты. Эти часы. Не замечая отсутствия денег. Живем жизнь. Я...»

— Я люблю...

— А я сделаю тебе еще шоколада! Подниму твой тонус-минор!

— Порошка шоколадного больше нет...

— Я соскребу с краев. Остатки сладки, родная!

Максим ушел на дальнюю кухню — в глубины безлюдных полуподвальных комнат. Гремит там чашками. Перемывая их под шумной струей воды.

И кричит Ольге оттуда: — Ты перетерпи... Перетерпи, родненькая. Должно быть, у меня этот разгуляй в крови. Друзья — это от отца!.. Ты же, Лёльк, знаешь, сколько друзей у моего отца... Друзья — это святое.

На миг (нет, на полмига) в его голосе тоскливая оглядка:

— Да, да, да. Я знаю, что надо уметь сочетать.

— Я этого не сказала.

— Знаю сам. Вот приедет батя и поучит долбаного сынка сочетать два таланта — любовь и друзей... А пока что, Лёльк, проблемы... Пьяница барабанщик — это ты усвоила, знаешь!.. Гулена вокалист — вот кто теперь головная боль и проблема-раз! Этот уже имен своих баб не помнит. Он, оказывается, даже не считает! Не ведет счет!.. Нет, нет, Лёльк, ты скажи — сколько надо вокалисту женщин!.. Я, Лёльк, не понимаю.

*

Сюда, в студию, Макс Квинта музыкантов не приводил. Для К-студии они были диковаты и малопонятны. Зато гении.

Однажды, правда, с Максимом вместе пришел легендарный барабанщик, он же ударник — самый проблемный из его рок-группы... Он пришел уже поддатый. Мутными глазами усмотрел Ольгу и спросил: «Кто такая?..» — после чего упал лицом в тарелку с кашей. Каша стояла перед ним... По счастью, уже слегка остывшая.

— Почему? Почему я, Лёльк, должен быть за них всех в ответе?.. Не знаю.

— И я не знаю, милый.

— Почему?.. Пусть мне объяснят... Отец. Вся надежда на отца!

Максим принес любимой женщине свежевыжатый морковный сок.

Он забрал из рук Ольги книгу, деликатно откладывает в сторону. Кандинский Василий Васильевич подождет. Кандинский Василий Васильевич пусть-ка станет в *живую* очередь... Да, Василий Васильевич, надо жить жизнь, это верно. Но надо жить *свою* жизнь.

Обнимает Ольгу.

И, как всегда, такое неподдельно долгое, трепетное первое объятие Максима!

— И кстати. Дай мне немножко деньжат. Я же совсем на мели. На мелкой мели.

— Подожди, Максим. Ты обещал устроиться

работать в музыкальную школу... Ты ведь пойдешь на работу?

— Да, да, но не сию же минуту.

— Ты обещал.

— Я жду из этой чертовой школы результатов. Я же прошел их придурковатое собеседование.

— Это было давно.

— Лёльк!.. Вокалист второй день ничего не жрал! И ведь он без женщины. Имей совесть!

— Но у меня так мало денег. А зарплата, Максим, только на будущей неделе!

— Но ты что-то говорила про зеленые.

— Запас на черный день...

— Так чего же мы ждем! День вполне черный. Куда еще чернее?.. Сто долларов?.. Какая замечательная бумажка! Ее надо разменять!.. Оль! Родная моя!

И объятие мягко распалось.

После крохотной (ну пустяковой) заминки с деньгами Максим усаживает Ольгу в другое кресло — в мягкое, удобное, самое лучшее здесь.

Все для нее.

Максим трогателен и заботлив. И жестом говорит ей — нет-нет, не вставай, Оль! Чтоб без лишнего движения. Чтоб полное счастье... Он чуть ли не бегом принес ей горячий шоколад. Не пролил. Не споткнулся...

Горячий шоколад! Сидя! Утопая! В единственном здесь большом кресле!

Глубина кресла — глубина счастья, разве нет?

*

«—Твой потрясающий открытый характер! — повторяю я Максиму как бы между прочим.

Эта попритершаяся фраза у меня теперь наготове. Я расту. Я теперь быстро расту. Мужчина тоже не замечает своих повторений. Абсолютно! Если его хвалят... Его слипшиеся мелкие радости.

А горячий шоколад и любовь в глубоком кресле почти каждый раз связывались теперь с зеленой бумажкой в сто долларов. Которую надо разменять... И я ее отдавала... До последней. Главное было не разменять любовь. Не разменять ее на ссоры.

Ну а как иначе — не возьмет же он деньги сам!..

Максим, не торопясь, подает мне мою сумочку. Чтобы я своими руками выдала хоть что-то на прокорм барабанщика и на женщин вокалиста.

— Нет-нет, родная... Своей рукой.

—То, что ты, родная, называешь моей открытой бесхарактерностью, во всяком случае, намекаешь на это, — и есть мой характер. Это, Оль, потому, что мы рок-музыканты!.. Это не от природы. Это не от генов. Это от бездонной магии музыки.

А я рылась в своей, увы, не бездонной, доцеженной сумочке — и ляпнула:

— Как-то удивительно, Максим. Как-то неожиданно, если твой бег на месте — от магии музыки.

Он ничуть не рассердился:

— А не спеши удивляться, Оль, — обдумай эту мысль сама на досуге. И выдай-ка мне наконец денежку.

— Уходишь?

— Но сначала я еще разок сделаю тебе горячий шоколад-соскребыш.

И убежал. Он как-то спокойней стал убегать. Задумчивой трусцой.

— Жить, жить, родная, — вот в чем сейчас мелодия!.. Пей шоколад и радуйся. Пока он есть... Пока горячий! Пока сладкий!

— Максим!

А он уже убежал своей легкой трусцой. Я-то думала, за шоколадом.

Как с горы вниз.

При том, что я все время сама себя пугала — каждая, мол, следующая любовь у женщины проносится быстрее предыдущей».

*

Убежал к проблемному барабанщику. Или к сумасшедшему вокалисту, который едва-едва научился читать ноты, но уже грозил Максиму, что уходит петь в ближайшую церковь — там неплохо платят.

А теперь еще и популярность: саксофонист с кем-то подрался... прямо на улице... сколько у Максима хлопот!

В этот же вечер (для погрустневшей Ольги очень вовремя) раздался телефонный звонок... Издалека!

Взяла трубку, а там сильный, чуть глуховатый баритон. Мужской голос, вызывающий доверие.

— Здравствуй, Ольга. Здравствуй, дочка... Я так сразу, простецки называю тебя дочкой... Я — отец Максимки. Он рассказал. Он рассказал мне о тебе. И первое, что я тебе скажу, — сочувствую.

Ольга вся всколыхнулась, почти кричит. Словно бы ждала звонка.

— Как я рада вас слышать! Как хорошо, как правильно, что вы позвонили...

— Знаю, с ним трудно.

— Что вы!.. Конечно, конечно!.. Я счастлива. Да, да, проблемы тоже...

— Поменьше спорь — почаще прощай.

— Я прощаю. Прощаю...

— Значит, умная. Он молодой и взбалмошный — думает, что подражает мне. Копирует внешнее... У меня по жизни много друзей — вот и он хочет сразу и много.

— Да, да!

— Он пока что глуп — глуп по-мальчишески.

— Как вовремя вы позвонили. Как радостно мне вас слышать!

—Когда я вернусь в Москву, мы поговорим обстоятельно. Мы поладим, Ольга... По телефону мозги мягко ему не вправить. А как еще?.. Поэтому я уже решил — я возвращаюсь... Ради вас обоих... Возвращаюсь в Москву, в мою подзабытую квартиру на Арбате...

— Я... Я скажу вам... Я постарше его...

— Знаю.

— На четыре года.

— Знаю. И не робей, я эту житейскую арифметику предвидел — знал заранее... У меня сердце болело. Потому что моему Максиму как раз и нужна жена постарше. В пределах. Года на три-четыре... Моя покойная жена тоже была меня постарше. И это оказалось — моя судьба.

И глуховатый, сильный, лишь чуть ущербный на звук мужской голос добавил:

— Оказалось — мое счастье.

Разговор бросил ее в жар. Разговор окончен. Но Ольга удерживает в ладонях тепло телефонной трубки. Не выпуская из рук, как залетевшую вдруг птичку. Мелкую горячую птичку. Ее жаркое тельце.

Года на три-четыре.

Ей представляется, что она в полной тьме. В темноте... И что некий вневедомственный лучик света, случайный, заблудившийся, соскользнул и упал на нее.

Улыбнулась.

И негромко, на пробу, произносит, ух ты!.. словцо, которое так часто и так запросто произносит Максим:

— Батя.

*

Объявившийся отец Максима — горячая новость, которая сестрами обсуждается по телефону сразу же. Не знак ли Ольге с синего-синего неба? Не в помощь ли ей?.. Отец лепит сына. Отец умело прощупывает силу сына. Разве нет?.. Как скульптор!

Инна тут же! Спешит с наглядно утверждающей мыслью:

— А разве наш отец не скульптор? В этом суровом смысле... Не пытался разве слепить нас обеих на свой диссидентский вкус?

— Не знаю.

— А я знаю. Я нет-нет и слышу за спиной... А-а! Дочь Тульцева? Что вы от нее хотите!.. Того самого?

— А для меня «дочь Тульцева» — как натужная нагрузка при первом общении с мужчиной. Как клеймо. Которое хочется скрыть. Что-то вроде клейма миледи... Клейма, от которого попахивает долгим женским одиночеством.

Инна смеется: — Ну-ну. По тебе не скажешь о долгом женском одиночестве... Миледи!

Ольга тоже смеется: — Ах, злюка!

Сестры при счастливом случае не прочь подразнить одна другую.

Но вот уже Инна возвращается к бодрящей сегодняшней новости:

— Ты, Оль, лучше расскажи еще про Максимкиного отца. Про голос... Как именно он говорил... По голосу можно угадать многое. Можно предвидеть.

— В голосе была забота. Честный, сильный мужской баритон.

— Сибирский Батя?

— Вроде бы так.

— Поддержка?

— Это был голос, которому хочется верить.

Неподалеку от Ольги возник Коля Угрюмцев. Юнец что-то сердито бормочет. Ставит мольберт и стул перед очередной репродукцией. Взял кисть... Но положил... Опять взял.

Инна услышала и спрашивает: — Что у тебя за шум?

— Коля.

— Продолжает копировать?

— Маниакально... Но прежде чем взяться за кисточку, он долго ищет рабочее место. Как собачонка, которая забыла свой дом — и не знает, где лечь. Ей всюду жестко. Чужие запахи!..

— Но ты говорила, он озлобленный.

— Временами.

— Где-то же есть у него мать, отец.

— Он не говорит.

— Ты, Оль, обещала его не гнать.

— Не гоню. И сама себе говорю — ведь здесь, в этой студии, жили не самые тихие люди. Время андеграунда! Малознакомые, чужие, разные, а ведь жили... не признавали друг друга!.. однако же ночевали рядом!

— Делились едой!

— Именно! Семь-восемь человек впритирку — и ничего. А теперь один малолетка, неужели в тягость!.. Обуржуазилась, госпожа Тульцева, говорю я себе.

— Конечно, кормишь его?

— Суп жидкий, хлеб тонкий!.. Инночка, он так скромно ест... Так мало... Просто грех говорить, что его кормлю.

— Странный.

— И может быть, больной. Я вообще не знаю, как такие юнцы появляются на свет. Как и с кем прошли их детские годы? Как они едят... Где спят?

Инна зевает:

— Ладно. Ночь уже... Давай на сегодня прервемся...

Коля как раз нашел себе и своей кисточке место. Копирует.

*

—Нет, нет, сестренка. Не вешай трубку. Поговорим о Максиме. В какой-то момент я подозревала, что он... как бы это сказать!.. по-современному...

— Жиголо.

— Ну, да, да, слегка жиголообразный современный мужик... но нет, Инна!.. Он просто-напросто наш домашний дурной классический самородок. Безбашенный абсолютно. Весь в прорыв!..

Голос Ольги полон восторга:

— А его проблемные друзья — действительно талантливые, дерзкие и действительно нигде не тормозящие. Московская рок-группа «Квинта»! В будущем знаменитая, а?!

— Оля... Пора спать.

— Он выпросил у меня последние сто долларов. Он несет им мои деньги как радость!

— Ну, хватит.

— Он так и говорит: Лёльк! мы пробьемся!.. Я, говорит, несу им твою чертову зеленую бумажку, как несут последний ржавый патрон!

— Хватит, Олька! Перестань!.. Не рассказывай мне... Когда ты говоришь о мужчине, я тоже, мало-помалу, в параллель, влюбляюсь в него... Прекрати! Так страстно рассказываешь. Да еще на ночь глядя!

— Но Максим открытый! широкий! не алчный!.. Как жаль, что у меня кончились эти чертовы зеленые бумажки!.. Он теперь выскребывает, нашаривает у меня по карманам затерявшиеся монеты... Даже мелкие... Но все открыто. Не таясь!

— Любовь, — сочувствует старшей сестре зевающая Инна.

— Любовь... Но как быстро этот сладкий сахар тает! Этот мед.

Ольга не увидела, что за ее спиной, делая опасливый обходной круг, появился Максим.

Увы, вопреки Ольгиным словам (или уже обгоняя ее слова), Максим как раз вступил в новую полосу отношений (тоже, впрочем, классическую) — теперь он сам забирает кое-что из Ольгиной студии. Сам и по-тихому. Конечно, мелочовка... Пустячки, что не намного серьезней найденных, нашаренных, нарытых по ее карманам монет...

В его крепких руках всего лишь несколько репродукций Кандинского, кое-как свернутых в рулоны. Уносит.

Крадучись. Как неверный муж, изгнанный в прошлый понедельник.

Коля Угрюмцев, как ни маниакально, как ни отрешенно и тупо водил он туда-сюда кисточкой, — услышал крадущегося. В ушах пацана застыла образцовая детдомовская вороватая тишина. Простуканная чьими-то ночными шагами... Встревоженный Коля бросает кисточку, встает со стула — и навстречу.

Макс Квинта на десять лет старше и на голову выше его — плечистый мужчина! — и конечно же, он захватывает инициативу:

— Колян? Ты чего не спишь?

— М-м-малюю.

— Малюй дальше. Молодец.

— А ты ч-чего?

— А я — это я.

— Ч-чего взял?

— Мне нужно. Считай, что просто бумага.

— Это не б-бумага. Это ж-живопись.

— Но если глянуть с обратной стороны — бумага?.. Это репродукции, Колян, а не живопись. Притом старье. Отстой. Хлам.

— Нет, не х-хлам.

— Да ладно. Не твое дело... Малюй дальше.

Максим пытается тихо уйти. Зачем шуметь ночью?

Юнец, однако, как ни юн, преграждает путь к двери:

— Куда п-поволок?

— Тебя не касается.

— К-касается. Как раз э-э-эти к-картинки я еще не рисовал.

И вопит:

— Ольга! Ольга!

Ольга бросает телефонную трубку. И тут же сама бросается к безбашенному похитителю самого святого.

— С ума сошел. Это же ранний Кандинский!

— Хочу продать одному мазилке... Лёльк! Мои парни на пределе. Голод! Настоящий голод! С утра сразу продам. Спущу аж по две-три сотни рублей за репродукцию — я уже навскид сговорился.

— Максим!

— Ни барабанщик, ни вокалист, Лёльк, не гонятся за похудением.

— Максим!

— Оль!.. Ты же все прекрасно понимаешь. Репродукции — это отстой. Вчерашний! Несъедобный!.. У тебя такого добра полным-полно. В несметном количестве.

— Но это — Кандинский! Тебе же так нравилась угловатость этих линий. Эта работа напоминала тебе... молоденькую школьную учительницу.

— Напоминала. Одни кости... Все равно что спать с моделью.

— Кан-дин-ский! — уже грозно кричит Ольга.

Однако Максим не дает выхватить рулоны. Не выпускает добычу из сильных мужских рук:

— Но-но-но!

— Лёльк!.. Давай сначала. Ты же умница. Давай порассуждаем.

Но ей удается прихватить за край эти поблекшие, старые, копеечные рулоны. Трясущимися руками!.. Узнав с изнанки по загнутому уголку одну из репродукций, она вопит:

— Это память... Это же подарок... Максим! Максим! Максим! — Ольга захлебывается.

— Лёльк! Но ты согласись... Если о подарках, ты стоишь лучшего! Когда-нибудь я сам подарю тебе...

— Я не хочу «когда-нибудь»!

— Когда-нибудь ты будешь ошеломлена моим подарком!.. Потрясена будешь!

— Я уже потрясена.

— Не тискай их, пожалуйста... Лёльк!.. Порвутся. Они легко рвутся. Ветхие... Я, Лёльк, продам эту пыль за конкретные деньги. Ты не забывай про моего простуженного саксофониста. Про моего непохмелившегося барабанщика!

Максим тянет «Кандинского», свернутого в рулоны, к себе — оцепенелая Ольга уже не кричит, тянет к себе. Но оба осторожны — не порвать, не помять.

— Лёльк! Давай порассуждаем. Каждое утро... Когда я начинаю день с того, что делаю тебе горячий шоколад...

— Каждое утро — когда тебе нужны деньги.

— Лёльк! Ты забывчива... А какой кофе?! Давлю тебе морковку — свежайший сок... Ухаживаю, родная. Подаю тебе прямо в постель... А на бонус делаю легкий завтрак.

— И выпросив очередные деньги — исчезаешь!

Рулоны все еще в руках у обоих.

Ни Ольга, ни Максим из осторожности не делают решающего рывка. Замерли. Они сейчас скульптура. Они сейчас как навязчивый прямолинейный символ — распадающаяся молодая семья.

В студии погас свет.

Мигнул раз-другой... Включается. Вновь гаснет.

Ольга, не оставляя, не отдавая Максиму репродукции, топчется на месте. Занемели руки. Она посылает мальчишку в глубь студии:

— Коля. Пойди глянь, что там мигает.

Юнец, обходя живую скульптуру, озабоченно напоминает, на чьей стороне он в этом конфликте:

— Я х-хотел к-копировать к-как раз эти работы.

— Пойди. Пойди глянь.

— Лёльк! Признайся... У тебя много повторяющихся репродукций. Слишком много... Ну что за культ!.. Отдай эти мне. И помиримся.

— Замолчи.

— Так и будем стоять, обнимая на пару великого мастера?

— Так и будем.

Оба, быть может, готовы порвать рулоны. Но не разорвав при этом что-то главное.

Юнец Коля возвращается.

— Он вырвал п-ровод с м-мясом... Когда з-з-забирал репродукции, попортил розетки... Этот кретин концы закоротил. С-соединял п-провода напрямую.

Максим огрызнулся: — Запомни, пацан. Этот кретин все в жизни соединяет напрямую.

Свет продолжает потревоженно, беспорядочно мигать. Включается запись под одной из спящих репродукций:

«СЫН КУПЦА ПЕРВОЙ ГИЛЬДИИ... В ОБЕСПЕЧЕННОЙ КУЛЬТУРНОЙ СЕМЬЕ...»

Коля предлагает Ольге: — Вызову м-ментов?

Макс Квинта смеется: — Ха! В здешней ментовке все мои друзья. Менты обожают рок-музыкантов.

— О-особенно непохмелившегося б-б-барабанщика.

Звучит заново:

«СЫН КУПЦА ПЕРВОЙ ГИЛЬДИИ...»

Максим наконец взрывается: — Ну, все. Этот сын купца меня достал!

Он выпускает из рук репродукции Кандинского. Отдает Ольге... — На! забирай его! Переспи с ним!

И взывает, как взывают в последний раз, к

жестокому женскому сердцу — взывает к кончающейся любви:

— Лёльк!

Но Ольга вдруг решилась: — Уходи... Кандинского не прощу.

Напряженное молчание. Максим отвечает коротко: — Я тоже.

2

Прошла неделя или около того.

Ночь. Мигнул вдруг огонек — ожил лучик подсветки у одного из Кандинских. Ольга встала с постели.

Она идет на шорохи... Насторожившись. Шлеп-шлеп тапками... В сторону еще раз чутко мигнувшей подсветки — и там навстречу Ольге он, Максим. Теперь в полной тьме. Он движется еще более осторожно, чем она. И более осторожно, чем в прошлый раз... Шаг еле слышный... легкий... вороватый. Как и когда он пробрался ночью в студию?

Ольга, вскрикнув, отшатнулась. Максим в полутьме крепко и знакомо схватил ее за плечи.

— О боже мой. Это ты?.. Напугал.

Как ни в чем не бывало Максим спрашивает. Сердито спрашивает. Он продолжает, он разматывает вчерашнее. Но в темноте:

— Родная. Или мы любим друг друга — или нет?

В своем великолепном стиле.

— Мы любим или нет?

И сразу же в ход претензии художника к людям. К людям вообще. Ну а косвенно, конечно, к ней — к Ольге:

— Я ушел от друзей. Я бросил, оставил их голодными. Они жрут пыль. Они хотят еды... настоящей еды... хоть немножко пива... Мы, Оль, создали отличную группу... Да, да, у нас в плохой форме вокалист. Но зато вернулся какой барабанщик!

«Я уже хорошо знала этот нюанс. Он хотел, чтобы я чувствовала себя виноватой. Чтобы была в ответе. За барабанщика... За скучающего без секса солиста... Какие ребята, а?!. За весь неустроенный муравейник. За неудавшихся рок-героев. И за удавшихся сволочей. За грязь жизни. Чтобы за все и за всех была виновата женщина.

— И разве я пьян?.. Скажи, родненькая. Нет, ты честно. Я пьян?

— Нет.

— Вот видишь!

Он и правда не был пьян. Да он и не был пьяницей. Чего нет, того нет... Кой-какой легкий запашок гулял, конечно, от щеки к щеке. Но не всерьез... Местный анапский бриз. Дуновение.

И конечно, Максиму очень хотелось сварить мне поутру горячий шоколад.

— Я уже было решил покончить, завязать с ними... К чертям! Бросаю моих гениев, а ведь они гении, Лёльк... гении! это без дураков!.. бросаю провонявшую метропоездами московскую оглохшую музыку! Все бросаю. Уеду в Сибирь. Легко!.. Уехал же туда мой отец... За окнами ельник. Я уже слышу стук колес. Уже чувствую привкус чая, который разносит по вагону приземистая сибирская проводница.

Вот бы хорошо, — мелькнуло. Развязался бы узел.
— Лёльк!
— А?
— Знаешь, что меня остановило?
— Знаю. Ты подумал, вспомнил про немалые деньги на билет.
— Нет, родная. Меня остановило другое. Я думал о тебе... Я подумал — как же она без меня? Как жить будет?»

*

—Отец, однако, не боялся бросать. Не боялся бросать, а значит — не боялся начинать снова. Ты же знаешь, Лёльк, отец вообще-то москвич. Но шесть лет, даже больше, он в Сибири — у друзей. Заболел Сибирью... Настоящий сибирский мачо! Он там охотится на волков. Со своим дружком Звоницыным...

Максим, вспоминая, словно бы слышит со стороны суровый голос отца. Сильный, раскрепощенный мужской голос:
— Зво́ницын... Ударение на «о», Максим. Запомни. Обязательно на «о»... Звоницын.

— Отец, Лёльк, всегда поправлял меня... мое ударение... Звоницын.

Но Ольга уже решилась на последнее объяснение... сейчас же!.. и на разрыв. Да, среди ночи.

— Максим. Я беру всю вину на себя. Это была моя ошибка. Это я ошиблась... Твоя замечательная музыка. Твое открытое мужское лицо! Я обманула сама себя. Я поторопилась. Я влюбилась... Прости меня.

— Как странно, родная. А я шел сюда и как раз думал: если Лёлька меня бросит, мне конец.

— Твои находчивые, замечательные острые слова... шутки. — Ольга всхлипнула. — Твое обаяние... Уже не поможет.

— Непонятно.

— Все понятно, Максим. Это точка. И пожалуйста, не думай ни про секс, ни про то, какой ты мужчина. Ты замечательный сильный мужчина... Но... Но я... Я беру вину на себя... Не сердись. Тебе... тебе ведь было хорошо здесь? В этом скромном полуподвале? Со мной?

— Еще как, Лёльк!

— И мне было чудесно. Этого у нас не отнять. Это было, было. Этого могло не быть вовсе.

— Ты плачешь?

— Пустяки. Слезится глаз.

Они стоят друг против друга, еще секунда — и разрыв.

Максим ищет слова. И кое-что, как ему кажется, он находит:

— Я, Лёльк, вот о чем думаю. Ты, Лёльк, не любишь меня так же мощно, как я тебя.

Да, смешно. Он умеет смешно.

Но Ольга не смеется: — Потише, Максим...

— Боишься, что твой угрюмый заика проснется.

— Он спит крепко.

— К тебе не пристает?

— Максим!.. Он больной мальчик.

Помолчав, Максим решается на большую уступку.

— Хорошо, Лёльк. Я согласен... Мы выступим здесь, в твоей К-студии. Рядом с этой абстрактной мазней. Будем здесь хороводиться... В безлюдной кафешке с чаем. Под шорох газет... Ты намалюешь нам абстрактную афишу, да?.. Жить жизнь можно везде. Мы вернемся сюда — с заблеванных московских окраин.

С тяжелым вздохом концептуальный музыкант Макс Квинта заключает и ставит свою дорогостоящую подпись:

— Согласен. Ладно

— Теперь я не согласна. Поздно, Максим. Не хочу... Не хочу пьяных воплей, не хочу разборок твоих гениев. Твой супербарабанщик для меня никто...

— Лёльк! Я не могу в это поверить!

— Вот здесь он сидел, помнишь?.. Уронил голову. В остывшую уже кашу... А если бы в горячий суп? В дымящийся борщ?!

— Он любит кашу.

— Знаю. Он так и уснул в ней. Головой в тарелке. В любимой каше. Я вернулась и чуть с ума не сошла... Если бы всхрапнул, захлебнулся.

— Тут ты не права, Лёльк. Он никогда не храпит.

И как же она, такая умная, не понимает, что

признание и слава его рок-группы уже в шаге...
ну в двух!.. что главное сейчас — прорыв! А уж
после долги и должки. А уж после всем им он
вернет их проклятые деньги!.. с процентами!..
их сраные деньги, Лёльк!

Максим вдруг бросается к Ольге.

«Он бросился ко мне... Руки у него дрожали.
Он хотел близости. Сейчас же! Немедленно!..
Все мои чистые, вылизанные слова словно бы с
ветром просвистели мимо его ушей. Он трогал
мое тело через тонкий халатик.

— Я знаю, родная. Я плохой... Меня зано-
сит... Мои пацаны неконкретны. Но с другой
стороны — эта твоя причесанная, кабинетная
жизнь... Музейная!.. От нее несет крематорием,
печной пылью! Только не обижайся. Чистень-
кая остывшая человечья зола!

— Перестань.

Но он и не думал перестать, напротив... Он
хотел все больше. И, лаская, задыхаясь (теперь
он дрожал всем телом), притягивал меня к себе».

Настоящая атака!

«С прицелом. С умом... Ведь мы с Максимом,
если все-все помнить, довольно часто мирились
в постели... Нерасцепившиеся вагоны! Его била
дрожь — совсем-совсем как юноша, как нови-
чок, как будто все у нас вдруг и впервые. Он целовал мои руки (и так прыгали его губы!)... И я
уже чувствовала, слышала... да, да... слышала,
как слышат коридорные шаги, — подступаю-

щую, нервную, эту нашу с ним особенную постельную близость.

Каждая женщина это раздвоение знает.

Я была начеку, я была на страже нашего неизбежного с ним расставания (первая женщина во мне уже все-все-все решила)... но та... но вторая женщина (это ведь тоже я!) оказалась взволнована и перегрета. И подгоняема вспыхнувшей ночной страстишкой ничуть не меньше, чем сам Максим.

Хотя бы остановить ужасную дрожь. (Меня тоже трясло...)

И тем заметнее вторая женщина во мне (тоже я) была готова уступить, обманывала себя — я, мол, только подслащу ему горькую пилюлю расставания. Уже, мол, *оно* далекое и отголосочное. Я, мол, в последний раз... Я только один... Один разок. На прощанье.

Он зарылся лицом в мой халатик. Я сдавалась. А он, похоже, ничуть не сомневался, что через постель он своего добьется, притом скоро.

Но до постели был целый шаг.

Я чувствовала, как спасает меня мой замечательный, мой тонкий, но не снятый халатик.

Максим заговорил на секунду-две раньше, что стало его ошибкой. Заторопился! Испортил свою же неплохую игру.

— То, что ты, Оль, сейчас со мной сделала... сейчас... Вернее, не сделала... Я, Лёльк, не прощу.

Он сам спугнул добычу:

— Не прощается это, Лёльк.

Чувственный туман от дурацких его слов вмиг рассеялся. А он, терзая халатик, продолжал:

— Отказать мне! такому открытому характеру!.. Такому прямому и честному. Кончено. Никогда... Никогда, Лёльк, не прощу.

Уже становилось смешно.

— А я не прощу тебе Кандинского.

— Ну и отлично. Разбежались.

И даже расставание, о котором мы только что открыто объявили друг другу, не застряло надолго в его талантливой, продуваемой ветрами голове... Не тут-то было. К моему удивлению (и даже испугу), он хотел меня все настойчивее. Атака с прицелом.

— Лёльк! один раз... последний... Я уйду по-хорошему. Лёльк!

Но я уже опомнилась».

＊

А куда было ему деть и куда теперь потратить свою невостребованную сексуальную энергию?.. Не мог, не умел он отключиться сразу. И метнулся к репродукциям.

— Кандинский! Кандинский!.. Это все твой Кандинский!

Не выбирая — то там, то здесь, — Максим слепо бросался от репродукции к репродукции и нажимал рычажки. Со зла! Метался и нажимал... Бил кулаком по кнопкам. Светляки, конечно, замигали... А репродукции заговорили.

Один Кандинский перебивал недожеванной

мыслью другого... А его самого, недожеванного, тут же, в наезд, взахлеб, — перебивал третий Кандинский. На скорую руку! Суматошная толчея афоризмов!.. Мысли, взрываясь во тьме, искали выход. В подмигивающей полутьме.

А бесноватый Квинта бил и бил по кнопкам — включал-выключал. И вопил:

— Этот твой суперзнаменитый мазилка спятил на точках и линиях! Надуватель! Жулик!.. В Америке его продвинутые ученики купили наученную метко плевать мартышку. И бутылец виски «Teacher's»... Сейчас повеселимся, друзья!.. И вот поддатая мартышка малюет им картинки, то хвостом врежет по холсту, то плевком!.. Вот уж разгул красок! А назавтра компьютер докажет, что это он, подлинный Кандинский, зрелый, не позже 1915 года!

Ольга с болезненным стоном кинулась, цепко повисла у него на руках, оберегая подвальные святыни. Не помня себя. Защищая себя.

Оба рухнули на пол. Сидят на полу. Тяжело дышат. Бой окончен.

— Пришел среди ночи... Опять как вор?.. Ты не мужчина. Мало того, что я разлюбила тебя, — уважать не буду. Ни тебя. Ни даже память о тебе.

— Я, Лёльк, заглянул на секунду. Рассказать тебе о моих голодных друзьях...

— Я слышала о голодных друзьях.

— ...Рассказать хотя бы о барабанщике.

— Ты не поверишь, но я слышала о барабанщике.

Оба встают с пола.

— Я исключительно к тебе, Оля, пришел... К тебе... Слепо, не зажигая лампы... Хотел чутко, тихо... Я всё понимаю. Каждая кнопка Кандинского — это капелька света. Я шел во тьме от кнопки к кнопке — от репродукции к репродукции, как по линиям... Ориентировался... По этим точкам света.

...И я внезапно сбился, Лёльк. Я где-то вдруг во тьме сбился. Я, Оль, заблудился в пятнах и линиях твоего многоцветного старикашки!

Максим повторяет. Из последних сил ища сочувствия:

— Я заблудился, Оль... Я заблудился...

Оба в полутьме. И так призрачно, так нарастающе, так обвально возникают из тьмы и во тьме гаснут потревоженные краски великого художника.

Это Максим. Это он, подымаясь с пола... А возможно, и сама Ольга, взмахом руки, — кто-то из них задел ближайшую кнопку.

В промельк яркого света успел вклиниться... и уже, как на крыльях, сильный читающий голос:

«В СЕМЬЕ КУПЦА ПЕРВОЙ ГИЛЬДИИ... ЦВЕТА ПОДМОСКОВЬЯ... ХОР КРАСОК».

И еще, чуть подумав, с перестановкой:

«ЦВЕТА ПОДМОСКОВЬЯ... В СЕМЬЕ КУПЦА ПЕРВОЙ ГИЛЬДИИ...»

Максим впадает в бешенство:

— Опять этот? опять первой гильдии?!. Ты, Лёльк, не просто гонишь — ты изгоняешь... Меня! Еще и пинком окультуренного купчишки!.. Подохну, а не прощу!

Стремительно уходит.

Ольга одна. Вот и всё... Время собирать!.. упавшие на пол, рассеянные там и тут репродукции. Время собирать...

А вот и разбуженный ночным шумом Коля Угрюмцев. Юнец сердит, трет заспанные глаза. И тут же начинает свое заикание.

— Ш-шум б-был. Разбудили.

— Иди спать.

— Этот ваш м-м-музыкант, Ольга, умудрился з-закоротить п-полсотню контактов. Целая л-лапша проводов!.. К-как ему это удалось?!

Коля вынес из глубины К-студии перепутанную проводку. Изрядный моток... Смотрит... Не знает, с чего начать.

— Когда з-замигало, я и-испугался пожара — проводка здесь с-старая, гнилая.

— Что посоветуешь?

— Вы о п-проводах? Или об этом... о в-вашем п-придурке?

Ольга молчит.

— Б-бросьте его. Он сам обвалился, идет на дно и в-вас тянет. Знаете п-почему?.. Потому что в-вдвоем тонуть легче.

Юнец поднабрался горьких истин.

— Откуда ты это вычитал?

— Ниоткуда... В-в-вдвоем тонуть — это ему как о-орден. Как о-о-оправдание... Б-бросьте его.

Коля возится с проводкой.

Ворчит юный заика: — Темный, оказывается... Кандинский. Д-дремучий... Купец первой г-гильдии... Н-надо же!

Мигает починяемая им подсветка.

Ольга одна. Еще одной «окончательной» — крикливой, истеричной, накрученной ссорой больше. Но кому и как это расскажешь?

Как нелепо, как нескладно выглядит для других твой жизненный промах.

*

В ментовке сегодня нешумно — можно сказать, буднично и тихо. Даже пьяндыг не набралось. В обезьяннике на просвет решеток совсем никого, пусто.

Инна подошла ближе. Решетка слабо освещена.

С той стороны входной решетки Максим.

— Привет, Инес.

— Привет.

Вот-вот его выпустят. Как-никак полдня взаперти!.. Скучающий рок-музыкант насиделся в вонючем одиночестве. Штраф за него как раз внесен.

— Почему выручать меня пришла ты, а не Олька?

— У нее нет денег оплатить штраф — это раз. Два — она не хочет тебя видеть.

— Извини, Инес... Я не спрашиваю, сколько ты внесла. Денег, чтобы вернуть, у меня все равно нет никаких.

— Не спрашивать в твоей ситуации — это очень разумно.

— И потом — что значит у Ольки нет денег?.. Инес! Ты же знаешь. Народная мудрость... Как говорит мой барабанщик — продай последнее, а мужика выручи.

— Отчего бы ему не продать свой барабан?

— Инес!

— Чтобы вызволить тебя из ментовки, он мог бы продать за недорого — не торгуясь.

— Ты, Инес, не то слышишь. Ты почему-то всегда слышишь не то.

— Я слышу то.

— Продай последнее — это же, Инес, вообще говорится. Есть много разного на продажу. Есть много чего последнего, что можно сбыть и продать.

— Это у мужчин — много чего.

Поговорили.

Инна тронула ржавые прутья, решетка бренчит: — А деньги на билет наскреб?.. Ты уезжаешь сегодня? Точно?

Да, Максим уезжает. Да, далеко. Сегодня же... Но можно помедлить. Что, если он все-таки попробует последний шанс: — Инес... А что, если я скажу Ольге, что я виноват?.. Что если ее прощение... что я...

Инна, протянув руку сквозь решетку, прижимает пальцами его губы, придавливает — помолчи! поздно!..

Это Ольгин жест. Без слов!.. Классическое

обрушение уже вчерашнего чувства... Уже не поправить.

Но невысказанность душит его. Как это без слов?! Рок-музыкант не хочет, не желает понимать, если без слов:

— Я... Я прямо скажу ей, что я... что моя стрёмная музыка... что моя взрывная любовь...

Инна вновь руку к его губам — молчи. Поздно! Ольга уполномочила.

— Ага! Объяснения не принимаются?.. Значит, просто уйти... Инес?.. Просто исчезнуть?

Молчание.

Молчание как у реки пасмурным утром.

Возле милицейской решетки все понимается быстро.

— Инес. Пусть так!.. Я уезжаю. Когда менты меня забрали, я каким-то чудом успел отдать моим пацанам собранные в шляпу деньги. Мне купят билет... Поездом... До Новосибирска.

— Неслабо... А откуда в шляпе деньги?.. Ах да!.. Вы же нищенствовали!

— Мы играли. Мы пели для людей, Инес.

— Мент рассказал...

— Ментяра что понимает?! Знаешь, Инес, мы и впрямь классно играли. Мы весь день играли в полную силу. Особенно барабанщик... Простые работяги останавливались. Серенькие умученные служащие. Восхищались, Инес!.. Все до единого. Все, кто шел к метро мимо нас.

— Мент считает иначе. Мент сказал, что вы перегородили тротуар. Шляпенками своими... И не давали никому пройти.

— Так принято. Всё как в Париже, Инес. Выставили на тротуар несвежую шляпу для скромных пожертвований.

— Вы выставили пять дохлых несвежих шляп! Для скромных пожертвований... Человек не мог шагу шагнуть!

— Если бросит денежку, он мог шагнуть.

— Ты считаешь, что так делают в Париже?

— Мне, Инес, говорили, что в Париже еще и круче. Там нищий, скажем, трясет коробкой. Прямо перед носом проходящего человека — дай!.. Дай!.. Дай!.. Гремит на всю улицу! Жестяная большая коробка... Нищий заодно загораживает путь и обдает тебя своей ночной вонью. А если удачно, если ты все-таки прошмыгнешь мимо, не бросив монетку, эта пьянь бежит за тобой два квартала и вопит: «Рогоносец! Рогоносец!.. Вы видите этого убегающего рогоносца?!»

— У нас это не смешно.

— Тут ты права, Инес. У нас рогоносцы — милейшие люди.

Милиционер отпирает решетку. Отдает Максиму его рюкзак... Выходи! Лети, родной! На волю!

А рок-музыкант продолжает сравнивать с Парижем: — У нас, Инес, Россия. У нас обязателен интеллектуальный, с фигой, намек... В придачу к лежащей на асфальте несвежей шляпе.

— Пошли, философ.

— Однако согласись, Инес... Мы, в России, жалеем человека. У нас не звучит просто «рогоносец»! А вот если оживить эту фишку живой водой... А?..

Он рассуждает:

— А вот пусть бы у нас — как у нас!.. Если жадина не бросил мелочовку в лежащую и просящую шляпу, каждый продвинутый бомж вправе вслед ему вопить оскорбительно и в духе времени: «Стукач! Стукач!.. Запомните рожу этого стукача!»

— Пошли, пошли быстро.

Максим, на ходу ощупывая рюкзак, предложил милиционеру: — Не хочешь диск с моей музыкой? Задешево.

— Нет.

А на выходе на легком ветерке Максима Квинту ждали трое озленных и непохмелившихся. Наконец распавшаяся его рок-группа.

Двое, каждый со своим инструментом, плюс вокалист со своей глоткой.

Саксофонист по-быстрому передал Максиму его ж/д билет: — Вот тебе. До Новосибирска. Запомни! В одну сторону билет!.. И вали! вали вон из Москвы!

Саксофонист впрямую наставил на Максима свой саксофон — и серебристая труба, прощаясь, издала два-три издевательски неприличных звука.

Но особенно озлен вокалист: — Ты нам осточертел! Топ-менеджер! Ни хрена не можешь, не умеешь!.. Устроимся без тебя завтра же!

И, оформляя насмешку, вокалист выдал своим бесценным горлом глумливую руладу. Йодль на карпатский манер.

Так что каждый из музыкантов выразил презрение провалившемуся руководителю. Каждый по-своему.

Не отстал в прощальной потехе и барабанщик. Забарабанил по-дурному. Еще и кричал-вопил: — Сколько времени потеряно. Я гений! А мои руки... Верни мне мою левую! Моя гениальная левая! От безделья усохла!

— Левая — это обычно от портвейна, — вяло огрызнулся Максим.

Но все трое уже разбежались.

Инна как свидетельница. С горестной иронией: — И невеста уплыла. И рок-группа испарилась.

Милиционер со стороны — иронии не почувствовал, молодой!.. и всерьез утешал Инну:

— Не жалейте их!.. Ужасная группа... Я «Квинту» дважды слышал. Отстой!

*

Ольга одна... Она вслушивается в себя — в невнятную остаточность своих скорых «любвей». Как высоко ни неси голову... Мужчина ушел. И на месте каждого такого ухода-расставания маленькая черная дыра. Неплодородный истощенный слой земли... Там уже не растет.

После каждой любви постыдное ощущение особенностей женской жизни. Вот результат!

Женщина, спеленутая с мужчинами... Женщина уже не мыслит, не помнит себя без них. Мужчины — это и есть женщина. И чем выше она несет голову, чем круче ее гордыня, тем ей нагляднее и больнее.

*

Макс Квинта и Инна не ушли, стоят на тротуаре.

Надо бы уже им разойтись, но похоже, молодую женщину удерживает некая ее мысль.

— Да-а. Моя сестра тебя круто... Нокаут!

Максим сует ж/д билет в один карман, затем нервно перепрятывает в другой. Бормочет. Путаясь в трех словах:

— Я ее любил. Но то, что Олька сделала... вернее, не сделала... То, что она не сделала на прощанье... Не захотела сделать...

Инна смеется.

Выждав еще полминутки, Инна решается сказать:

— Могу тебе предложить поехать... Со мной. В Питер.

— В Петербург?

— Ну да. Если о рок-музыке, там гораздо лучше и привольнее, чем в Новосибирске... Со мной в Питер.

— Ты же была в Питере. Только что.

— Ну и что. Я хочу еще и еще. Ты же знаешь — я больна этим городом.

— Зачем тебе я?

— Как зачем?.. Интересный мужчина. Музыкант. Не пьет, не курит.

— Как раз хочу закурить. .

— Это можно... С горя... Кури. Я тебя понимаю... Я ведь младше сестры.

Инна касается его плеча:

— Нам с тобой будет легче и проще понять друг друга. Мы ровесники. И у тебя, отметь!.. в эту горькую отказную пору как раз никого... никакой женщины. Бедный!

Доносятся — уже из далекого далека московских улиц — издевательские звуки уходящих трех гениев. Гордые! Ах, как они уходят!.. Особенно выразительны горловые йодли вокалиста.

Инна смеется: — Подумать только. Моя сестра кормила эту шайку.

Максим: — Я с ними разобрался.

— Перестань!.. Это они с тобой разобрались.

— Мои пацаны!

— Так что насчет Питера?

— Бред.

— Молодая хорошенькая женщина — для тебя бред?

— Ежу ясно. Чистый бред.

Последний, очень далекий умирающий звук саксофона.

— Я, Максим, не из жалости к тебе зову с собой. Ну-ка, взбодрись! Выше башку! Ты же, надеюсь, не пал духом?

— Я потерял трех гениев.

Инна смеется: — Перестань.

— Я потерял Ольгу.

Инна смеется:

—Объясняю потерявшим Ольгу... Ольга красивая. Ольга быстро разочаровывается в мужчине. Не знаю почему... Но зато знаю другое — все мужчины моей сестры замечательные. Отметь!.. у нее каждый выстрел — попадание. Глаз женщины-снайпера...

— Жаль, Инес, ты не музыкант!

— Жаль, что мне всегда интересен мужчина, оставленный сестрой.

— Ну хоть бы на фоно ты играла. Я бы тебя сразу в клавишные.

— Я пока что иду за Ольгой след в след. Но это не значит, что я ее подобие. Нет и нет!.. Я сама по себе. Я открыла город Питер... Я открыла екатерининских братьев Орловых... Я...

— Да ладно тебе!

Рюкзак, не мешая долгому разговору, лежал на земле. Максим поднимает его.

— Пора ехать.

— Езжай.

Помолчав, Максим говорит сильно запоздалые слова:

— Я ведь не себе брал ее деньги.

— Знаю. Не парься. Мы знали... Мы с Олей знали, что ее деньги уходят на гениев.

— Спасибо, Инес.

— Ты не воришка — ты неудачник. Мы знали.

И совсем уже издали последний, сдохший звук уносимого саксофона.

— Ну так что, красавчик-неудачник, насчет Питера?

— Нет, Инес... Я всё напрямую. Я рок-музыкант. Зачем мне классические полутона?

— В Питере еще как интересуются рок-музыкой.

— Возможно... Но раз уж Ольга дала мне пинка — я в Сибирь. У отца там друзья... Я все вот о чем думаю, Инес, будут ли друзья отца — моими друзьями?.. Мне ведь нужно искать молодых!.. Я их найду, можешь не сомневаться.

Он воодушевляется:

— Рок-группа из крепких молодых сибирских ребят. Группа «Запах кедра»! Или проще: «Скипидар»!.. Или еще проще и вызывающе: «Хвойный отсос»!.. А в Москву ровно через десять лет... Вернусь. День в день, Инес!.. Встреча здесь. Моя сибирская группа будет уже суперзнаменита... Встреча на этом самом месте. Возле этой занюханной ментовки! Запомни... На этом самом месте, Инес!

Инна со вздохом: — В Питер хочу.

— Инес, ты обратила внимание, что мои гении купили мне билет как-то странно. Как-то сухо — без сдачи. Ни рубля. Ты потрясена, нет?.. А я потрясен... Свинство, Инес! Ты прочувствуй... До Новосибирска без глотка пива, всухую!

— Я бы прочувствовала, если бы билет был в Питер.

— Инес! Глупышка!.. Питер — это же мечта. Верно?.. А разве мечту покупают?.. Разве мечту просят?

Концептуальный музыкант Макс Квинта и после нокаута может на своих ногах держаться прямо.

— Мне бы на банальное пивко!.. Чтоб в вагоне с кем поговорить... Неужели в купе молчком, Инес! Пять железнодорожных ночей! А днем?.. Глядеть в окно? На елки?.. До Новосибирска, а?

Инна не слышит — она в прекрасном городе на Неве.

А рок-музыкант, получив от нее малость деньжат, весь в своей остаточной примосковской ярости:

— На этом же самом месте! Клянусь!.. Встретимся, и я верну тебе, Инес, долг с накрутом. По тому, как и куда идет перестройка, через десять лет я, знаменитый, отдам тебе долларами.

— По тому, как и куда идет перестройка, ты отдашь мне юанями.

— Новосибирский через час с небольшим, Инес. Мне пора.

Она тихо:

— Давай помолчим.

— Давай.

— Мне пора. Я бы взял тебя в Сибирь... Взял бы... Хоть бы ты на флейте умела!

Что бы такое гордое выдать еще?.. Макс Квинта подбирает себе в помощь нежалкие слова. Интеллектуалкам оставить их на память. Обеим!.. Ух ты! А эта гамлетовская фишка с флейтой. Засевшая в памяти... Круто и как раз к случаю!

Максим вынимает из рюкзака небольшую флейточку. Протягивает.

— Попробуй.

— Я не умею.

— Это так просто... Дуть. И зажимать пальцами дырочки...

— Я не училась, Максим.

Максим вкладывает флейту ей в руки:

— Тут нечему учиться, Инес. Самый простой инструмент в мире. Дудочка. Неужели не попробуешь сыграть?

— Нет.

— Уверена, что не сумеешь?

— Уверена.

— А пробуешь играть на мне. Зачем?

Инна возвращает ему самый простой инструмент в мире. Максим, махнув на прощанье рукой, повторяет:

— Хоть бы ты на флейте!

Он ускоряет шаг. Рюкзак за спиной, флейта в руках. Максим начинает играть.

Он прекрасно играет и на флейте. Ольга не зря им гордилась.

Ага!.. Это мелодия «Останься».

Флейта звучит, но все тише.

Максим уходит. По лицу его скользнула, застывает на время улыбка. Он потерял Ольгу. Но ведь он припомнил и наигрывает свою давнюю мелодию. Хоть что-то в дорогу!

3

Мелкий мусор! Ольга с веником в руках заметает из углов. Дряни всегда наберется!.. Движения Ольги несколько вялы.

Инна скоро вошла — скоро огляделась:

— Да, да, моя старшая сестренка, мети, мети! Жизнь — дело творческое... Без Максима и его развеселой «Квинты». Нормальная, в общем, жизнь, да?.. Я ведь только проведать. Я очень люблю тебя, Оль... Ну?.. Что у нас впереди?

— Заметать пыль.

Инна, стараясь весело и в отклик:

— Время подымать пыль и время заметать!

Она прошла, проскочила дальше, с уличным разбегом!.. остановилась возле Коли Угрюмцева. Заикающийся юнец привычно водил туда-сюда кистью.

Инна смотрит из-за его спины:

— Зачем ты бессмысленно малюешь?! Ну, я могу понять, когда так копеечно учатся. Переносят черточку за черточкой... А что ты переносишь?

— М-мне так лучше.

— Кандинский рисовал свободно, легко, он с кистью в руках иногда пел. Напевал! Свистел! Улюлюкал! — так легко подбирались, подсказывались ему краски. Сами собой!.. возникал цвет!.. А ты какой-то мученик. Дай-ка кисть, я хоть покажу тебе правильное движение руки... Мученик-абстракционист! Криворукий!

— Уйдите, п-п-пожалуйста.

Инна возвращается к Ольге.

— Оля. Отвлекись.

— А ты оставь мальчишку в покое. Пусть криворукий... Все мы по-своему криворукие.

Инна не унимается:

— Ну-ну, сестренка. Перестань!.. Не верю, что ты убита горем. Что потрясена расставанием... Знаешь, что мне сказал Максим на прощанье? Этот твой великолепный Квинта. Уже уезжая сказал. Уже с билетом в руках... Ах, если бы ты, Инес, была хотя бы флейтисткой.

Ольга молчит.

— Оль. Ну засмейся. Смешно же... Хотя бы флейтисткой.

Ольга молчит. Вот так простенько выглядит для других твоя неудача. Не выронить кисточку. Все мы криворукие.

Отгоняя невеселую мысль, Ольга просит:

— Расскажи лучше про Питер.

— Про нашу последнюю вылазку — хочешь?.. Ну, во-первых, наша группа пополнилась... В автобусе нас теперь десятка два сумасшедших москвичей... Если уточнять, москвичек. По-страшному влюблены в Питер. Эй, Угрюмцев!.. Колян! Ты хочешь послушать?.. Про нас — про московских женщин, влюбленных в Питер?

— В-вот еще!

— А п-п-почему?

— Ты лучше не д-дразнись.

— Я же шутя... Угрюмцев!

Инна подходит. Забирает у него из рук кисточку, повторяя:

— Я же шутя...

И рассказывает:

— Вот... В группе все малость сумасшедшие. Каждая со своей чудинкой. Колян!.. В группе и заики есть. И не такие еле-еле заики, как ты. Н-н-н-н-настоящие!.. Но самой колоритной в этот раз была старушка.

— Старушка? — удивляется Ольга. — Тоже ездит в Питер?

— Еще как ездит!.. Вся на эмоциях. Сухонькая. Бабуся нам вдруг призналась — она хочет остаться в любимом городе навсегда, но не знает, как это сделать. Она хочет. Это сильнее ее. Поэтому ездит в Питер как можно чаще. У нее надежда — вдруг, мол, она умрет в экскурсионной поездке... И тогда ее в Питере же и похоронят. Все равно где и как, но в Питере.

Юнец корчит рожу: — Дать д-дуба в д-дороге?

— А ей в радость!.. Бабусе все равно. Лишь бы остаться в великом городе.

— Верните к-к-кисточку.

Но Инна кисть не отдает, удерживая тем самым общее к себе внимание:

— Слушаем дальше. Я старушку не понимала. Подсмеивалась... Но вот однажды... Мы кружили где-то в пригородах Питера. В экскурсионном автобусе... И наткнулись на настоящие руины. Живого места нет! Все порушилось. Вековая пыль!.. Однако вдруг... Рядом... Среди руин... Забытый памятник. Обелиск... Остроконечный и высокий. Тоже тронутый временем, но какой мощный!.. Что там написано?.. А очень просто. НАМ, БРАТЬЯМ ОРЛОВЫМ... И все. Ни тебе — когда памятник. Ни — за что памятник. Просто — НАМ... Усталыми сонными с дороги глазами это прочиталось внезапно и радостно. Как удар. Ничего ведь вокруг. Ни души. Даже воронье не летает. И только острие обелиска прямо в небо... И так пронзительно было это простецкое НАМ!.. И знаешь, Оля... Это ведь я тебе как приманку... Знаешь, сестричка моя... На какой-то миг я бабульку эту сумасшедшую поняла и тоже захотела умереть там. В великом городе. В неродном, в общем-то, мне городе... Не знаю, о чем там думали остальные...

— А я знаю, — перебила, усмехнувшись, Ольга.

— Ну?

— Во-первых, тишина. Стопроцентная прочувствованная тишина руин... Нет свидетелей. Никого... Зато сколько, извини, бабья!.. Так и вижу... Вылезли из микроавтобуса, оправили замятые юбки и стояли в кружок — балдели от крутого мужского общества.

— От к-крутых м-мертвяков.

— А я, Оль, и спорить не стану. Да. Да. Да. Стояли и балдели.

Голос и глаза Инны еще полны счастьем тех отсиявших минут:

— Стояли задрав головы. На обелиск. На надпись. И да, да, Оля, все мы думали одно: «Какие были мужчины!..» Мы распрямились. Как будто скрюченные вылезли из автобуса сделать гимнастику.

Ольга словно бы тоже что-то припомнила: — А Орловых было только четверо?.. нет, пятеро.

— И все пятеро в той земле. Они и сейчас там. В той самой земле, на которой мы стояли. Ах, что это были за люди!

Коля: — Людей полным-п-полно и здесь. Верните к-к-кисточку.

— Да, — не теряет Инна провисающую нить. — Да, да, да, я тоже делаюсь сумасшедшей. Кто-то мне о неразделенной любви, а я — о Петербурге... Кто-то мне о пляжном счастье, о завтраках на яхте, а я — о братьях Орловых. О тех далеких мужчинах... Что же это такое? Бред?.. Мне, Оля, скоро будут сниться кавалергарды. И даже их лошади.

Коля вновь тянется рукой к своей кисточке: — К-конь очень сексуален.

— Я сказала — лошади.

— Некоторых к-коней и ф-фотографировать неловко. Если сбоку. Я как-то подслушал разговор. И-и-интимный... Девушки говорили, что им на коня с-смотреть хочется, но с-с-страшновато.

Звонок в дверь. Инна открывает — и впускает Батю.

Отец Максима, он же Батя, — стареющий, но все еще сильный, крупный мужчина.

— Извините... Здравствуйте, здравствуйте!.. Я — отец Максима.

У него хорошая, широкая улыбка.

Но, конечно, сам он — полная здесь неожиданность. О нем и думать не думали. Не ждали.

— Здравствуйте, дорогие мои. Еще раз здравствуйте!.. Я — отец Максима.

Инна в замешательстве бросает взгляд на Ольгу — что делать, сестренка? Что делать и как теперь быть?

Ольга пожимает плечами — как хочешь.

*

Наконец Инна жестом руки приглашает гостя пройти — просим! Усаживает его в кресло.

Батя не видит сына.

— А что Максим? Со своими гениями?.. А ведь я к вам прямо из аэропорта. Аэропорт так разросся... И какие же в Москве стали расстояния! Уу-ух... Только в такси и перевел дух. Вообще-то я москвич. У меня небольшая квартирка на Арбате... Но уже шесть лет, как я...

— Знаем, знаем! — дружелюбно и наконец-то запросто подхватывает Инна.

Теперь она сама гонит вперед, погоняет эту вроде бы родственную встречу: — И что у вас квартира, знаем. И что на Арбате... И что вы шесть лет как пенсионер. И что все эти шесть лет навещали друзей-сибиряков...

— Максим все выболтал, разумеется.

— Он красиво выболтал!

— Понимаю и это. Он умеет.

— Мало сказать!.. Максим в восторге от вашей нынешней жизни. Просто взахлеб... Он завидует! И так уважительно о вас!.. Батя сказал... Батя решил...

Батя смеется: — Вообще-то я — Сергей Сергеич... Но для моего сына, как и для всех вас — для всего вашего чудесного, умного, но немного торопливого поколения слово «отец» слишком обычно... м-м... да... Слишком скромно и вяло. Слишком немодно. То ли дело — Ба-атя!

Быстро находит глазом Ольгу.

— А вот и вы!.. Вы — Ольга, верно?.. Ну-ну!.. Мы с вами говорили по телефону. Это и есть вы. Не сомневаюсь... Я ведь угадал?

Ольга, до этого молчавшая, произносит коротко: — Угадали.

— Максимка дал ваш портрет в словах. Нарисовал... А у стариков, Ольга, свой глаз по жизни. Опытный глаз. Как теперь говорят, намыленный... Бывает, что и неприметного угадаешь сразу. Вычислишь его и на тусклый свет... Тем более такую красавицу!

Переводит глаза на Инну. Замедленно угадывает:

— А вы... А вы, значит, у нас...

Ольга успевает: — Моя сестра Инна.

— Две сестры... Две сестры — это ведь прекрасно.

Инна с улыбкой: — Жаль, немодно.

— Ну и замечательно, что немодно.

Звонок.

Инна вновь спешит к двери.

В дверях таксист. Он вносит в К-студию здоровенный чемодан. Идет, не спрашивая. С ним уже расплатились. Ставит ношу прямо на пол возле Бати.

И, кивнув, уходит.

Батя: — Это подарки...

Инна качает головой: — Ай-ай. Как вы рисково... С таким заманчивым допотопным чемоданом!.. Сразу видно, что вы из Сибири.

Батя: — Он не мог убежать. Я же его предупредил — подарки невесте.

— И что?

— И он сказал — да.

— Аэропортовский таксист сказал — да. Какая замечательная гарантия!

— Знаете, Инна... У меня нет ярких достоинств. Похвастать особо нечем. Но зато есть такое свойство — понимать по голосу. Это от природы. Это с детства... Какая-нибудь стиснутая нотка выдаст. В его очень честном голосе. Звук. Звучание... Мелочь, пустяк вроде бы... а я уже знаю, убежит этот человек или нет с чужим добром. С моим чемоданом.

— Но ведь бывают сомнительные случаи. Бывают и хитрецы. На голос нас и ловят.

— Конечно.

— И что тогда?

— И тогда я иду с моим чемоданом рядом.

Общий и уже легкий смех.

Батя ловко, умело распаковал чемодан. Несует-
ливо вынимает сильными руками одно, потом
другое.

И очень естественно (с высоты возраста и
седин) переходит на «ты»:

— Для начала — небольшой недорогой альбом. Но там две качественные репродукции
твоего Кандинского. Я, Ольга, даже не слышал о
таком художнике, сказать честно. Максим мне
написал... О твоем увлечении.

— Это не увлечение. Это моя специальность.

— Тем более. Альбом — подарок Буянова.
Тихий такой, скромняга человек, шепчущий голос, а фамилия Буянов... Он из Хабаровска. Такой вот есть, Ольга, далекий город...

Батя запнулся. Заглядывает в маленькую бумажку для памяти:

— Нет в альбоме, к сожалению... Малевича...
Но зато парочка Кандинских... Парочка — это не
мое, а его, Буянова, выражение. Он филолог. Он
иногда разговаривает чудно, шепотом. Прошеп-
тал мне — это, мол, личный его подарок невесте.

— Но я...

— Погоди, Ольга. Все слова скажешь, когда
Максим придет...

— Но я... Но он...

— Погоди. Это еще не все... — наращивает
Батя.

А сестры не определились — не знают, как сразу сказать... С чего начать?

— Может быть, Сергей Сергеич, вы сядете к столу? — нащупывает натужную ситуацию Инна. — Чай? Может быть, кофе?.. Сергей Сергеич. За столом разговаривать удобнее.

— Зови меня Батей. Как и Максимка зовет... Ну-ка... Скажи — Батя.

— Батя.

— Молодец. И не хлопочи, дочка, я долго не задержусь... Кое-что еще передам в руки твоей сестре — и к себе на Арбат... Я сдавал квартиру, прибавка к пенсии. Но теперь я вернулся... Не был в Москве шесть лет.

Инна с некоторым женским сомнением: — Шесть лет — вне дома?

— Шесть лет — у друзей!

*

Ольга заторможена. Стоит, скрестив руки. Ей уже почти безразлично. Абсурд... Сейчас мы все, кажется, повеселимся.

Тем временем напористый Батя вынимает еще один подарок.

— А вот и она! Небольшая работа твоего Кандинского. Как бы подлинник.

Ольга не выдерживает: — Я не могу принять!

— Как не можешь!.. Написано на обороте — Ольге!.. Одно слово. Но какое значащее!

Инна: — Она не может это принять.

— Может, может... Я прямо из аэропорта. Взял такси и к вам. Я даже к себе домой не заезжал. На Арбат... Я сразу к вам. А почему?.. А потому что подарки. Чтобы не выгружать их там, а после тут...

Инна ищет, пытаясь найти хоть какое-то приличное, без паники, отступление:

— Сергей Сергеич... Но как? Откуда в сибирских углах завелся Кандинский?

— А!.. Вот это разговор. Кандинский — подарок Ольге от семьи Рогожиных... Из Иркутска... Есть, есть такой далекий город — Иркутск! Илья Рогожин пять лет потрудился на лесоповале. Руку потерял. Зек зеком, однако, потеряв руку, придумал для прогресса кое-какое усовершенствование. Отделять ветки от ствола сосны. Срезка идеальная, ветка без хруста. Без подчистки... Но Илюху и слушать не захотели. А за хвойную выдумку дали еще пять лет. Чтоб не скандалил...

— И что?

— И отработал. Лагерникам он запомнился как говорун... Кликуха?.. Его звали Компромисс. Это впечатляло. Но сначала почему-то выбили ему все зубы. Все передние. После лагеря он был жуткий оборванец. От него шарахались нищие. Зато сейчас, едва завязалась перестройка, он организовал предприятие. Сделал бизнес на хитрой своей очистке сосен... Знаешь, дочка... В Сибири всегда были и всегда будут богатые люди. Другое дело, что их путь к богатым угодьям не самый легкий. Не самый светлый... Рогожин, кстати, не богач...

— Подлинный Кандинский?

— ...Но состоятелен. Безрукий Илюха! В Сибири его многие знают!.. Кандинского он купил на аукционе аж во Владивостоке... Японцы устроили торги, а Рогожин тут как тут.

— Но ведь подлинный Кандинский — это...

— Погоди, Инна, — не обязательно подлинный. Это... это... — Батя опять заглянул в записочку. — Это *предполагаемый* Кандинский. Его и продавали как сомнительного... Подлинный был бы в другую, в гораздо большую цену...

— Оль. Ты глянешь? — спрашивает Инна.

— Обязательно! — кричит Батя. — В этих японских сомнениях, сказал мне однорукий Рогожин, есть наш российский интерес. Надо копать и копать. Мы это умеем. Вот пусть, мол, твоя Ольга и докопается до подлинника. Кто, если не она?..

Ольга все еще заторможена. Она молчит.

Батя прост и прям: — А от меня, Оля, пока что ничего... Извини... Ты уж подожди. Я пока что не при деньгах. Но мой подарок впереди. Не сомневайся... Время, однако... Скоро ли Максимка придет?

*

Ольга решилась:

— Максим не придет.

И теперь в свой черед Батя, опустив руки, недоуменно смотрит на Ольгу, на Инну — и снова на Ольгу.

— Он уехал, Сергей Сергеич. Он уехал в Новосибирск. Сказал, что уезжает к вам.

— Уехал?.. Зачем?.. Оля! А если он поехал ко мне, почему не с тобой вместе?

Ольга ищет слова. Какая тяжелая, заезженная, засаленная шутка о сбежавшем женихе. Из комедий...

— У нас все кончено, Сергей Сергеич. Я не знаю, как это назвать. Как по-другому сказать. Мы расстались. Мы расстались с вашим сыном.

— Совсем расстались?

— Да.

Надо бы упростить стариковское недоумение.

— Да сядьте же за стол, — заволновалась, торопится Инна. — Сергей Сергеич! Вы с дороги!.. Посидим как люди. Чай-кофе. Поговорим.

А у Ольги правильных слов все еще нет... Сбивчивые объяснения несостоявшейся невесты:

— Нет, Сергей Сергеич... Так что ваши подарки... Кандинский... Ваши подарки теперь...

— Подарки, Ольга, не мои.

— Я?.. Нет... Я не возьму их.

— Но подарки действительно не мои. Не от меня подарки, Ольга.

Батя наконец пересел к столу ближе. Старикан огорчен. Его мысли тоже на миг спутались. Но, человек бывалый, он держит удар:

— Эти подарки, Ольга, от хороших, от достойных людей. Как ни рассуждай... Это подарки тебе, дочка... Подумай сама. Прикинь. Люди для кого их искали и подбирали? Для тебя... Под тебя подстраивали. О тебе думали.

Инна: — Вы с дороги... Чай уже готов. Или, может быть, кофе?

Батя пусть невесело, но смеется: — Ты, Ольга, скажем, вернешь мне подарки, я их, скажем, возьму, а дальше?.. а дальше я не буду знать, что с этими подарками делать. Я — не невеста. Возвращать, отсылать их снова в Сибирь — смешно. Прикинь еще... Людям обидно. Люди могут оскорбиться... Есть такая далекая земля — Сибирь. Не обижай. Там хорошие серьезные люди, Ольга... Мне зачем? Зачем старику Кандинский?

Засидевшийся у мольберта Коля Угрюмцев на миг ожил — юнец вставляет свои три слова: — К-кандинский нам н-нужнее.

А Батя ставит выразительную точку: — Дело сделано. Я откланиваюсь и ухожу... Есть такая улица Арбат...

Он вновь наклоняется к своему распахнутому на полу старомодному чемодану и закрывает его, чтобы с ним уйти.

Но тут же Батя спохватывается. — Ч-черт!.. Ч-черт!.. Мне же сегодня некуда деться... Вот склеротик! Человека с такой памятью надо уже запирать, держать дома... Оля... Можно мне от вас позвонить?.. Я ведь сдал мою арбатскую квартиру...

Инна: — Я заварила чай.

— Сдал давно уже квартиру... А теперь, по возвращении, я, разумеется, скомандовал жильцам съехать. Я их заранее предупредил. Они сказали — да, да, да, конечно, съедем. Но попросили три дня. Чтоб без спешки... Чтоб по-человечески... Чтоб им съехать спокойно.

Батя взял чемодан. Выпрямился. Стоит в рост, крупный, сильный мужчина. Сохраненная сила заметна. Без тяжести живота. Еще не просевшие плечи.

Сибирский глоток воздуха остается в мужчине надолго. Как тайга. Как шпалы до горизонта. Как обкуренная ветрами и обнюханная там со всех сторон наша свобода.

— Но раз с Максимкой все кончено... Какие еще три дня!.. Я сейчас же им перезвоню. Позвоню по новой. Я их потороплю.

Ольга начинает слышать свою вину. Она и Максим, оба хороши!.. Женишок и невеста! Фату по случаю не достали!.. А старикан — заложник их неудачи. Бедолага.

Этот полусибирский мачо, мыкавшийся по друзьям шесть лет — в самолетах... В вагонах на пахучих верхних полках! Примчавшийся сюда! Еще и с подарками... С пугающим людей громоздким античным чемоданом.

— Сергей Сергеич. — Ольга потеплела к Бате. — Мы вас не гоним. У нас достаточно места. И вы можете здесь спокойно пожить ваши три дня. Бывало, здесь и подолгу гостевали люди.

— Спасибо, Оля. Спасибо, дочка... Однако нет, нет, нет — я сейчас же им позвоню. Три дня... Я понимаю и вижу — ты добрая, милая, чуткая, но я не могу быть в обузу. Три дня! Поминутно напоминать тебе о Максиме...

Батя идет к телефону.

— Знал же! Знал, что мой сынок не сахар... Ай-ай-ай!.. Это мой промах. Это моя самолето-паровозная инерция. Я все еще мыслил как в Иркутске... Приеду, мол, повидать невесту. Приеду, как приезжаю к друзьям... Познакомимся. Сядем все за стол. Навалимся на чаек...

Инна приглашает: — А чай давно готов, Сергей Сергеич.

Но Батя заспешил. Уже возле телефона... В отдалении... Ведет переговоры. Слова его, впрочем, уже спокойны и негромки.

В это время Инна быстрым жестом показывает Ольге — мол, мы обязательно посадим его за стол. Чай пить — не дрова рубить... вот сюда?.. Нет, Оля, лучше и достойнее сюда... Да, да, кивает Ольга.

Сестры понимают одна другую без слов.

Как не посочувствовать отцу незадачливого жениха. Отцы не виновны... Инна шепотом у Ольги — не дать ли, не предложить ли старикану выпить? рюмку-две?.. Все-таки человек с дороги...

Ольга разводит руками — выпивки у нас нет.

*

Почему бы лишний раз не опробовать свой молодой, звонкий и уже не встrevоженный голос?.. Инна приглашает, приказывает: — За стол! За стол, Батя!.. Чай, Батя!

— Красиво зовешь меня, дочка. А я, — улыбается Батя, — я убедил моих жильцов съехать побыстрее. Они подыскали квартиру... Но все-таки они съедут завтра. Только завтра.

Ольга с уже найденным для общения ровным тоном: — Вот и оставайтесь на эту ночь у нас, Сергей Сергеич.

Инна подхватывает: — Пусть не по-родственному — зато по-дружески.

Инна берет Батю под руку и к столу.

— Садитесь.

— Спасибо, дочка. Но после чая все-таки побегу... Куда-нибудь в недорогую гостиницу. Смешно! У меня друзей — вся Сибирь. А в Москве и переночевать при случае негде.

Ольга садится за стол напротив: — Сергей Сергеич!.. Моя студия — это полтора десятка комнат. Есть где жить и есть где спать!.. Когда-то здесь умещалось и гостевало много людей. Разных. Самых разных... Я еще раз предлагаю — оставайтесь!

Инна: — Оставайтесь!.. Тогда и чаю налью покрепче.

— А с удовольствием! — уже веселее, вдруг сломавшись, вскрикивает Батя. — Какие красивые чашки... Я же говорил вам — я привык гостить. И если мне чаю в красивой чашке... и если мило со мной говорят, я буду думать, что я у друзей... У близких мне. Что я не в Москве. Что я гощу где-то в Сибири — или уже по пути в гости трясусь на рельсах.

Сестры меж собой.

Инна: — Дедок симпатяга.

— И ненавязчив.

— И не предлагает мне сыграть на флейте.

Ольга зовет: — Коля! Угрюмцев!.. Иди к столу. Мы чай пьем. Чай готов!

Ольга знакомит юнца с Батей: — Наш юный приятель. Он начинающий художник.

Батя: — А как по имени?

Юнец подошел, но молчит.

— Как зовут, сынок?

Но Коля, не отвечая, поворачивается и вдруг спешит назад, к своему мольберту, чтобы отключить (правило экономии, а он забыл) подсветку репродукции.

Задевает там стул. Рассыпал и пересчитывает кисточки.

— Коля! Чай стынет!

— С-сейчас.

Некоторая странность его поведения для сестер привычна. Но Бате надо бы объяснить.

Ольга: — Он не совсем художник... Как бы сказать... Просто малюет. Просто живет у нас.

Батя: — Понимаю.

— Мы его жалеем.

— Не объясняй, дочка. Я понял.

Коля наконец сел за стол. Берет в руки чашку с чаем. И, оглянувшись на Батю, запоздало отвечает:

— Можно звать просто У-у-у-угрюмцев К-коля.

*

Инна заводит с гостем зачайную беседу: — Вы ездите по Сибири с какой-то целью? Или просто так — к друзьям?

Батя: — Просто так, Инна. К друзьям.

— Максим говорил — охотились на волков.

— Один раз, не больше. Нет, два.

— А я часто езжу в Петербург... С группой... В группе в основном женщины, и мы все влюблены в Питер... Но особенно одна старушка. Я всем про нее рассказываю.

— Расскажи и мне, Инна.

— Старушка эта однажды всем нам призналась — она хочет остаться навсегда в этом великом городе.

— Обменявшись?

— В широком смысле — да. Обменяв город на жизнь.

— Как это?

— Нет, нет... Возможностей реальных по обмену у бабульки никаких. Ни малейших. Но есть другая надежда. А вдруг, мол, она скоропостижно умрет? В одной из наших поездок?.. По логике, тогда же в Питере ее за казенный счет и похоронят. Старушенции все равно, на каком погосте. Лишь бы на питерском и без проволочек!.. Так она сказала. Ей всё в радость!.. А вам — ваша Сибирь в радость?

Ольга: — Инна!

— А что такого? Я не могу спросить?

Ольга: — Она у нас задира.

Батя медлителен, но мысль схватил: — Не езжу ли я в Сибирь, чтобы часом помереть на руках у моих друзей?.. Нет, Инна... Я не езжу, чтобы там умереть, — я езжу, чтобы там жить.

Ольга: — Прекрасный ответ, Сергей Сергеич.

*

—Конечно, — наращивает наконец и Ольга беседу. — Конечно, Сергей Сергеич, вам с перелета, с долгой дороги хорошо бы рюмочку-другую. Но на сегодня не богаты. Не запаслись... Вино на столе у нас редко.

Батя: — А вино на столе будет, Ольга. Вино будет сегодня же... Подарки тебе не исчерпаны.

Инна, выманивая у Бати улыбку: — Все Ольге да Ольге. Я завтра же сбегаю к гадалке... Я заждалась. Когда мне начнут дарить?

Рассказчицкая интонация Бати — как бы приземистая, приземленная, но не простецкая. Глухой, уверенный, тягучий басок:

— Есть, Инна, такой далекий город — Новосибирск. И там в Новосибирске есть такой Марлен Иваныч Ярцев! Из бывших ссыльных, конечно... Уже давно пенсионер. С плохим здоровьем. С отмороженным в лагере ухом... Зато!

И тут прорвалась гордость за друга:

— ...Зато у него сын в Москве! И слышит сын за Марлена в оба! а то и в три уха!.. И видит за пятерых. Отгулявшая молодежь уже спохватилась. Свое дело — свой бизнес! *ФРУКТЫ И ВИНА ОТ МАРЛЕНА* — так в честь отца назвал сын свой собственный московский магазин. Слышали про такой?

Коля Угрюмцев: — Я с-слышал. В-вывеску видел.

— Заметь, Ольга, я Марлену ни словом, ни намеком про подарок. Марлен Иваныч сам дал знать своему сыну, что мой Максимка женится. И вот результат — сын Марлена пришлет нам сегодня вина. От сына — к сыну. Правильного вина, можете не сомневаться!

Инна: — Я тоже припомнила вывеску. В Сокольниках... Нехилый винный магазин!

— Нехилый... Мы прощались в новосибирском аэропорту, Марлен Иваныч обнял меня со словами: «Мой сын выручит твоего сына... Насчет вина на свадебном столе не волнуйся. Даже совсем забудь, — сказал мне Марлен. — Вино принесут когда надо! Доставят! Ты себе сиди и пей чай... Спокойно пей чай. Но когда вдруг в дверь позвонят, тут ты просто скажешь сам себе — ага! это от Марлена!..»

Инна: — Про чай он угадал.

Батя: — И про вино, дочка, он тоже угадал. Будет. Можешь не сомневаться.

— Хороший человек.

— Чуткий интеллигентный человек с отмороженным лагерным ухом. А как он стесняется своего оглушительного имени. Марлен — это ведь Маркс и Ленин в одной упряжке. Дружеская наша дразнилка в его адрес была такая — *сам Марлен, а сын бизнесмен.*

— Марлен Иваныча это смущало?

— Конечно! Сынишка — бизнесмен, да еще по алкогольной части.

Коля Угрюмцев: — Ленин п-пивко л-любил.

Ольга: — А что пьют в Сибири, Сергей Сергеич?

— Всё.

— Это я понимаю. А что они любят пить?

— Народ там, Оля, нехитрый. Что пьют, то и любят.

*

Ольга дозрела до покаянных слов: — Не получилось у нас с Максимом... Я же постарше. Мне бы заранее предвидеть... Однако поняла я не сразу. Я увлеклась. Влюбилась.

— Да что ж тут оправдываться.

— Мне бы раньше понять.

— Дело не в том, что ты постарше. Дело, Оля, в том, что ему пока что не по росту такая женщина, как ты... Не по уму. Не по чувству... Дуралей он пока что!

Инна обнимает сестру, шутливо вздыхая: — Какого жениха потеряли!

Ольга продолжает на покаянной ноте: — Выхода уже не было. Любви не было.

Инна активно поддерживает: — Наш с Олей отец так говорил... Ошибку надо исправлять быстрее, чем она исправит тебя.

— Я не буду надоедлив, Оля. Этот вечер у вас посижу — и исчезну. Тоже надо и мне встряску души осмыслить. Я ведь собирался увидеть невесту. Невесту сына. Прямо из аэропорта... Такси. Торопился... Тоже и для меня потрясение.

Инна: — И меня потрясло. Я чуть не стала учиться играть на флейте.

Ольга: — Инна!

Батя с уверенностью: — Женщина, а там

будь что будет, — хочет, чтобы мужчина соответствовал.

Ольга: — Нет, Сергей Сергеич. Женщина, а там будь что будет, — хочет, чтобы мужчина любил.

Сестры меж собой.

— Мне, Оль, все кажется, что вот-вот раздастся звонок в дверь — и Максим вернется... У него остался ключ?

— Не пугай меня.

Ольга: — Мне, Сергей Сергеич, радостно дать вам ночлег... Я буду меньше чувствовать себя виноватой.

Батя: — А твой Кандинский по жизни был добрый человек?

— Да.

Инна: — Ну куда бы вы сейчас пошли?.. Искать гостиницу?.. На ночь глядя? А колбаса и какой-никакой сыр — это у нас к чаю найдется.

Батя: — И хлеб у вас свежий.

Ольга: — Разрыв — это больно... Я спросила себя. Я десятки раз среди ночи спрашивала себя — с кем ты останешься, когда Максим уйдет... С кем?

— И что, дочка, ты ответила?

— Как ни смешно... Я ответила — останусь с моим Кандинским.

Инна: — И с сестрой.

— И с сестрой.

Звонок в дверь.

Батя с чашкой чая в руках: — Ага. Вино от Марлена!.. Я же говорил.

ЧАСТЬ ТРЕТЬЯ

1

Инна глядит на Ольгу с настороженным удивлением:

— Открыли дверь. Оля!.. Кажется... Кто-то пришел...

Тихо.

Ольга не успевает встревожиться. А Инна не успевает на пороге встретить. Отдаленно, но уже хлопнула входная дверь.

Слышны шаги.

А вот слышен и голос.

Это Артем. Его узнаваемый бархатный голос. С чуть обновившимися от времени (и от Воронежа) восторженными гласными звуками:

— Боже мой!.. Не верю глазам. А!.. Кажется, я не был здесь целую вечность.

Ольга встает из-за стола. И Инна встала. Вот это да!.. Сестры смотрят друг на друга.

А невидимый ими Артем, едва вошел, продолжает переживать восторг возвращения.

На порыве, на взлете щемящего подзабытого чувства он обращается к стандартно сияющим на стенах репродукциям — к столь знакомым ему! как к живым!

— Господин Кандинский... Милейший Василий Васильевич. Это же я — Артем... Артем Константа!

Наконец он зримо вошел. Не один. С ним вместе юноша и девушка.

Это Женя и Женя.

Очень милые, забавные и немного провинциальные. От какой-то скромной воронежской газеты. С трудом выпросили, выбили себе Москву!.. И конечно, счастливы — и Москвой, и этой своей первой командировкой.

Ольгин голос дрожит. Словно бы Ольга ждала этого нежданного возвращения. Она не уверена. Она не знает... Неужели ждала?.. Она произносит с неопределенной, но, несомненно, взволнованной интонацией:

— Артем... Как тихо он вернулся.

Женя и Женя, знакомясь, называют себя:

— Я — Женя. Мы прикомандированная пресса.

— Я — тоже Женя. Мы от газеты. Сопровождаем Артема Константиновича.

Начинающие журналисты, они смущены — еще не раскачались. Для большей уверенности они иной раз говорят как бы слово в слово, повтором. Как эхо.

Ольга повторяет: — Как тихо ты вернулся.

А Женя-девушка, с ходу пробуя задействовать неубиваемый провинциальный задор, воскликает: — Да, тихо!.. Пусть!.. Но когда-нибудь Артем Константинович вернется шумно и в ярких красках! и с признанием!.. Вернется!..

Женя-юноша: — А мы тогда будем гордиться, что опередили славу. Что сопровождали его уже сейчас, в его тихие дни.

Артем сестрам очень спокойно — он смеется: — Оля. Инна... Не взыщите. Это в них юность играет!

А вот уже вступила Инна, — первая из сестер, преодолев замешательство, она радостно бросается к приехавшему: — Артем!.. Приехал? Вернулся?.. Проходи, проходи. Не чужой. Мы все и всегда тебе рады...

Обнимает его.

Артем, после Инны, уже больше готов к необходимому (рано или поздно) объяснению с Ольгой.

И несколько виновато, с точно отмеренным чувством, он разводит руками:

— Извини, Ольга. У меня ведь остался твой ключ. И потому мы сами вошли. Мы прямо с поезда... Нам не удалось предупредить тебя звонком.

Ольга отвечает просто, без эмоций:

— Мы рады тебе, Артем.

Артем оправдывается уже смелее, уже чуть шутливо:

— У меня оказался ключ... от прежней жизни. Надо же было вернуть ключ хозяйке.

Вдруг гаснет свет. И вновь загорается.

Возможно, кто-то из только что вошедших задел... Возможно, новенькие здесь Женя и Женя. Что-то... где-то... слегка задели! И тотчас заскучавший, вызванный к жизни молодой голос читает из молодого Кандинского:

«ЖИВОПИСЬ — ЭТО ВЗРЫВ КРАСОК...»

И снова голос — жесткий канон, уже с мощью в звуке:

«ЖИВОПИСЬ — ЭТО ВЗРЫВ...»

Артем вновь в восторге: — Боже мой!.. Взрыв! Мятеж красок!.. Всё в точности как было! Подумать только: модерновый Кандинский — знак неменяющегося консервативного бытия.

Инна: — Да, да, Артем. У нас нет перемен.

Ольга раздумчиво: — Но зато уже так много поломок.

— А кто там — я на входе заметил — чинит проводку?

— Это же наш Коля... Коля Угрюмцев. Между прочим, к нам ты, Артем, его привел когда-то. Помнишь?

— А!.. Пацан? Который с пейзажиком?

Инна по-хозяйски сзывает, торопит к столу Артема и его небольшую юную свиту: — Проходите, проходите... Берите стулья — и к чаю. У нас как раз чай.

Ольга: — У нас всегда чай.

Инна: — И отдых с дороги.

Артем качает головой: — Какой отдых. Мы,

Инна, завтра же уезжаем. Мы к вам по конкретному делу и ровно на одни сутки... У нас, увы, воронежские возможности. Сосчитаны минуты. Минимальны деньги. У нас все на бегу.

Инна кокетничает: — Даже родственные поцелуи?

Артем служебным голосом: — В особенности родственные.

А Женя и Женя двойным эхом вторят Артему: — Мы по делу. Мы по делу.

*

Первым из внезапных сегодняшних гостей Ольга, не говоря лишнего, представляет Батю:

— Это — Сергей Сергеич. Наш недавний, однако уже очень хороший знакомый...

Мужчины пожимают руки.

— А это Артем... Общественный деятель... Наш Артем Константа...

Артем возражает: — Какой деятель! Не выдумывай, Оля! Я бывший деятель... Все в прошлом... Я — школьный учитель. Школьный учитель в летнем отпуске.

Инна, неся чашки, кричит на ходу: — И бывший почти родственник.

Ольга: — Инна!.. Будешь шутить за чаем!

Но Инна на нерве, с праздничной откуда-то легкостью, кричит:

— Всё и вся побоку: чай с дороги — это святое!.. Наш скорый гостевой чай!

Ольга продолжает знакомить: — Сергей Сергеич — пенсионер. Он человек необыкновенный.
Он москвич, но, выйдя на пенсию, уехал к своим
друзьям в Сибирь. И живет теперь постоянно у сибирских друзей день за днем, месяц за месяцем...

Батя: — Год за годом.

Артем: — Хорошо вас понимаю... Это зов. Я
называю это корневое просыпающееся в нас
чувство — зов. Нас всех зовет... Нас зовут прежде всего холмы. Иногда зов горестный! Иногда
постыдный!.. Но всегда — заживляющий! Вра-
чующий! Поэтому от холмов нам не убежать...
Холмы прорастают. Из нашего прошлого — в
наше, казалось бы, зачеркнутое будущее.

Батя: — Замечательно вы сказали.

Артем: — Когда-то философствовал!

Батя: — Меня потянуло, можно сказать, по-
звало в Сибирь. К моим друзьям.

Артем: — А меня — в воронежскую провинцию, где я когда-то родился и вырос.

Женя: — Мы не в самом Воронеже, а под Воронежем.

Женя: — Мы в пригороде под Воронежем.

— Чай готов! — Инна кричит юным Жене и Жене. — Ну вы, воронежские, несите еще тройку
стульев!

— Константа... Константа... — припоминает
Батя. — А знаете: мои сибирские друзья иногда
о вас говорили... Вспоминали. Хвалили... Я-то
сам плохо в нынешней политике... Не слежу. Но
для них, бывших зэков и ссыльных, ваше имя
звучно... На слуху.

Женя: — Надо же! Ссыльные! В Сибири!.. Имя на слуху. Запишем?

Женя: — Даже в Сибири!..

Женя: — У нас будут самые свежие анналы.

У них блокноты и магнитофоны. Но возможно, молодые люди слишком увлеченно, старательно и без должного отбора собираются писать новейшую Историю.

Так что Артем их нет-нет и одергивает. Свежие анналы — абсурд.

— Ребята. Еще раз предупреждаю вас — не мелочиться!.. Только важное. Только то, что касается Речи о цензуре...

Инна весела, в мажоре: — Оля! Вечер удался. Согласись, сестричка, — свадебная торжественность все-таки висит, чувствуется в воздухе... Разве нет?.. Во-первых, нагрянувшие пестрые гости!.. Ящик шампанского!.. И конечно... Красивая невеста!

Инна получает еще один сестринский подзатыльник.

Все наконец расселись. Пьют чай.

Артем объясняет свое здесь появление. Объясняет всем, но в первую очередь Ольге — он искренен и немного печален:

— Оля... Это не воронежское тщеславие, поверь. Меня попросили восстановить, как была создана (извини за высокий слог) Речь о цензуре. Год назад... Которая тогда в Москве так полезно прозвучала...

— Прозвучала мощно. Не умаляй! — прикрикнула Инна.

— Люди попросили. Серьезные московские люди... Ты, конечно, забыла. А меж тем сегодня ровно год, как... год моего выступления...

— Это была лавина! — кричит Инна.

— Да. Сравнивали и с лавиной... С лавиной в высоких горах. Мальчонка, мол, вскрикнул — эхо ответило — и снега начали съезжать. Снега! Перемены в горах начинаются с детского вскрика. Так получилось... Таким вскриком оказалась моя Речь о цензуре.

— Неужели год?

— Ровно год, Оля. И вот старшие товарищи... из Москвы позвонили. Попросили меня припомнить подробности... факты... Как речь возникла. Откуда импульс... Припомнить мелочи тех судьбоносных дней. Не из тщеславия, поверь.

— Год... И значит, год, как мы...

— Ровно год, Оля.

Ольга застыла с чашкой чая в руке.

Артем совсем негромок. Он переменился. Школьный учитель знает свое место:

— Присмотрись, Оля, к моим юным друзьям. Прошу любить и жаловать... Они все-таки в помощь моей смирившейся памяти. В поддержку моему иссякшему тщеславию.

Женя: — Для мемуаров.

Женя: — Для истории.

Артем: — Время так быстро нас сжирает. Нас и вокруг нас. Но...

Ольга: — Жесткие слова.

— Но согласись, Оля, должно же остаться в памяти хоть что-то... Из того нашего и лучшего, что время уже... как я сказал?

Женя и Женя: — Сжирает.

— Извини, Оля... Ты можешь считать, что я приехал просто повспоминать о прошлом. Недолеченная ностальгия. А если хочешь, приехал просто в гости...

— Это понятнее.

— И ненадолго — на один только день. Меня только и отпустили на выходные... Так ты не против, чтобы школьный учитель один день... здесь у тебя (и у твоего Кандинского, конечно) поностальгировал?

— Не против.

— Спасибо, Оля. Какая ты умница, Оля. Как это мило. Как это по-московски.

«Прошлое подвижно, — вдруг вспыхивает мысль Артема. — Прошлое тоже переменчиво. Но зато место встречи с прошлым стойко — менять его нельзя. Оно здесь...»

Однако человек, который только-только из гулких школьных коридоров, стесняется умничать слишком. Словно бы побаиваясь внезапного окрика.

— А ведь кое-что и я смогу припомнить из прошлого, — не может не подыграть Инна.

— Не насмешничай, — останавливает Ольга.

— Так я же про лавину в горах, — веселится Инна.

Артем обращается к заскучавшему Бате:

— Мы, Сергей Сергеич, только на один день. Не стали искать гостиницу. Нам важно именно здесь потоптать пыль...

— Понимаю.

— Но именно здесь, Сергей Сергеич, и должна была родиться Речь о цензуре. В этом придавленном просторе полуподвала... Я в Воронеже, признаться, даже рассчитывал на Ольгу. На ее московскую ненатужную доброту. И конечно, я помнил, что для ночлега у нее здесь большой-большой законсервированный приют.

Батя: — Что ж вы оправдываетесь! Я сам здесь гость. Я сам на одну ночь.

Артем: — Здесь когда-то ночевали вразброс... не меньше десятка людей московского андеграунда! Инакомыслящие... Но притом все такие разные! Настолько разные, что казалось — враги!.. Какое время! Какое время ушло!

— Как вы странно сказали. Время... нас... сжирает.

Ольга: — Инна, ты куда?

— Размещать новых гостей, хозяйка. Покажу дорогу.

Артем: — Инночка. Оля!.. Мы сами. Я все-все здесь знаю и помню. Даже, может быть, лучше вас.

Артем вздымает руки к потолку, к стенам, к картинам Кандинского, к своему недавнему деятельному прошлому:

— Помню!

Инна смеется: — Не сразу сжирает нас время.

Артем приобнимает Женю и Женю: — Друзья. Мои юные друзья. Вперед — и не робеть!.. Мы сейчас входим в самые джунгли. Здесь был приют и постой андеграунда, настоящего, матерого, злого... высокого!.. прекрасного!.. увы, так и не прозвучавшего до конца публично. Здесь именно мы бросим наши пустотелые чемоданчики... В бой!

Артем обернулся к Бате:

— Единственное, Сергей Сергеич, из-за чего не дрались и не спорили в этом небольшом духовном подполье, был чай... Все знали! Званые и не званые. Чай Ольги Тульцевой!

Женя и Женя: — Мы запишем. Мы запомним.

Артем и его юные помощники благоговейно удалились в глубь полуподвальных комнат. Чемоданчики их крохотны. Расселение новоприбывших не займет много времени.

Женя и Женя: — Вы ведь сестра Ольги?.. Вы, наверное, тоже что-нибудь интересное для нас припомните. Для анналов.

Инна: — Припомню.

Артем смеется: — Ребята. С ней осторожнее. Она злюка.

Сестры меж собой. Обе возбуждены.

— Да, да, да, Инна!.. Ровно год, как его Речь о цензуре. День в день. Как точны оказались сами собой наши сроки!

— И значит, ровно год, как вы с ним вместе. Звонкая веха?.. День в день?

— Не вспомнил...

— Что? Действительно день в день?

— И ночь в ночь.

Инна не может поверить:

— Он вспомнил. Он наверняка вспомнил, но помалкивает. Он, Оля, деликатен.

— Не вспомнил...

— К тому же, сестренка, учти — здесь все еще витает дух Максима. Звук его дурашливого смеха... Остались шаги... в воздухе!.. Мужчины такое чувствуют остро.

— Не всегда.

— Но я же слышала — Артем с болью сказал. Время сжирает. Время все сжирает... Утрата... Утрата, он даже повторил.

— Это он про Речь. Про свою уже остывшую Речь о цензуре.

— Ты, Оля, смеешься...

— Чтобы не плакать.

Звонок в дверь.

Батя, оживившись, кричит: — А вот это оно — вино от Марлена!

Ольга и впрямь впускает рослого мужчину — здоровяк принес целый ящик шампанского.

— По адресу... Получите... Просили передать — Ольге. Это вы?

— Это я.

Батя кричит: — Ставьте, ставьте на пол!.. Каков Марлен Ива-аныч!.. А каков сын Марлен Иваныча!.. Какие люди! Какие наши люди в Сибири!.. Я же говорил...

*

Приехавший первым гостем Батя было заскучал — хочешь не хочешь оказался сколько-то забыт на фоне появившегося Артема и его юной эхо-говорящей свиты. Зато теперь ожил!.. Да уж!.. Теперь в благородной связке с ящиком шампанского он опять на самом виду.

— Марлен! Это мой Марлен! — выкрикивает Батя. — Я вдруг взволновался. Ольга! прошу меня простить... Я засиделся. Надо выпить. Я вдруг... Что, если мы сейчас же откроем бутылку — как скажете, Ольга! Откроем?.. За вас, Ольга, и выпьем!

— Надо бы дождаться Артема.

— Артем вернется — мы еще откроем!

Сбавив голос, Батя негромко Ольге:

— Не огорчайтесь слишком. Вы молоды, интеллигентны — что вам пацан, что вам мой дикий Максимка!

В его голосе скользнула горечь. За сына. За неудачу... Однако он при деле! он востребован!.. Батя уже взял из ящика одну из бутылок. Крутит ее так и этак... Уважительно разглядывает этикетку.

И еще раз, негромко, с горечью Ольге:

— Вы такая красивая. Такая умная... Будем

щедры!.. Вы еще столько Максимок пережи-
вете!

Меж тем с легким хлопком он уже открыл
шампанское. Ему несладко, но он громко, очень
громко смеется. Виночерпий на месте! И дело
знает. И задает тон.

Кричит:

— Выпьем за Ольгу!

Инна — старшей сестре:

— Ты, Оль, везучая.

— Вдруг захотелось выпить за уже прошлое.

— Везучая! Ты можешь захотеть и выпить за
уже два прошлых.

Ольга дает злючке легкий подзатыльник. По-
сестрински.

— Помолчи!

Ольга оглянулась... Батя совсем рядом.

— Извините, Сергей Сергеич. Мы о своем.

— Я понимаю, дочка.

— Когда сестры говорят меж собой, их слова
кажутся спутанными... Если со стороны.

— Я понял, Оля... Я со стороны... И умею, когда надо, не расслышать.

Батя разливает вино, рассказывает:

— Что касается запутанных, непонятных
слов, Оля, я вдруг припомнил...

Инна уже принесла бокалы и простецкий
сыр. Сменила скатерть. Стол наскоро сделали
более праздничным.

— ...Что касается запутанных слов... Есть, Ольга, такой далекий город Хабаровск. На Амуре стоит. Там мой друг Буянов Николай... Я уже тебе о нем говорил — тихий, кроткий, шепчущий человек, а фамилия Буянов. Тот самый, что тебе альбомчик...

— Спасибо. Подарок замечательный.

— Буянову спасибо... Пять лет зеком. Затем еще пять зеком и пятерка ссылки. Затем без права выезда... Он филолог. Вот у кого бывали запутанные слова. Краси-иво! Очень красиво... Но туман.

Инна: — Что за филолог, если не умеет напустить туману.

— Сейчас, конечно, пенсионер... Он как-то мне рассказывал, что в стихах Ахматовой, известной нашей поэтессы, есть такое выражение *невстреча*... Я сразу запомнил... Говорили, что даже стукачок, который слова Буянова отслеживал и метил, все время путался — никак его невнятицу не мог собрать в кучку. Подслушивал... Записывал... Однако туман! И ничего отягчающего... Что значит настоящий филолог!

Ольга, Инна и Батя смеются.

— Притом что мой друг Буянов не хитрил. Он сам по себе. Он такой. Одно-два его слова понимаю. Но четыре слова, если подряд, никак... Шепчущий! Шептун! Бормотун!.. Как только не обзывали зеки тихого человека — при том, что такая у него разгульная фамилия!.. И стукачок нервничал, с ума сходил, а Буянов знай нашептывал.

Инна смеется: — Языковой барьер!

— Ой-ой!.. С таким языковым барьером в лагере, по обыкновению, забьют насмерть. Простаков, которые шепчут... которые вполголоса и косят под больного, всегда бьют. Тоже ведь зависть. У «больного» пайка вроде как получше, повесомее... Но мой Буянов из бесстрашных — он знай шептал и шептал свое.

Инна: — Каков, однако, филолог!

Батя: — А каков его туман. Это ж надо такое в словах подметить — *невстреча!*

А вот у них сегодня как раз... *встреча!..* Все трое выпили и повеселели. И чокнулись еще разок за филолога! И привет всем шепчущим в мире!.. И привет далекому городу Хабаровску!

Сближение дало себя знать. И уже отчасти как *своего,* как близкого Инна предупреждает Батю — просто на всякий случай:

— Сергей Сергеич. Просьба... Тут приплелась старая пустая история. Не надо при Артеме про Олю и Максима.

Батя: — Ты могла мне этого не говорить, дочка. Само собой... Я ведь сказал — я чувствую, я разбираюсь, я слышу, когда промолчать. Не волнуйся, дочка.

И конечно, вино в розлив.

Батя Ольге: — Такая вот моя с Максимом невстреча и такая вот твоя несвадьба. Обещал ли он хотя бы звонить?

Ольга: — Он уже в Новосибирске. Все, что я могу сказать.

Инна: — Сергей Сергеич, вы сами говорите не хуже, чем ваш туманный филолог Буянов... Несвадьба, вы сказали?

Батя: — И впрямь!

Ольга невесело смеется: — А можно и мне начать шептать? Можно, я с каждой хлопнувшей пробкой буду тихо-тихо шепотком повторять — *несвадьба!.. несвадьба!.. несвадьба!..*

*

Оставив в одной из отведенных ему дальних комнат вещи и с дороги переодевшись, Артем вернулся и... и видит застолье в разгаре!

На полу не как-нибудь — ящик вина. Настоящее каре! башка к башке!.. Сияющие издалека серебристые головки шампанского.

— Ого! Бессмертный напиток!.. Шампанское ящиками! Что здесь празднуется, господа?

Уместна вполне шутка, насмешка, и сам же Артем спешит отшутиться, на всякий случай опережая других: — Неужели вспомнили о моей речи? Не иначе как о годовщине атаки на цензуру?.. А кто автор празднества? Кто угощает?

Ольга: — Некий Марлен.

Артем: — Имя грозное.

Батя: — Ничуть не грозное. Мой друг — Марлен Иваныч. Вино прислано в подарок Ольге. Вино не должно смущать... От хорошего человека — к хорошему. Подарок. Гостинец!

Инна втягивает Артема в общее застолье: — Вот тебе наш единственный красивый бокал.

Артем: — Мы, Инна, здесь по делу.

Батя: — Дело делом. Но не с порога же... Артем Константинович! Посидите и выпейте с нами. Я ведь тоже гость и тоже с дороги.

Батя выпил: — Ух, вкусно!.. А где юное племя?.. Я все думал — ну кому? Кому пить шампанское? Целый ящик!.. А вот и люди вокруг!

Инна: — Артем, тебя пригласили.

Артем уже свободно, без излишней ломки садится за стол. С простецкой присказкой: — Ну, кому выпить и с кем выпить — у нас, воронежских, такой проблемы не бывает.

Инна, с иронией: — Неужели народ пьет?

Артем: — Случается.

Инна: — Я, Артем, в том смысле — как правильнее?.. Народ пьет? Или население пьет?

Артем: — Помню твои подначки. Смейся, смейся!.. А о моем различении «народа» и «населения» уже опять в газетах заговорили. Вспомнили вдруг... Не только о моей атаке на цензуру.

— А ссылаются?

— На автора?.. Не всегда. Но в наши дни автор не капризен. Хоть как, а пусть цитируют!

У Бати в руках заплясала вторая бутылка:

— Раз уж мы вынуждены скоротать вечер вместе, давайте этому вечеру радоваться. А иначе, как любит повторять мой шепчущий сибирский друг Буянов... невстреча!

Артем: — Красивое слово.

Сочный звук вылетевшей пробки. Хлоп-п!..

Артем: — О!.. Альбом с Кандинским... Недавний?!

Инна: — Сергей Сергеич привез Ольге.

Артем рассматривает: — Издалека альбомчик... Издательство маленькое, но известное.

А Батя уже сворачивает разговор в крутую колею прошлых лет. Как у многих мятых жизнью и бывалых, в голове у него (у них!) горькая и стойкая ассоциативная связь. Выпили — и сразу о «колючке», о двухъярусных, о жестких нашенских нарах.

— ...Когда у зеков начиналась драка, мой филолог — сами зеки потом рассказывали — стоял, не убоясь и не убегая. Бледный-бледный. Но вялую грудь вперед — и нашептывал строчки...

— Неужели Ахматову?

— Нет, нет. Когда уже позже... много позже... я спрашивал — мой Буянов объяснил, что причина не обязательно в Ахматовой. Причина не обязательно в стихах. Причина в том, что, когда ты что-то себе шепчешь, ты — другой. Ты шепчешь — и ты уже другой... И тебя уже не напугать никому... «Как молитва, что ли?» — поинтересовался я, а туманный Буянов и мне прямо в ухо зашептал — шу-шу-шу-шу.

Артем: — Кажется, я понимаю. Зеки боялись любой молитвы.

— Урки?

Артем: — Примитивные люди считают чужую молитву за оберег, за заклинание, даже за проклятье.

Ольга: — Тоже страх?

Артем: — Страх. Который они скрывают.

Батя: — Могу согласиться... Однако мой Буянов объяснял по-другому. Объяснение, конечно, туманное. Филолог!.. Мол, когда шепчешь, губы твои шевелятся и ты как будто сосешь молоко матери... И мать тебя в обиду не даст... Эти урки, эти скоты, они именно про кормящую мать в его невнятном шепоте слышали...

Артем оформляет фразу: — Мать умерла, а урки слышали ее неумершую силу.

— Да... У каждого мать. И лагерный урка чувствовал силу чужого защищенного шептанья. И не убивал его. Говорили — иди, ступай, чисти сортир... Но не убивали. И тихий Буянов шел чистить сортир и только тут осознавал, что губы плывут в движении. Что он все еще шепчет и шепчет какие-то строки....

Инна: — А можно, я тоже напущу тумана, но вполне-вполне прозрачного. Я предлагаю выпить за еще одного филолога. За тебя, Артемчик. За вас, Артем... За годовщину вашей знаменитой речи. За ваш нынешний приезд в Москву.

Артем: — Прекрасный туман.

Привстав с бутылкой в руках, Батя наливает Артему подчеркнуто аккуратно и уважительно.

А когда под звучный хлопок взлетает пробка очередного шампанского, Ольга, расслабившись и помягчев, произносит негромко:

— Прекрасный туман. Прекрасная несвадьба.

*

—За мой приезд... Это приятно услышать... Спасибо.

Соскучившийся по общению, по ласковому московскому говору, Артем заметно воодушевился:

— Да, да, Ольга... Ты же помнишь... Мне было тяжело, когда я уехал. Меня разгромили. Меня обесчестили. Я уехал, удрал... Всего лишь один год. Но как мучительно тянулись в провинции эти двенадцать месяцев. Однако же я честно трудился. Учительствовал. Учил литературе... В обычной школе... В области. В настоящей воронежской глубинке... И вдруг мне из Москвы напомнили — ведь ровно год, как я выступал о цензуре... Ольга! Ты рада, что я приехал?

Душа его взволнована, затрепетала. Зачем ей, душе, так сразу назад? Зачем спешить с возвращением в унылые берега провинциальной жизни.

— Я рада, Артем.

— Меня опять цитируют. Пока что понемногу... В газетах... Нет-нет и мелькнет... Константа то! Константа се! В основном про Речь о цензуре... Ее помнят... Ольга. У меня, конечно, были ошибки. Но был же, как оказалось, и кое-какой вклад.

— Я рада за тебя, Артем.

Так остро напомнили ему былое! Конечно, и шампанское. Благородное вино свое дело знает.

— Вот послушай. Из газеты. «И хотя его мысли о народе и населении оказались надуманными...» Так-так... Пропустим... «У каждого деятеля найдется в голове свой сор... свой мусор...» Пропустим... Вот, вот оно! «Однако цензуры нет. Во всяком случае, у нас. Цензура мертва. И нельзя отрицать яркую, ярчайшую заслугу Артема Константы... Мы помним его речь. Тот жаркий июль...»

Артем вскочил с места, быстро прошел к стене.

Там меж углом и подвальным псевдоокном расположился ярко-красочный вызревший Кандинский... Там Артем остановился. Замер. На небольшом пятачке от и до.

— Друзья! Только не смейтесь!.. Это пространство, этот пятачок пола — святое. Эти тусклые крашеные доски — святое. Я здесь вытаптывал пыль! Туда-сюда... Прежде чем вспыхнула мысль о цензуре... Я словно бы мерил и мерил шагами неподдающуюся мысль. Иногда инерцией слепых шагов меня заносило — аж туда! — аж до той большой картины «Акварель-1916».

Инна, негромко, сестре: — Иногда его заносило еще дальше — аж до твоей постели.

Ольга: — Не мешай. Он вспоминает только важное.

*

Слышен деликатный (за столом, сидя) храп Бати. Шампанское!.. Ну разумеется!.. Старого человека, уставшего, обмякшего с дороги и уже клевавшего носом, сморило.

В полусне он нет-нет и бормочет:

— Отсидел десятку... Такой тихий-тихий... Кашлял.

И снова ненавязчивым шумком его легкое стариковское прихрапыванье.

Вышел из глубины комнат Коля Угрюмцев с мотком проводов и с парой настенных розеток.

Деловит и никого особо не замечает. Весь в трудах. Идет прямиком к «Акварели-1916» и по необходимости оттесняет Артема с его неочерченного святого пятачка.

Артем шутливо выражает недовольство:

— Юноша. Вроде бы мое место.

— В-вроде бы место К-кандинского, — отвечает юноша. И присаживается к «Акварели-1916», проверяя контакты на стенде.

— Коля, не хами! — кричит от стола Ольга.

— Тем более что я гость, — миролюбиво учит юнца Артем.

И вдруг Артем узнает его:

— А-а, Коля!.. Коля Угрюмцев! Мальчишка! Начинающий!.. Ты меня помнишь? Неужели нет?.. Ты когда-то принес мне пейзажик... Как поживаешь? Как поживает на твоих рисунках зимнее Подмосковье?.. Лошадка. Снег... Я так хорошо все помню.

— Я начинающий э-э-электрик.

— Забыл снег и забыл лошадку?

— З-забыл.

Артем умилен. Еще одна встреча с прошлым!

«Подумать только! Этот мелкий, этот заикающийся Коля, сам того не ведая! невольно! случаем!.. попортил Артему Константе карьеру политика. Исцелил меня! Сломал всемосковскую харизму.

Ах, память, память!.. Сколько же либерального нашенского наива было в тех честных объяснительных (и таких обстоятельных!) записках, которые стартовавший политик Артем Константа сам принес в ГБ!.. Из открытости! из лучших побуждений!.. В их отдел по искусству!.. Чтобы прояснить им, гэбистам (тоже ведь люди!), всю правду и всю боль надвигающейся и уже востребованной живописи».

— Ты хорошо выглядишь, Коля. Откормили тебя.

Юнец молчит. Возится с проводкой.

— Ну-ну! Поговори со мной... Что делаешь?

— П-починяю электричество.

— А что случилось?

— Один тут наработал. У-умник. Провода дергал... Тоже г-г-гость был.

Ольга от стола вновь подает голос:

— Коля. Не хами.

— Я з-заика. Мне можно.

На секунду репродукция осветилась. Есть контакт.

Артем готов похвалить: — Так ты что? Разбираешься в электричестве?

— Нет... Н-не разбираюсь.

— Зачем же берешься чинить, если не разбираешься?

— М-мужчина в доме.

Артем, сорокалетний мужчина с неопределившимся домом, смеется:

— Хороший ответ, Коля.

А вот и напористые Женя и Женя. Молодежь воюет, каждый за свое. Тотчас оттеснив Колю, Женя и Женя заняли пятачок ожившего пространства.

— Артем Константинович!.. Артем Константинович!

— Мы готовы! Мы готовы!

— Вижу... Что это вы обвешаны, как матросы в революцию?

У них (и на них) диктофон, портативный магнитофон, блокноты, ручки... Фотоаппарат! Еще и клеенчатый «метр» у Жени-девушки, висит змеей на ее шейке! — узкая мягкая лента с нанесенными черточками и цифрами.

— Мы готовы. Фиксируем место раздумий.

Тотчас становятся на пыльные коленки. Замеряют. Ползают, нацеленно натягивая по полу клеенчатый «метр». Фотографируют... Так и этак осваивается выявленная и уже обнаженная святая пядь.

Артем стоит, скрестив руки. Возможно, ему хочется побыть с Ольгой наедине. Он не решил. Он сам не знает.

— Женя и Женя, сосчитайте, сколько там шагов. Зачем нам метры?.. Шаги! Конечно, шаги! И за сколько секунд! — кричит он. — Неторопливый шаг в оба конца должен бы обернуться... если с остановками... в минуту-полторы.

— Мы поняли! Поняли!

— Сколько же в сумме я намотал шагов до этого угла! и до этих захлебывающихся буйных красок!.. Ольга!..

— Да, Артем.

— Эта работа, кажется, двадцать пятого года. «Интимное сообщение»? Да?

— Да...

Женя и Женя: — Мы измерим!.. Мы проверим!

А Ольга расслышала в его вопросе осторожное приглашение к их давнему и, конечно, сильно заржавевшему разговору... Зов бывшего возлюбленного. Надо ли?.. Надо ли оказаться к нему сейчас на полшага ближе? и на градус теплее?

Сестры меж собой.

— Оль?.. Почему ему так важно, сколько там получилось шагов? Зачем эти кретинские замеры?

— Не знаю.

— Оль. А если бы Артем сказал, что он вел счет, сколько дней и ночей он без тебя плохо спал...

— Не знаю.

— Но он уже не политик. Оль! Он действительно зажегся прошлым. Взволнован! Это очевидно!

— Он еще не разобрался... от чего именно он зажегся — от меня или от возродившейся Речи о цензуре?

— И то и другое — интим?

— Не знаю.

— Оль. Поедем в Питер. Там чище.

— Ты опять за свое. Милая моя сестренка. Чего новенького ты ждешь от этих поездок?.. Ты там была совсем недавно.

— А если тянет.

Инна, смекнув, уходит:

— Пойду разберусь, что там со свежими простынями. Одной, кажется, не хватает.

Такая вот неизбежность. Такой медленный шаг!.. Ольга направляется вдоль ряда красочных репродукций. Как бы приглашая посетителя к прогулке по музею.

Артем присоединяется. Помолчав, неловко спрашивает:

— Как ты жила?

— Хороший вопрос, Артем.

— Извини... Я по-воронежски. Но надо же спросить. Ты одна?

— Одна.

Артем спохватился — не знает, как продолжить и чем бы поинтересоваться еще.

— А что для тебя и для Инны этот заикающийся мальчишка? Этот Коля?

— Ничего особенного. Прибился — и живет.

— Не учится и не работает?

— Нет.

Ольге, как оказалось, тоже нечем продолжить соскальзывающий разговор.

— Странный мальчишка. Вдруг исчез. Оказывается, болел. Его где-то даже побили... Залез в чью-то опустевшую подмосковную дачу. Валялся, отлеживался там. Больной!.. Озлобленный... Голод и холод в конце концов пригнали его снова сюда.

— Я почувствовал по его ответам. Он не очень адекватен.

— После болезни.

Женя и Женя подбежали к кое-как разговорившейся паре:

— Мы записали про тот угол. И про шаги вместо метров записали.

Артем сердится: — Сотрите.

— Ни за что!.. Артем Константинович! Ни за что!

— Сотрите чепуху.

Но Женя и Женя в негодовании вопят, прыгают на месте.

Ольга: — Пойду.

Артем: — Куда ты? Зачем?

— Разбираться с простынями. И с одеялами.

*

Артем возле мольберта Коли Угрюмцева:

— Н-да... А ведь был славный зимний пейзажик... Лошадка запряженная. И много-много снега.

*

Батя один за столом. Вздремнувший, он вдруг очнулся. Делает глоток-другой остывшего чая. Оглядывается по сторонам и спрашивает:

— Где я?

Сестер не видно. Никого рядом. Зато вокруг, одна к одной, картины. Яркие радостные краски. Сама жизнь!

Батя негромко, все еще в полусне:

— Хоть бы раз до конца понять... Что он шептал... Целый год отдал бы. Из оставшихся стариковских дней... Провожая меня на поезд... Точно как в камере. Мы обнялись. И вспышка в памяти... Филолог, который *невстреча*...

Ощупывает пальцами глаза:

— Я вообще не плачу. Глаза намокли... С его туманных слов... С его неслышных, тихих, шепотных слов, которых боялись конвоиры. Боялись даже обсевшие нас уголовники. Сколько жару! Как он шептал!..

Мигнув во всех комнатах разом, вдруг погас свет. Как хорошо... Заодно и память отстала. Спрыгнула где-то, сука!.. Заодно с ней и ссучившиеся от долгой жизни огрызки... мыслей... осколки, остатки, ошметки... что там еще?.. Обмылки, объедки... вот!.. окурки мыслей!.. Обрывки скачущих туда-сюда мыслишек отступили — оставили старика... и дали ему сон.

Какое чудо этот провальный сон!

2

Им не пришлось поддерживать общение в темноте. Голос Ольги как одомашненный приказ: «Коля, чини!.. Как хочешь, а чини!» И свет загорелся, вот он!.. этот скоро вспыхнувший свет!

Ольга с книгой в руках. Она, кажется, не против посидеть, полистать, почитать.

Неподалеку от нее Артем с его неопределенно активными вопросами... Бывший политик. Бывший жених... Ольга с книгой в руках достаточно строга. Но возможно, это лишь маска. Так бывает. Женское сердце любит помедлить, подтаять.

Плюс это совпадение, эта нелепая годовщина вдруг ожившей Речи о цензуре — ночь в ночь с их скромной личной годовщиной!

— Погоди, не читай, Оль.

Артем настаивает на общении:

— Меня тянет повспоминать. А куда еще? Куда с памятью деться?.. Ностальгия, Оль, — мотор зрелой жизни, зрелого ума... Зрелого сердца, наконец!

— Зрелое сердце — это круто.

Артем смеется: — По-воронежски.

Он закрывает ей книгу, но Ольга упрямится, удерживая нужную страницу ладонью. Зачем спешить, Артем?

— Оля. Когда рождалась эта чертова речь, мы с тобой были здесь, подумать только! Здесь!.. В тот самый день!

— В тот самый вечер.

— Ну да — в тот вечер...

— Я бы еще уточнила — в тот поздний вечер. В очень-очень поздний вечер, пока он не перешел в утро.

— Да, да, Оля, вспоминай — помоги вспомнить. Подробности, увы, испаряются. Подробности не живучи... Где они? Их так мало... Женя и Женя, вы пишете?

Женя-девушка уже щелкает кнопками магнитофона: — Пишем. Пишем.

Они, юные, подслушивают с озабоченной, милой и пока еще стеснительной улыбкой — будущие журналюги!

Ольга: — Ладно. Подскажу... Мы в тот вечер пили вино... Вдвоем, конечно... Массандровское красное. Подробность?.. Ты, Артем, принес вино сюда, в К-студию. В портфеле принес.

— Вино? Правда?.. То-то я был переполнен разнонаправленными эмоциями. То-то был взволнован!.. Я, возможно, уже с вечера чувствовал, что в этой нечесаной башке возникает нечто удивительное.

Застолье, плавно переходящее в ужин — Инна неслышно раскладывает приборы. Прикидывает, кто где сядет. Не тревожа заснувшего в кресле Батю.

Но она тоже успевает подать голос насчет подробностей. Четко. Нарочито. Как бы вызванная в мерзкий товарищеский суд:

— Свидетельствую. Я видела на этом столе пустую «массандровскую». Утром.

Нет, Инна не разбудила голосом Батю — старик, склонив голову на кулак, пребывает в дреме. Умучили-таки пенсионера долгие перелеты.

Артем:

— Вот! Вот!.. Вино. Бутылка «Массандры»! Уточненная у живого свидетеля память!.. Именно здесь. А мы чего понаписали? Мы почему-то решили, что в тот вечер я был на выставке. Не было тогда никаких выставок! В той тревожной Москве... Всю запись стереть.

Женя и Женя:

— Сотрем. Сотрем.

Артем напал на след:

— А вот откуда памятный мне Кандинский! Здесь... на этом углу... Вот он! Репродукция в белых линиях!

С удвоенной энергией Артем бросается к Ольге:

— Оля. Оленька! Напрягись... Прошу тебя... Что мы делали в тот вечер?

Ольга спокойна:

— Можно, я скажу, что я не помню.

— Ну, Ольга, Ольга... напрягись... Припомни. Ты же вела какие-то записи... Ага!.. Я когда ехал сюда, у вагонного окна... как раз думал — у нее, у нее подробности!.. Она же вела дневник!

— Она — это я?

— Ну да.

Ольга нарочито медленно раскрывает книгу — она, пожалуй, еще почитает.

— Для истории. Оль!.. Погоди читать... Ты же вела дневник?..

Женя и Женя призывно защелкали кнопками на запись. Но Ольге наплевать!

— Да. Вела дневник... Пока любила.

— Пока — что?.. Ну вот видишь!.. Значит, вела? Вела?! Страничку за страничкой, а?

— Да.

— И где же тот дневник?

— Там же, где та любовь. Где всё остальное.

— Ольга! Ольга!.. Что за женские причуды!.. Серьезное ж дело! Вела дневник! Для истории — для чего же еще?

— Для чего?.. Как тебе сказать. Для полноты тех дней, тех часов, тех минут. А можно сказать — от полноты тех часов и минут, которые я тогда переживала... Я любила.

— Ольга. Пойми... История таких слов не знает. Мало того! История плюет на эти словеса. История плюет на нас.

— Значит, мы с ней квиты. А я плюю на нее.

Инна занята столом: — В Питер хочу.

— Ладно. — Артем деловит, серьезен. — Оля. Давай пока что без дневника. Но давай по-серьезному... Я ведь помню тот изначальный мой импульс. Богемный, смелый, разгульный порыв. Речь о цензуре уже бродила, уже гуляла во мне — как стакан водки, выпитый разом. Граненый, классический, полный стакан... Оля... Импульс нарастал уже с ночи... Вот где-то здесь... Или здесь.

Ольга указывает в сторону постели: — Может быть, здесь?

— Мы были друг от друга неподалеку. — Артем напрягает память. — Мы были шагах в пяти-шести... Да-да. Именно! Припоминаю. Ты почему-то была в постели.

— Почему-то ты тоже там был.

— Погоди, Оля... Не дурачься. Ты всё по-школьному! Всё юморишь!

— Ничуть.

— А-а, наверное, это был первый наш раз... С тобой... А?.. Согласись, Оля, это несправедливо. Почему женщины помнят цепко, а мужчины нет. Ну хоть застрели, не помню! Мелочовка так быстро выветривается.

— Мелочовка — особенно быстро.

— Погоди. А я почему-то оказался у этого подвального оконца... И вдруг импульс... Нет. Нет. Не сразу!.. От этого полуокна я прошел... да, да!.. прошагал к той репродукции... В белых линиях. Я помню цветовое пятно... И там почему-то импульс... Но почему?

Женя и Женя деловито перезамеряют уточненный пятачок пространства. Ползают по полу с клеенчатым «метром», еще и с рулеткой. Замеряют параметры пятачка — его подробности.

Артем скрестил руки. Задумался.

— Извини. Извини, Оля... Интим... Я про интим... Я помню, что не в пяти шагах. Но где?.. Мы уже спали до выступления?.. И вообще. Извини. У меня в мозгах какой-то сбой... Мы вообще-то спали? Или дружили?

— Женщина спала только с тем, кто остался в ее памяти.

— А я?.. А что?.. А меня там нет?

— Не припомню.

Артем размышляет:

— Но подтолкнуло импульс что-то еще... Что?.. Ты, Оля, в постели... Почему-то даже без ночной рубашки... Помню... Ребята! А сколько шагов в направлении постели? Шаги пусть будут небольшие... Раздумчивые... Сколько там наберется?.. Восемь?

Женя: — Семь.

Женя: — Нет, восемь.

— Так и запишите. И значит (предположим!), я ходил туда-сюда, но не в том направлении, а в этом!

Ольга расслабилась. Ну приехал бывший. Ну пусть... Она снова раскрывает книгу.

А вот Артем уже на грани нервного срыва! Воспоминания его заводят!.. Выброшенный год назад из процесса, затоптанный, вычеркнутый, отосланный в черноземы, с заваленной набок судьбой, — он все-таки снова в Москве.

Жилы на лбу вздулись. Артем прерывисто дышит. Он всё-таки здесь — он все-таки совпал с той давней, гениально вдохновенной минутой. С теми секундами!.. Он совпал.

А вот и разгадка:

— Цветовое пятно! Там... А-аа!.. А-аа!.. Вспомнил... Оля и я... Ты и я. Без звонка вошла Инна. Ну, как родственница, у которой свой ключ... Вошла... Я услышал ее шаги. И сразу тот бешеный мой импульс!

Ища и повторяя былое, совпадая с ним, Артем делает наконец найденные быстрые семь с половиной шагов. И кричит:

— Да! Да! Оля!.. Это ты!.. Ты! Нагая! Без цензуры!.. А в дверях Инна... В голове моей тут же пронеслось вот это абстрактное цветовое пятно. В белых линиях! И я подумал: *сестры и Кандинский!..*

— И что?

Артем оглашает найденное — уже громко, свободно:

— И сразу же — вспышкой! Вдруг импульс! Как молния!.. *Нет — цензуре!.. Мы все — нагие!..* Нет — экономическим и политическим запретам!.. В какие-то полсекунды, Оля... в четверть секунды! В голове спрессовалось все завтрашнее выступление!.. Все! От первого до последнего слова!

Артем доволен, вытирает платком со лба пот:

— А говорят, политики — люди без вдохновения!.. Еще с каким вдохновением! Мы поэты!.. Мы творцы!.. А это, Оль, ты помнишь?.. Мы — нагие божьи светлячки!.. Помнишь?

— Нет, Артем.

— Ага!.. Божьи светлячки... Это тоже подробность, Оля! Оказывается, и ты кой-чего не помнишь!

*

Инна с укором Ольге:

— Ну ты глянь. Он разбудил Батю своими воплями. Может, пора отправить старика в постель?

Батя и впрямь уже разбужен: — Вы обо мне?

Инна: — Вы спали на собственном кулаке.

— У сибиряков научился.

— Слышала о таком, но видела живьем впервые.

Батя заметил поодаль Женю и Женю, ползающих по полу с клеенчатым «метром»: — Шаги считают. Ишь!.. И как строго!.. Молодежь настырна. Что они там меряют?

Ольга: — Не слишком долгую любовь.

— Чью?

— Не важно. Почему не померить любовь шагами.

Батя передернул сонными плечами. Он уже вышел из дремы:

— Хорошо сказала, Оля. Чудесно сказала. В точности так говорил мой друг, мой сердечный дружок Звоницын. Ударение на «о». Почему не померить любовь шагами... Это когда Звоницына угнали в лагерь — от жены на три тыщи пятьсот неточных километров. Если мерить на шаги — это неслабо.

— Звоницын? — Ольга уважительно подчеркивает ударение. Готова слушать.

— Да, надо ударять на «о». Я знаю — трудно, но так будет правильно.

И продолжает:

— Есть, Оля, далекий город Красноярск... Там последний из наших, у кого я жил, — тот самый инженер Звоницын. Пять и пять. И еще, конечно, без права выезда... Так и остался под

Красноярском, когда реабилитировали... Меня на охоту водил. На волков... Старики, а шли на волков... Настоящий волкобой и друг настоящий...

— На волков? Не шутите?

— Я редко шучу. Не умею... Мы с ним от стрелков тогда вдруг отстали. Пурга вдруг... А я — незадача! — оступился в их новомодной охотничьей яме... Куда деться? Кого звать?.. Тайга... На белый снег еле выбрался. А идти не могу. С переломом... Звоницын притащил на себе. На горбу, можно сказать, принес... Он меня нес, шел — зубами скрипел, а волки шли следом... Волки! Сначала мы охотились, а теперь волки. Настоящие красавцы! Метр в метр держали дистанцию. Смешно!.. Так и шли!.. За нами. Они не выли, и мы не кричали. Все честно.

— А как нога?

— Нормально. Сейчас нормально. Я крепкий... Они меня первоклассно выхаживали. Звоницын и его жена Галя... Как родного. С Звоницыным мы выпивали... Чтобы я не падал духом. Песни пели. В голос... И Галя ни-ни насчет нашей выпивки... Не попрекнула. Выздоравливай, Сергей Сергеич! Лечи ногу!

Артем: — Мы, кажется, вас разбудили.

Батя: — Так вышло по жизни: Сибирь полна друзей, а в Москве — переночевать негде... Хотя сам я москвич, как я уже говорил. У меня вообще-то квартира на Арбате.

Артем с готовностью смеется:

— Я где-то читал, что Сибирь большая — а Москва маленькая.

Батя непроизвольно потягивается: — Прошу прощения... Остатки с дороги. Остатки сибирского сна.

Артем: — А чем ваши друзья там занимаются?

— Кто чем. Возраст вполне пенсионный, однако почти все трудятся!.. А вот, скажем, шепчущий Буянов даже знает ваше имя... Я уже рассказывал. Он филолог. А за политикой следит...

Артем: — Интеллектуал? Сибирский ум?

— Константа — это я от него услышал. Я еще подумал — что за фамилия такая?.. Константа.

Артем: — Она означает постоянство. Постоянство человека. Постоянство человека, несмотря ни на что.

— Да, да, да... мой Буянов умен. Однако все еще тих. Постоянно тих. Как в лагере... Шепчет и шепчет. На всякий случай, что ли.

*

Ольга и Инна в хлопотах. Принесли из холодильника вареную колбасу, хлеб и немного недорогого сыра. Ежедневный разносол К-студии... Чай! Чай!.. Вот оно, наше главное здесь! Чай — это наше все! Вот они, чистые и ополоснутые чашки московских интеллектуалов!

Едва не помешав сестрам в хлопотах, в студии погас свет. Но тотчас зажегся. Как невнятное предупреждение, — мол, буду почему-то теперь мигать!

Однако чай чаем, а раскочегарившийся Батя держит в руках очередную подарочную бутылку. Вертит ее, хотя шампанское не рекомендуется взбалтывать. Но проснувшийся старикан взволновался. И теперь не так-то просто отодвинуться от лиц, замелькавших, запестривших в памяти... от их судеб... от их голосов.

— А конечно... А что, если мы — за моих друзей? Прошу прощения, что опять первым открыл рот не в своем застолье... Сестры!.. Я у вас... У вас в гостях, но я предлагаю за моего Звоницына. У него на «о» ударение.

— Откуда, Сергей Сергеич, столько друзей?! — не без зависти спрашивает Артем, хлебнувший за этот год воронежского одиночества.

— А по жизни.

— Завидую.

Батя хочет налить вина Артему:

— Ну, Артем Константиныч?.. За Звоницына?

В К-студии вновь погас свет, испугал еще разок — и тут же зажегся.

— Минутку, Сергей Сергеич. Прошу простить... Как там наша молодежь... Женя и Женя, как вы там?

Артем оглядывается на своих помощников, которые теперь в отдалении, с разных точек фотографируют скромный полуподвал — молельню их кумира.

Женя-девушка как раз кричит: — Артем Константинович! Сюда! Сюда!.. Мы нашли вашу стенку...

Встав из-за стола, Артем с виноватой улыбкой объясняет Бате:

— Это забавно. Можно посмеяться... У меня, когда я в раздумьях, дурная привычка. На стенке, на обоях черкнуть два-три слова. Для памяти.

— Метка?

— Наскальные рисунки! — И, еще раз извинившись, Артем ушел к своим Женям.

А крепкий старый Батя не хочет пить в одиночку. Он все еще с полным бокалом. Но рука умеет ждать, не дрожит.

— Дамы... Милые женщины... Вы наша радость... Ну вы-то, надеюсь, выпьете со стариком. Я вас прошу.

Сестры, как-никак хозяйки, подстегнутые мигнувшей лампой, заторопились. И сделали по глотку. И шампанское еще раз высоко оценили. Настоящее!..

Батя: — Вы для меня как дочки. Оля и Инночка... Инночка и Оля... За моего Звоницына, да?.. Ударение обязательно на «о». За Звоницына из-под Красноярска.

— Расскажите. Сибиряки и впрямь такие особенные люди?

— За своих друзей отвечаю. Да ведь как сказать, что они сибиряки... Сибиряки по судьбе... Эти мои, скажем, Звоницыны до ареста и до Сибири тоже жили здесь, в Москве. Со мной на одной улице... На Арбате... Здесь, пока он жил на Арбате, Звоницын, кстати сказать, мне совсем не нравился. Купит жене новую тряпку и хвастается — как, мол, он ее одевает, свою куколку! Суетлив был. Купленная тряпка не ах — дрянцо! А хвастал мужик выше крыши.

— А за что он получил свои пять и пять?

— Как и шепчущий Буянов... Первые пять по доносу.

— А вторые пять?

— Это уже по судьбе.

Артем кричит с расстояния:

— Оль. Слушай... Женя и Женя подсчитали. Сколько я намотал... Исходя из числа шагов. В тот наш вечер... До постели... В тот вечер раздумий я, оказывается, прошастал туда-сюда несколько сотен раз. Если по времени — километра четыре!

Ольга откликается: — Большой путь, Артем.

Инна: — О чем мы только что?.. Звоницын?

Батя: — Ну да. По доносу. Разговорится наш человек... Ну сболтнет что-то этакое. Обмолвка. Словечко лишнее. Про жизнь... Сплюнет... А лишние словечки — они как расплеванные семечки. Летят по ветру!.. Никакой такой особой вины. А стукачок запишет. И отнесет туда, где ему регулярно платят.

— И... десять лет в Сибири?

— Ну зачем же сразу десять. Сначала пять. А потом еще пять добавят.

— Чтобы было кому в Сибири работать?

— Чтобы было кому в Сибири жить.

Женя и Женя меж тем работают с рулеткой.

Артем взволнован, еще одна мозговая атака на ускользающее прошлое. С натоптанного дощатого пола, с места судьбоносных (грунтовых) замеров он вновь кричит Ольге:

— Оль! А случайно не помнишь, почему я в конце концов в ту сторону переместился...

— Случайно не помню, милый.

— Оль. Прошу... Не смотри на меня как на сумасшедшего. Да, да, эта дурацкая рулетка! Число туда-сюда шагов. Эти дурацкие припоминания. — Артем сиротски разводит руками. — Но ведь это остаток, осколок, окурок той моей жизни, Оль. Той моей славы, Оль. Той моей любви... Это все умерло, Оль. Смотри на меня как на гротеск.

«Политик только и умеет говорить о своей скомканной жизни. А что же ты дал себя скомкать, милый?..»

И тут же, по-женски легко и мстительно, Ольга берет в руки бокал. И, заглянув в емкость — туда, где еще играет ажурная беспечная исчезающая пена, — предлагает:

— За воронежцев! За настоящих!

Меж тем Инна, едва пригубила, продолжает интересный разговор: — И ваш Звоницын тоже по доносу?

— Конечно.

— Вот ведь удивительно. И те по доносу, и другие по доносу... Лишние словечки... Семечки... А ведь кто-то писал этот донос. Строчил. И ведь эти строчившие... Они ведь тоже живы сейчас?.. живут?

— Конечно.

Ольга подхватывает: — Да, да!.. В связи с судьбами художников я как-то рылась в архивах. Анналы! Анналы припудренных доносов!.. При том, что сам донос написан очень читаемо и внятно...

— Разборчиво? — удивляется Инна.

— Вполне!.. А зато подпись внизу... Кто именно написал... кто настучал на Звоницыных, на Ивановых-Петровых — мелко. Совсем мелко!.. Так и зарылись они, спрятались, усохли в неизвестность. Канули в никуда. Не знают их люди.

Батя пожал плечами: — Почему же, дочка, не знают. Знают.

— И кто же на них настучал?

— На Звоницына?

— Да?

— И на Звоницына... И на его Галю.

Погас вновь свет. Темнота улеглась и несколько смягчила подползающую правду — непрячущуюся и жесткую.

За столом в темноте они сейчас трое — сестры и Батя. В полной тьме.

И тишина.

Сестры не решаются что-то сказать. Потрясенные, молчат.

И потому первый заговорил Батя:

— И на шепчущего Буянова... Тоже я.

Сестры, из обступившей их темноты, откликаются теперь обе разом.

Ольга: — О господи!

Инна: — Я как предчувствовала!.. Лучше б вы молчали.

Тишина.

И опять из близкой тьмы негромкий суровый голос Бати:

— Кому лучше, дочка?

*

Молчаливая тьма оживает.

Сначала слышно, как возле отключившихся темных стендов бранится Коля Угрюмцев: «Опять испортили! ч-ч-черт!»

Затем голос Артема: — Свечи. Свечи!.. Я же их помню... Оль, свечи на месте?

Ольга безразлично (придавленная признанием Бати): — На месте.

Артем торжественно, как бы читает стих:

> Иду за свечой
> Во тьме на ощупь!

И точно — зашагал куда-то во тьме.

Коля Угрюмцев с подростковой ворчливостью требует: — А мне тоже найдите ф-фонарик. Иначе я с-свет не налажу. Уйду, на фиг, с-с-спать!

Инна: — Обойдешься свечкой.

Невидимые, растворились во тьме Женя и Женя. Но на всякий случай они застыли у стенки, которую их нынешний гуру пометил словцом-двумя на столетних обоях.

Однако и они кричат: — И нам свечку! И нам!

В темноте, как оказалось, его память цепче... острее!.. В памяти комната за комнатой!.. И как же решительно и как свежо определяет Артем в темных проемах свои былые ходы и тропы. Свечи?.. А ведь свечи — тоже его встреча с прошлым. Здесь, здесь он означил цензуру как болезнь, как вывих. Исцелите себя! Убейте гадину!

И так ново (по старой памяти), так ясно нарисовался ему в темном углу хозяйственный шкафчик — там, там свечи... *были... год назад.*

И вот нынешний школьный учитель кричит, вопит, ликует — с новообретенной воронежской волей пугая и разгоняя тьму:

> Иду на ощупь
> во тьме за свечой!

Как это прекрасно, когда свечи на месте.

Обеим сестрам и Бате вернувшийся Артем осторожно ставит на стол найденные живой ощупью высокие свечи. Зажигает им две. С третьей, последней, направляется к Жене и Жене.

— За меня не беспокойтесь, — весело объявляет Артем всем сразу. — Себе я отыскал свой старый фонарик. Он лежал бочком и ждал меня, хозяина. И там же — кучкой! представьте себе! — ждали своего хозяина старые, но не севшие... не сдохшие!.. не сдавшиеся!.. батарейки. Вот оно!.. Любуйтесь!

Артем включил фонарик.

Поводя лучом, он отыскивает Женю и Женю. Его молодые помощники ожили в луче — прыгают и смеются. Заодно прыгают на стене их гротескные, но вполне узнаваемые тени.

Женя и Женя: — Мы продолжаем работу! Мы продолжаем!..

*

Сестры и Батя... На столе в рост две за-жженные свечи. Возможно, самая неожиданная (и по-своему замечательная) минута вечера.

Ольга машинально делает небольшой глоток шампанского. Батя произносит негромко и су-рово:

— Я как бы прощенный.

Ольга молчит.

В колышущейся свечной полутьме Батя сно-ва обращается — теперь к Инне:

— Я, дочка, прощенный. Я как только вышел на пенсию — сразу этим заболел... озаботился. У меня камень на сердце. Я, Инна, написал им. Реабилитации были полагерно. Либо уже по по-селениям. По выселкам... Я ведь знал по бума-гам — кто где... Перед пенсией меня как раз по-высили — заставили сидеть на бумагах. На этих, как говорили начальники, *белых* бумагах... Пе-реписал адреса. Поехал. Я ездил и ездил. И меня простили.

Инна: — В Питер хочу.

Ольга: — Ты всегда хочешь в Питер.

Где-то чинит свет ч-ч-чертыхающийся Ко-ля: — Да дите мне с-свечку или нет?.. Ч-черт!

Батя негромко продолжает:

— Звоницыны сразу простили. Сначала в письме признался. Потом звонил. Потом прие-хал. Они приняли как родного. Как своего. Я жил у них... У Звоницына осталась мягкая улыбка. Кормили-поили. Я потом еще и еще к ним приезжал. Дел особых у нас с ним, конечно, не было. Старики!

Батя еще сбавил голос:

— Написал ему, что это я сдал его... Но я не навязывался. Звоницын уже не был, конечно, ссыльным... Но как же он мне обрадовался. Приезжай — вдруг закричал по телефону!.. И ни малой злобы.

В голосе Бати уже пробился, слышен отраженный восторг счастливых дней:

— А его Галя?.. Какие у нее глаза были при встрече! Те же сумасшедшие глаза! Если бы я не был так виноват, я бы расцеловал ее... Да и всякий... Да и вы бы, едва ее увидели...

Покаянный восторг нарастает:

— Да что там!.. А шепчущий филолог Буянов, а Рогожин Илюха! А Марлен Иваныч!.. Я легко их всех нашел. В делах ссылки-пересылки я уже был дока. Как раз меня перекинули. На две ступеньки вверх — к машинописным бумагам... Бумаги сожгли. Ни одной скомканной, выброшенной. Однако я-то знал подноготную. Машинописи горят быстро и особыми всполохами!.. А вот если бумаги написаны от руки — горят ровно. Как эти высокие свечи. Другой не отличит огонь, не удивится. Ну да — горят и горят.

Голос припоминающего Артема, увы, прерывает тишину и обстоятельный рассказ Бати о том, что и как у нас горит.

— Оля!.. — кричит Артем. — А вот этой репродукции на стенде я что-то не припомню. Не было ее.

Луч фонарика уперся в краски Кандинского.

— Да, Артем. Это наше недавнее пополнение.

— Так мы ее уберем на время... Нам нужна вчерашняя подлинность.

*

А за столом тихие посиделки при ровно горящих свечах. Сестры рядом.

И все тот же не жалкий, а сдержанно-холодноватый голос:

— Я сдал их... Сдал Звоницына с его женой. Сдал Марлен Иваныча... Сдал Ефима... Сдал Рогожина... Иванова-Дюма... Буянова Николая... Всех их я сдал, и все они простили. Ни один не отказался от меня по жизни — не отвернулся.

— Они были вашими друзьями? — вдруг чему-то насторожившись, спросила Инна.

— Они стали моими друзьями.

Батя взял бутылку шампанского, но открыть не поспешил. Нет... Не та минута... Кинул, отправил бутылку назад — точно, прицельно в ее пластмассовое гнездо, снова в ящик.

— Я их прежде мало знал... Даже если на одной улице жили. Как со Звоницыными. Мы были только соседи. Я разок-другой сидел у них в гостях. Я уже сдал их. Но для вида еще раз у них пообедал. Пожали руки — пока-пока, до завтра!.. У Звоницына потрясающая улыбка. А его Галя! глаза! Галя ко мне подбежала, а руки мокрые, посуду уже послеобеденную мыла. Перемывала... Но глаза сияют — она меня чмокнула в щечку... Куколка. Ей только пять дали.

Батя: — То охотились, то в баню ходили... У них чудная своя, с хвойным духом баня.

— А о доносе?

— Как же!.. Обязательно вспоминали! Звоницын романтичный... Я сдал его легко. Романтичные говорят много лишнего.

— Сейчас он говорит поменьше?

— А вот ничуть. Такой же!.. И вспоминать любит... Мы же, Оля, оба с Арбата. Давай, скажет, Сергеич, про наше... Какие годы были! Молодость! Это ж чудо. А женщины как нас любили...

— И женщин вспоминали?

— Еще как!.. Правда, иногда с кухни Галя, жена его, громыхнет сковородой, цыкнет — и мы молчок. Ну а как только она в магазин... за продуктами... тут уж мы вольные птицы!.. Да-а... Звоницын! Алешка! Он прямо так и начинал — давай, Сергеич. Про то, как ты меня сдал... Старики, злобы никакой!.. И вот мы постепенно. Со вкусом. Не торопясь... Что он сказал — и что я записал слово в слово. На листочек... И как ему зубы потом при задержании выбили. Не жаловался. Он и сам любил помахать кулачищами.

— Десять лет лагеря! Соседу!

— Срок, дочка, не я выбирал.

— Зачем же его сдали?

— Как зачем?.. Да я же работал. У профессионального осведомителя свой, и нелегкий, хлеб.

— И вы всех помните?

Батя замедлил речь. Задумался. Глаза его поискали некую далекую точку.

— Едва ли всех... Их много. Для одной человеческой памяти их много.

И тут его прорвало. Он заспешил сказать. Он сокрушался, винился. Но вина в его голосе уже навсегда сплелась, сжилась, срослась, сроднилась... спелась!.. с уже выданным ему прощением. С оттаявшей ностальгией по тем его невозвратимым денечкам:

— А Снегиревы!.. А Ряжские!.. Их забрали грубо. Высылка была спешная... Тоже сначала Магадан. Что сказать! Горе!.. Они, эти неумехи Ряжские, потеряли ребенка. Девочку. Простудили... И у жены хронический кашель... С хлеба на воду.

— А как они сейчас?

— Как, как!.. Простили.

— Жили у них?

— Сначала письмом простили. Потом две недели у них жил. У его жены все еще кашель. И какой! Сгибает крепкую бабу пополам... Они, Ряжские, так уж получилось, простили меня первыми и первыми откликнулись на мое письмо.

Батя неотрывно смотрит на пламя свечи:

— Кормили. Поили. А главное — всё понимали... Откликнулись сразу!.. Приезжай! Приезжай!

— Ценят в Сибири люди друг друга.

Батя: — Прощают.

— Оля! — Артем нет-нет и кричит с расстояния, припоминая и уточняя важное. — Итак, весь тот вечер я как маятник. Здесь!.. Взад-вперед. Двигался!.. Однако помню, было прохладно. Почему?.. Ведь ровнехонько год назад. Ведь точно такое же лето.

— Лето было дождливое, милый. Прошлое лето.

Артем машет помощникам: — Запишите.

Женя и Женя: — Про дожди я записала... А я уже дважды отметил про нестойкое лето.

Ощупывая затемненное пространство, фонарик Артема выхватывает на луч ряд репродукций — и так охотно, так радостно, встречно вспыхивают несгорающие миры Кандинского. И опять Артем кричит:

— А все-таки мне запомнился холод.

«Гротеск необязательных подробностей, — думает он, припоминая. — Ну да. Гротеск испарившейся любви. Вчерашний суп. Никого не обманувшая, мелкая драмка, которой некуда сползать, кроме... кроме как в фарс».

— Оля... Скажи хоть два слова. Откуда в том лете так запомнившийся мне холод?

— Милый. Ты ведь ходил раздетый. Голый.

— Голый. Зачем?

— Тебе нравилось.

— Что?.. Совсем-совсем голый? Шагал до мнимого полуподвального окна...

— Ты даже пытался это несуществующее окно открыть.

— Ага!.. Вот оно!.. Моя мысль уже рвалась на свободу?

— Что-то вроде, милый.

— Я сойду с ума... Еще одно прочтение прошлого... Оля!.. Но не был же я в тот судьбоносный час без трусов?

— Был, дорогой.

— Точно?

— Насколько я помню... Именно нагота, возможно, и подвигла тебя на мысль о цензуре. Ты вдруг вскрикнул — человек должен быть совсем открыт. Гол. Наг!

— Верно! Верно!.. А ты — я вспомнил — варила кофе. Запах жутковатый, пригорелый. Кофе каждый раз был наполовину ячменный, дешевый.

— Я небогата, дорогой. Ты же знаешь.

— Да, да... Пригарок помню. Мы бедствовали. Ты варила кофе. Но почему ты тоже? Почему без одежды?

— Было жарко.

— Ты так странно стояла... У плиты... Голая...

— Дешевый кофе должен развариться.

— А чуть дальше, фоном, сзади тебя играли краски... Эти его самые буйные! Яркие! Явно же наш московский, домюнхенский его период!.. Ты стояла на фоне обтекающих тебя красок. Дифракция света! Ты сияла!

— Как ты все помнишь, милый!

Артем обернулся к своим юным помощникам:

— Суперважно!.. Запишите. Женщина и краски, они совместились... Ольга, заслоняя собой, настолько вписалась, врезалась в те буйные краски... А сумасшедшие краски, играя, настолько впились в ее наготу, что я опешил... засомневался — откуда у нашего абстракциониста вдруг ню?.. И какое ню!

*

Батя решился вступить и сказать. Он медленно разливал вино — задерживая время, наполняя Ольге и Инне шипящие бокалы.

— Оля и Инна. Прошу вас. Я хотел бы выпить с вами и за вас. Не откажете?

Сестры не нашли скорого ответа.

— Прошу. Пожалуйста... Мне это важно сейчас.

Сестры молчат.

А тут и Артем подошел к столу поближе:

— Сумерничаем при свечах?.. Это так по-московски.

— Будьте с нами.

— Я слышал тост... Хотя и не приглашенный, я тоже с удовольствием выпью за сестер. За Олю и за Инну... Вы, Сергей Сергеич, если я вместе с вами — не против?

— Буду только рад.

— Когда мало знающие друг друга пьют вместе — это тоже так по-московски.

— Оля! — Артем воодушевлен. Так остро, так хватко возвращается разбуженная память. — Оля! Я ведь тогда уехал — честно зарылся в черноземы. И совсем не знаю этот год твоей жизни.

Инна вперебив бросается сестре на выручку:

— Оля!.. А помнишь, та старушка, что хотела умереть обязательно во время поездки в Питер. Я еще кое-что про нее вспомнила. Она подкрашивала губы.

Артем тотчас и с удовольствием переключился на Инну — потягивая шампанское:

— Помню! Прекрасно помню, Инна! Ты ездишь с экскурсиями... Небольшая группа. В основном женщины... Ездить удобно. Недорого. Я все помню, кроме старушки с подкрашенными губами.

И Батя, как все, так и он, глуховатым голосом попросил:

— Расскажи, Инна.

— Старушка ездит с нами каждый раз. Не пропустила ни одной поездки... Почему?.. А у нее маниакальная надежда — умереть в великом городе Санкт-Петербурге. Ловит свой улетный случай... Смешно?! Одинокая. С гонором. Я ей говорю, Анна Евгеньевна — как же так! Ну, случись вам в самом деле там умереть. Вас же похоронят по-казенному. Где придется... Зароют наспех...

— А что она?

— А она губки вытянула в дудочку и цедит: крэ-эсавец горэ-эд. Крэ-эса-вец... Я повторяю: зароют наспех... Пьяндыги... Лопатами... А она опять: город... крэ-эсавец горэ-эд... лишь бы в той земле!

— Часто ездит?

— Да. Каждый месяц.

Артем, словно бы обдумав сложившийся образ старушки, заключает:

— Могу тебя успокоить, Инна... Такие бабульки живут не считая. Можно сказать, живут бесконечно.

— Как это?

— А так. Не умирают, и все.

Артем уточняет:

— Важен только вопрос: завещала или нет она свою московскую недвижимость?

— Кому-то из родни. Завещала квартиру.

Артем: — А!.. Типичная долгожительница.

Общий легкий смех.

Инна с нарочитой, игровой обидой: — Прошу, однако, всех выпить! Выпить шампанское за мою старушку.

— Смотри, Инна. — Артем делает голос строже. — Смотри за собой. Любить города — опасно. Однажды оглянешься, а ты и есть эта путешествующая старушка.

— Пусть. В Питер хочу.

Артем дружески обнимает ее:

— К братьям Орловым, а?.. Помню-помню!.. Торопись. Братаны ждут.

Батя вдруг, уже без всякого перехода, срывается в прошлое:

— Даже когда чифирили, чай бок о бок... Я спросил его: что ж ты, туманный филолог, все шепчешь и шепчешь мне какую-то хрень. Скажи словами. Я не всегда умею считывать с губ. Отдельные слова!.. А он дожевал хлеб, отер рот и опять, как в дружескую насмешку, сказал стихом:

Быть может, раньше губ уже родился шепот.

Я запомнил слово в слово. Что-то вроде той *невстречи*... А?

Батя развел руками:

— Ляпнул филолог! Тихо-тихо, но представьте себе — так чеканно ляпнул. Так отчетливо. Каждый звук!.. Раньше губ — *шепот*.

Батя отказывался понимать:

— Чего он этим хотел?.. И безотрывно смотрел на меня глаза в глаза.

3

Свечное бдение закончилось. Коля Угрюмцев выскочил из какой-то дальней комнаты. Сматывает запасной провод. Наработался!.. Щелкает выключателем — ура, свет!.. И радостные голоса понесли в подхват полуподвальное эхо: ура!.. Ура-а!.. Ура-а-а!

Инна: — Свет — дело творческое. Так говаривал один лукавый старик, мой бывший коллега.

— Бывший?

— Он умер. Компьютерщик. Известный математик.

Батя: — Что, если я налью всем нам шампанского?.. Все-таки нам дали свет!

Меж тем Коля, давший людям свет и беспрерывно что-то ворчащий, сел поскорее за свой мольберт, и кисточку в руки.

А Инна заметно возбуждена: — Старый математик был мудр, как змей. Меня и других учил новейшим системным программам...

Она перевела дыхание.

— Но вот, к примеру, каким задвинутым, каким недолеченным нашим вопросом он сам задавался... И задавал его другим. Внимание!

— Мы слушаем, слушаем, Инна.

— Он говорил: чтобы добиться или достичь в России того, чего ты хочешь, не надо жить удачей... Чтобы добиться, скажем, правды... справедливости... честного суда... в нашей России не надо жить умно и не надо жить хитро. В России не надо жить ярко. В России не надо жить круто. В России не надо жить тихо-тихо, вглухую. Но и не надо жить шумно...

— Интересный компьютерщик.

— Чтобы посрамить лгущих. Чтобы чем-то высоким себя вознаградить... Чтобы потрогать рукой плоды труда... Чтобы в нынешней России найти и увидеть свою правду... ну, и все-все-все такое... ну?

Инна делает крепкую паузу:

— Ну?.. Вопрос перебрасывается всем: как надо жить?.. Оля!

Ольга: — Не знаю... Допустим, я бы ответила — жить честно.

— Правильно ответила. Хорошее слово. Но для России не заглавное. Ну?.. Еще?

Инна повторяет в паузу:

— Ну?.. Вопрос!.. Как надо жить в России? Чтобы добиться? Ощутить, потрогать плоды?

Батя: — Если бы мне держать ответ, я бы предложил слово «достойно»... В России надо жить достойно.

Инна: — Это, Сергей Сергеич, тоже очень правильное слово. Жить достойно... Жить правдиво... Порядочно... Много правильных слов. Но именно для России?! Для России есть особо правильное. Самое правильное слово!

Артем: — Что касается России, я пас. Ответа не знаю. И никогда не знал... И вот — сдаюсь сразу.

Батя: — Для России есть важное слово — трезво.

— Важное. Но не то.

Батя поднял свои большие руки: — Тогда и я сдаюсь.

— Ну? Еще три попытки... Можно наугад... Ну?.. Как надо жить в России?

— Энергично.

— Нет.

— Благородно.

— Нет.

— Предприимчиво.

— Нет.

Молчание.

Инна смеется: — А ведь ответ есть! Оглушительный ответ старого математика.

— Ну?

— Ну скажи, Инна.

— Нет. Пока что не скажу. Думайте!.. А я пока попридержу... Я его выдам вам в нужную минуту. Зачем бросаться хорошей мыслишкой впустую-вслепую.

Ольга: — Наша хитрая Инна!

— А я вам лучше опять про старушку, что хочет умереть в Питере. Которая подкрасила губы. И распрямилась... У заброшенного памятника. У того старого обелиска, который уже облупился, приржавел, но как-никак, а все еще стоит — вонзился... Как-никак, а воткнулся в небо!.. На обелиске?.. На обелиске написано очень просто. НАМ, БРАТЬЯМ ОРЛОВЫМ. Только и всего.

— Ого!

— Неслабо.

— Однако же были человеки! — то ли восхитился, то ли сыронизировал Артем.

— А мы, Артем, именно так и подумали: «Однако же были мужчины!..» Мы замерли. Мы онемели. Горстка женщин... И мы все распрямились. Смешно!.. Мы сами как обелиски!.. Вздернули плечи. Обморочно, до боли прямили спину. Аж голова шла и шла кругом... Орловых пятеро... Обратите внимание. Все пятеро уже давно в земле. В той самой земле, на которой мы, женщины, стояли.

Коля Угрюмцев издали на минуту поднял от рисования голову: — С-словили к-кайф.

— Да, да, Коля!.. Словили. Поимели свое!.. Всю нашу экскурсионную группу приподняло волной. Вспомнили, что мы женщины!

Ольга: — Так что старушка?.. Инна!.. Меня интересует твоя старушка.

— Старушенция, глядя вверх на заостряющийся железно-каменный столб, красила свои старческие губы... Она попросила у меня зеркальце. Да так требовательно!.. Смотрится в кругленькое маленькое зазеркальное окошечко, красит спекшиеся губочки и цедит... Санкт-Пютюрбююу-у-ург!.. Клянусь, меня дернуло током. Мне прихватило сердце...

Резкий одноразовый звонок телефона.

Ольга стремительно встала, дернулась, делает шаг к аппарату, — но не успела. Телефон смолк. Сестры смотрят друг на друга.

Тишина.

— И подумать только! — продолжает, спохватившись, Инна. — Не одна она. Все мы... Все женщины подкрасили губы. После нее. Как по сигналу. Как в комедии... Все женщины вдруг похорошели. Обычные наши женщины. Они ведь ничего не хотели от этих Орловых. Ничего реального от этих легендарных братанов... великолепных и, вполне возможно, коррумпированных... Ни-че-го!.. Только знать. Знать, что были такие мужчины.

Вольный или невольный упрек, нацеленный в современных мужчин, задевает Артема. Он уже было открыл рот, чтобы ответить...

Но снова телефон. На этот раз три или четыре звонка. Инна опять бросает неспокойный взгляд на сестру... И опять Ольга к телефону не успевает.

Звонки иссякли.

И теперь покаянно взорвался Артем:

— Инна!.. Другие времена!.. Как я могу сравнивать?!. Хоть отдаленно! хоть с самым распоследним Орловым сравнивать себя — перестроечного интеллигента, который помчался с самодоносом в ГБ...

— Самодонос, я думаю, жил всегда, — настаивает Инна. — Почему ж не сравнить?

— А потому, что они Орловы!.. Ах-ах!.. А мы даже не Воробьевы... В воробьях есть хотя бы бешенство обделенных!.. Коллективное бешенство мелких. А мы, даже когда выпьем, — скромный птичий отстойник. Мы, Инночка, если уж сравнивать, Снегиревы, а?.. годится?

Артем насмешливо прихлопнул в ладоши:

— Какая мысль!.. Сне-ги-ре-вы!

— Ага. Школьный учитель не до конца сожрал Артема Константу.

— Увы, Инночка. Сожрал. Да, да, да, я никого не подставил своим самодоносом. Я только себя... Писал для гэбистов о Водометной выставке. Униженно объяснял, что в картинах наших художников крамолы нет... Хотя возможно, кого-то и подставил нечаянно, а? я ведь приводил конкретные примеры... а как же примеры без имен?..

Ольга: — Артем. Ты уже каялся в этом.

— А я не только о себе. У профессиональных, грунтовых стукачей — работа. Зарплата. Они, Оля, хотя бы хлеб в семью... а я?.. Прислали повестку... дохлую бумажку! Сраную бумажку!.. и я побежал... со своей объяснительной. Сам на себя...

Ольга: — Артем. Нам неинтересно.

Инна: — Говори, говори, Артем.

— Спасибо, Инна...

Ольга: — Сергей Сергеич. Не открыть ли нам еще бутылку?

Но Артема не остановить:

— По сути, я был стукач. Сам того не знал — и стучал. Не надо бояться красивого слова... *Стукач самодоносный*. Крепко? красиво?.. У гэбистов такой стукач имеет даже спецназвание. Дрозд.

Батя серьезно занят, возится с пробкой. Шампанское в сильных руках изойдет, зашипит, но не выстрелит.

Заодно Батя спокойно, с хорошим знанием этих суконных дел поправляет Артема:

— Дятел.

— Не дрозд?.. Вы уверены?.. Мне знающие говорили — дрозд.

Голос Бати спокоен: — Дятел.

Артем пускает в ход интеллект:

— Но где логика?.. Ведь дятел стучит беспрерывно, а не только в рабочие часы — от и до.

Оказывается, у Бати с интеллектом тоже в порядке.

— У настоящего самодоносного дятла, Артем Константинович, все часы рабочие.

Артем взывает к Ольге:

— Оля! Оля!.. Не молчи. Скажи хоть что-то. Мне утром уже уезжать. Я тебя... тебя хочу услышать.

Инна: — А что это мы всё о птицах?

Но Артем, кажется, боится, что вечер кончится, вот-вот ляжет ночь, а он так и не выговорился — не высказал свое... все свое!.. этой... этой вышвырнувшей его Москве...

А мысль жжет. Артему хочется итожить, говорить о том, что на наших российских стукаческих просторах только и есть две стороны одной медали — дрозд и дятел!.. Стукач-интеллектуал и стукач-работяга!.. Но кому это интересно? Он мог бы. В куда более живых и ядовитых словах.

— Оля!

— Ты, Артем, сам все сказал — каждую минуту мысленно беседуешь...

— Стучу!

— Стучишь... мысленно беседуешь с неким добреньким следователем.

— Права. В точку... Ах, как ты права, Оля!.. Самодонос — болезнь нашей интеллигенции. Самодонос не прекращается. Ни днем ни ночью... Когда устраиваются на работу. Когда пишут письма. Когда рассказывают анекдоты... Это сильнее тебя и меня. Кругом дырявые, нестойкие людишки. А самое интересное, что и днем и ночью наш интеллигент оправдывает и себя — и своего мысленного следователя, который с нами хорош... Который добр... Который нас поймет... Оля!

— Ты все замечательно сказал, Артем. Я не скажу лучше.

Инна: — Хватит... Хватит... Вы сейчас оба говорите с тем самым следователем.

Батя: — Дятел. Все часы рабочие.

Звонок телефона.

*

Инна первая бежит туда, опережая Ольгу, — и на этот раз они успевают. Инна схватила трубку:

— Максим... Это ты?.. Ольга?!. Не выдумывай. Вы с ней расстались.

Ольга подошла. Нетерпеливо тянется к трубке.

Инна ей негромко: — Ну, хоть выдержи паузу, Оля.

— Нет.

Инна: — А может быть, Батю позвать?.. Позвать?.. Пусть скажет сынку пару горячих слов.

Ольга качает головой:

— Не надо.

Максим кричит в трубку: — Как расстались?.. А ну дай ей телефон!

Ольга берет трубку.

Максим радостно ей кричит. Радостно и яростно! Как всегда, звучен и напорист его энергичный мажорный голос: — Ольк!.. Кукленок! Мы расстались?.. Разве?.. Что ты несешь?!

Ольга молчит.

— Но ведь ты пожалеешь. Еще как пожалеешь!.. Через десять лет, Ольк, я вернусь со своим знаменитым рок-оркестром! Ты будешь клянчить билет на мои концерты...

Ольга не выдерживает:

— Кончено, Максим. Все кончено.

Неизвестно, каких слов ждала Ольга. Но не тех, что услышала.

— ...Я не приглашу тебя даже на репетицию... Минуя твою, трах-тара-рах, Москву, мы из Сибири сразу полетим в Лондон записываться. В Европу! В Штаты!.. Ладно... Я, так и быть, специально тебя приглашу — в отместку!.. Через десять лет, поняла?

— Через десять. Поняла... И пожалуйста, не раньше.

Гневный Максим, услышав отмеренный ему срок, пять и пять, первым бросает трубку.

А Ольга еще некоторое время сжимает трубку цепко застывшей рукой. И как последний колокол — телефонные, прохладно мертвые гудки отбоя.

— Я освободилась, — говорит она вялым шепотом Инне. — Вот и конец.

Сил ей хватило, чтобы правильные слова выговорить. Но не более того.

А Инна, как это, увы, бывает у родных, лишь усугубила, ускорила рвущуюся наружу слепую боль.

— Не плачь... Я с тобой, Оля... Мы поедем в Питер...

И тотчас получила ответный истерический вскрик:

— Смеешься! Издеваешься!.. Какой, к черту, Питер!

— Я...

—Если я еще... Если еще раз я услышу... про Питер... — плачуще, через взрыды кричит, протестует, грозит Ольга.

— Прости меня. Молчу. Молчу...

Ольга плачет.

Ну казалось бы — что ей? Что ей этот дурной, уже отставленный Максим?! Этот заполошный рок-музыкант!.. чужая мелодийка! мелкое музыкальное заимствование!.. А вот ведь больно! А какое жжение у сердца!.. И так жаль себя — самую глупую женщину из всех глупых. Эти повторяющиеся неудачи... эти темные провалы... эти мужчины... они ее достали! Достали!

Больно клокотнув горлом, невнятное выкрикнув, Ольга убегает — туда.

Скорее туда, где никого... Где пустые полутемные комнаты, где ее Кандинский.

Инна останавливает Артема. Устремившегося было за Ольгой... Схватила за руку:

— Не надо. Не ходи за ней... Ни к чему.

*

Из полуподвальных безлюдных комнат доносился теперь затяжной женский плач.

Затем, на смену, временно повисла тишина — еще более гнетущая. И тут же опять плач. И первым не захотел (или не смог) эти Ольгины слезы терпеть молча Батя. Бывалый старик, он попросту вернулся к своему неокончающемуся рассказу, к ямам памяти.

— ...Одно время работал внутрикамерным... К Рогожину меня подсадили в почти полной тьме. Он мне обрадовался! Однорукий Илья Рогожин терпеть не мог одиночную камеру. Перед сном выл... Он почасово знал, что и как с ним будет дальше. Он хотел поскорее в лагерь.

Когда вперебив его слов угрожающе, очередной волной накатывались, неслись рыдания Ольги, Батя примолкал, притормаживал.

А вот Артем, которого к рыдающей не пустили, выражал свое гостевое недовольство: — Инна!.. Что? Она так и будет плакать?

Инна отвечала коротко: — Так и будет.

— Но почему?

— Не знаю. У женщин бывает.

Артем нервно хрустел пальцами рук.

А Батя продолжал свое. Его чуть лающий густой басок спокойно пробивался сквозь женский плач. И как-никак подталкивал вперед их заставшееся время. Которое все они так винили.

— ...Перед сном обязательно выл... Он хотел поскорее в лагерь. Мне не пришлось особо стараться или провоцировать. Рогожин наговорил незнамо чего сам и сразу!.. У меня был голос, которому хочется верить. А Рогожин хотел поскорее в лагерь. Он без конца твердил... Как молитву-самоделку... что главное в жизни — раствориться в людях. Главное — потерять свое «я». Так умно он говорил. У него было как бы наваждение... Забыть себя... Растворить в лагере свое «я». В кислоте. В лагерной вонючей жиже...

Инна сердита, хочешь не хочешь став за хозяйку, озабочена вдвойне — и Ольгой, и этой гостевой уже подступающей ночью. Пора, пора всем им спать!.. Надо уже призаткнуть фонтаны! Разговорились... Дрозды и дятлы. Разогнать всех по своим постелям.

— Вам, Сергей Сергеич, подремать бы? Или нет?

— А?..

Артем наконец вник в ситуацию и готов помочь Инне свернуть вечер. Скатать этот затянувшийся вечер в рулон.

«Это на час-полтора, — думал он о вновь заголосившей Ольге, о недооцененной женской возможности плакать. — Надолго. Надо с этим смириться. И надо... надо заканчивать».

А плач продолжался. Ольга нет-нет и повышала, брала высокую ноту. Эти ее всхлипы, слепые вопли и слезы... где-то там... в темном, неосвещенном углу. С мокрым лицом. С сырым уже полотенцем в руках...

Но затем она снова шла голосом по накатанному, улетая в далекое — уууу-ууу... Промокая жижу у глаз. Ударяясь, а быть может, колотясь там плечом о стену.

Не слышно даже Женю и Женю — примолкли, прикусили языки в своем святом углу.

Зато как только плачущий голос Ольги пунктирно прерывался, как только ее всхлипы и взрыды, казалось, смолкали, все сразу оживали. В очередную паузу Артем отозвал юных.

— Женя и Женя, мы заканчиваем.

— Еще полминуты на фото! Артем Константинович!

Скорая перепалка шепотом:

— Нам важно, важно!

— Финиш, ребятки!

— Да! Да! Финиш! Финиш! — тихонько вопят молодые люди, при этом продолжая спешно фотографировать — стены, углы, картины... все важно!

Но теперь уже Инна решительно поторопила их, пригнала к столу:

— Поешьте чего-нибудь... Женя и Женя. Да, можно руками. Все, что на столе...

Немного лишь не успели. Жалующийся, стенающий вскрик Ольги вновь прорвался, протаранил тишину: уууу-ууу...

У стола стихли.

И так наглядно замерла молодая поросль журналистики. С уже надкусанными бутербродами в руках.

Артем принудительно кормит молодежь: — Они хорошо сегодня потрудились. Молодцы... Не плеснуть ли им по капле?

Женя и Женя шепотом подхватывают: — Захотелось шампанского. Захотелось шампанского.

Батя наливает всем щедро: — Конечно... Шампанское от Марлена. После шампанского хорошо спится.

А Женя и Женя тут же с разговором — цепляются к старику.

— Вы, Сергей Сергеич, рассказывали... Но как-то очень запросто, легко вы произносите —

стукач то, стукач это... Стукач спровоцировал. Стукач донес.

Батя: — Ну да.

— Стукач — это же предатель?

— О господи... Нет, девочка, нет. Работа такая.

Артем поторапливает: — Всё. Всё, ребятки... Стоп!.. Инна! Гони их!.. Покажи им их постели.

Артем, приостанавливая, спрашивает Инну:

— Ольга плачет и плачет... Мои ребятки смогут заснуть? Как думаешь?

— Заснут. Ольга там через три стенки... Ваши постели в дальней комнате.

— Я попросил для них шампанского, чтобы им легче заснуть.

— Я догадалась.

Артема пробила какая-то неуверенность. Конец дня... Слезы Ольги.

— А заснем ли мы?

Инна уводит молодняк. Проходя мимо Коли Угрюмцева, тупо копирующего очередную репродукцию, она не упускает случая пацану внушить:

— Ты, Коля, учись хватке... У Жени и Жени учись. Ты какой-то бескостный... Тебе надо в Питер. Обязательно! Только там станешь мужчиной... Я тебе рассказывала про братьев Орловых?

— Раза ч-ч-четыре.

Артем, отправивший юных спать, один. Шаг за шагом он переместился на пятачок, где родилась (когда-то! в минуту яростного, бешеного вдохновения!) его памятная Речь о цензуре... Он замер.

Слыша смутный, тусклый отклик сломанной своей судьбы.

Сейчас на этом куске земли он один. Никого...

Чистоту и праздную ясность его ностальгии подпортил этот оживший пронзительный женский вскрик. Опять Ольга... Артем машинально зажал уши руками:

— Да что ж она, бедная, плачет!

Сидя за столом, гость гостем, Батя сосредоточился на себе — тоже ностальгия. Он тоже упрямо и по-своему вытаптывает прошлое:

— ...Ум потерял, а приобрел веселость! Ликует сейчас Рогожин по жизни! И пьет как!.. Мы с ним настоящие дружбаны. Приезжаю — он уже ждет. Выпьем — и на мороз!.. Я аж крякаю, как холодно. А он, как настоящий сибирский водошник, тулуп нараспашку... А как он хотел выползти из сумеречной камеры-одиночки в лагерь... Надо, мол, избавиться от «я». Надо опроститься. Во как!.. Надо, мол, принять и разделить народную боль... Перед сном в камере он обязательно выл.

*

Ностальгия — наркотик из дозволенных, слабый, легко сдуваемый, с коротким действием. Артем занервничал. Он подошел, сунулся носом к выставленному мольберту, где присох молчаливый копировальщик:

— Коля... Почему Инна так... спокойна, что ли? И ты тоже. Ольга опять рыдает. Я же слышу.

— Д-да.

— Как будто эти ее слезы — самое обычное дело. Как будто она плачет каждый день.

И следом Артем к Инне, как раз вернувшейся из спальных комнат.

— Давай вызовем белый халат. Надо же что-то делать.

— Не надо.

— Да что ж такое, Инна! Почему такие больные ее слезы?.. Весь вечер! Вызови врача наконец!

— Оля поплачет и успокоится. Успокойся и ты.

— Как? Как я успокоюсь?.. Она не плачет — она же воет. Это даже не истерика. Это вой. Ты что — не слышишь?! Да какой надсадный, больной вой!.. Я сам вызову врача!

Но Инна, будничным движением, берет руки Артема в свои. Держит, стискивает их.

— Я, Инна, вызову! Классного врача! По моим старым московским связям. Я захватил телефоны на житейский случай!

— Артем. Не надо. Поверь... Мы с Олей знаем, как быть и что делать.

Инна в суете, в деле, хозяйка — однако спохватилась: — Нет-нет. Не спешите с сиюминутным уходом... Я ведь не тороплю... Давайте-ка еще выпьем-поговорим. Перед сном... Хотя бы за прощение друг друга выпьем, за примирение. За встречу... Увидимся ли мы когда еще.

— Увидимся ли! — воскликнул на встречном чувстве Артем.

И Батя понимающе кивнул — увидимся ли?.. Молча, по-медвежьи, он сурово потянулся к очередной бутылке. С знакомо шуршащей серебристой шапкой.

— Завтра перееду к себе на Арбат. С утра... Я, Инна, не задержусь... Я передал сибирские подарки — и, можно считать, свободен.

Артем: — А я в Воронеж. Да, да, господа... Уходим спать. Но прежде чем разойдемся, твой прекрасный тост, Инна... За примирение, господа! За всех нас!

Инна: — Получилось, что я спугнула гостей от стола... Повторяю: здесь никто не торопит. Прошу... А Оля... Оля успокоится.

— Да, да. Кажется, она плачет потише.

Артем: — Давайте теперь тихо... тихо и бережно выпьем за тех, кто умеет нас прощать... Грешен! Люблю чокаться!.. Сергей Сергеич! Инна!.. Да, я о себе. Но я рад, что и от меня, упрятанного в черноземы, кое-что осталось... Осталось для нынешних дней. От той моей мысли. Толпа не может, не умеет прощать... Население не умеет прощать... Только народ умеет...

Инна продолжает оставаться всепонимающей хозяйкой: — Лучше тебя никто не скажет, Артем. За народ, который умеет прощать.

— Кажется, Оля плачет тише.

Инна уходит: — Проведаю ее.

Артем: — А вы плохо пьете, Сергей Сергеич.

Батя: — Устал... Да и шампанское — не водка. И все время чувство оторванности. Друзья мои сейчас без меня... Там, в Сибири, они мысленно зовут меня. Я слышу их... Судьбы уже повязаны. Моя жизнь без них — пуста. Их жизнь тоже без меня — недостаточна... И потому они зовут.

— Они, Сергей Сергеич, зовут свое прошлое.

Но старик глухо настаивает:

— Они зовут меня.

В Бате, несомненно, есть что-то симпатичное. Бровищи... Лоб... Что-то Артема в этом старике приманивает — быть может, более взрослый, недоступный пока что для Артема опыт?

И какой у него матерый, никого не тревожащий (а вот сейчас чуть заостренный на дальнюю стену) взгляд:

— Нравится ранний Кандинский?.. На той стене?

В ответ, не умничая, Батя встает из-за стола: — Пройтись бы пять шагов. Размять старые кости.

Артем привстал с двумя полными бокалами. Один из них Бате:

— Вы хорошо сказали про пять шагов.

Оба медленно движутся вдоль скучающего ряда репродукций.

— Вы интересный человек... Объездить всю Сибирь!.. Давайте выпьем. И давайте, Сергей Сергеич, чокнемся. Я почему-то люблю чокаться. В соприкосновении бокалов, в их легком звоне проявляется ценнейшая человеческая готовность — к общению.

— Не задумывался. Но чокаться тоже люблю.

— Кажется, Оля плачет тише.

Звонок телефона.

Инна выскочила, берет трубку: — Да... Да... Как всегда. Занятия в студии начнутся с первого сентября... Лекции... Да, да, уроки рисования, но только с октября. Да, будет приглашенный художник. Аниканов Петр Васильевич...

Артем: — Слышали? Приглашенный художник! Лекция... Заманивают народ! Завлекают!

Батя: — А что? Это плохо?

— Сергей Сергеич!.. Неужели вы, арбатский человек, не помните, как раньше ломился на такие лакомства народ... Только рот открой — мол, будут два правильных слова о Кандинском. Уже бы к вечеру пол-Москвы набежало... Подполье. Настоящий андеграунд!.. Известнейший был московский подвал. И шизы, конечно... Уже со справками... Залеченные психотропными препаратами! Поди тронь! С нелиповой бумажкой из Института Сербского... Тусовка инакомыслящих. Пророки! Гении! Безбашенные поэты и поэтессы! Где они все сейчас? Куда они делись?.. Где их гневные слезы? Где их интеллектуальное мщение? Где их вопли, их злые страдальческие проклятья?.. Я их потерял из виду!.. Вы заметили, с какой скоростью они кончились?.. Рынок сдул их с московской земли в считаные дни. Они исчезли. Рынок их перемолол. Их прикончили ножками Буша! Соевыми дешевыми концентратами!..

Батя тем временем налил еще вина.

— А вот вам забавная мысль, Сергей Сергеич!.. Свобода — несомненно, великая вещь, верно?

— Великая.

— Но согласитесь — иногда хочется вернуться в жесткие старые времена. Хочется, чтобы власть нас малость поприжала... Чтобы опять было подспудное единение... Чтобы вместе!

— Чтобы вместе... Это вы хорошо сказали.

— Хочется, чтоб была не толпа. Чтоб не население. Чтоб был народ.

С наполненными бокалами Артем и Батя достаточно отошли от стола в сторону.

— Чокнемся... Кажется, Оля уже не плачет.

— Стихла.

Понемногу они стол прибирают — Инна и помогающий ей Коля Угрюмцев. Дело несложное — это к столу, а это со стола. А хорошо сегодня бутерброды пошли! Дружно! А потому что сыр... Сыр был лучше обычного.

— А как красиво взрослые мужики выпивают.

— В-вижу.

— Артем в отличной форме.

Но в ответ Коля опять выступил — вылез, как всегда, со своей немотивированной подростковой грубостью:

— К-к-когда они, наконец, свалят отсюда?

— Завтра утром.

— Н-надоели...

Инна: — Что ты ворчишь?.. Умей удивляться, Коля... Смотри, как дружески, как замечательно они пьют!

— П-пойду спать.

— Иди, иди. Спокойной ночи... Ты, Коля, молодец. Ты сегодня хорошо повоевал с электричеством.

Юнец делает шаг-другой, но возвращается к

Инне и указывает на вновь чокающихся Артема с Батей:

— Б-бокалом о бокал. Видишь?.. Знаешь п-почему?.. Им нравится сам звук.

Тихий отдаленный звук соприкоснувшихся бокалов. Батя и Артем как раз выпили.

— Все бывшие с-стукачи любят ч-чокаться. Я давно это з-заметил.

Инна одернула: — Злобный, ворчливый пацан!

— Я не злобный. Я н-н-наблюдательный.

Коля уходит. Он устал. Он валится с ног... Спать! Спать!.. Коля уже ушел, нет его. Но Инне напоследок он успел свое договорить:

— А знаешь, п-почему они любят чокаться?

— Почему?

— Звук.

— И что?

— Стучат п-п-потихоньку.

*

Инна, провожая его:

— Конечно, Коля, ты слишком юный. Но знаешь, что мне теперь мерещится?.. После Артема и после Бати... Смешно!.. Мне вдруг мерещится — я вхожу сюда в комнату, а ты меня не видишь и говоришь... говоришь по телефону не заикаясь. Совсем не заикаясь: «Да, товарищ полковник. Так точно, товарищ полковник...»

— И что, Инна?.. С-с-трашновато?

— Нет. С-с-мешно.

Батя подходит к столу, где осталась теперь только хлопочущая Инна: — Вам помочь?

Но Инна сама уберет невеликий стол: — Спасибо. Спасибо... Отдыхайте. Для женских рук дел совсем немного.

Батя: — Знаете, в Сибири, что касается домашних дел, мужчины совершенно равноправны с женщинами. И посуду, к примеру, моют без напоминания... А как шьют!.. Крепко шьют, солидно. Обычной иглой!.. Я пойду спать. Пора. Мне там замечательно, широко постелили.

Инна: — Пусть вам снятся хорошие сны.

— Хорошие не помешают. Спокойной ночи... Обычной иглой там шьют. Мужчины все умеют. Лагерный след.

Инна: — Я вас провожу, Сергей Сергеич?

— Не надо. Я сам, дочка.

Батя начинает свой медленный уход. Такой таежный, сильный его шаг. Как бы сибирская, как бы свободная, как бы наконец удавшаяся ему по судьбе, вымоленная поступь.

— Сначала мы шли за волками. А потом я сломал ногу, — рассуждает Батя сам с собой. И со своей прощенной жизнью. — Сломал ногу, и теперь волки шли за нами. А Звоницын меня тащил...

Память подзуживает старика на нескончаемые цепкие припоминания:

— Такая вышла в тот день охота — кто кого?.. В тайге человек быстро соображает. Но зверь быстрее... Волки шли следом. Волки охотились. Они понимали. Ого, как они всё понимали! и как грамотно, стаей они нас обложили!..

А мой Звоницын уже выдохся... Я говорю ему в сотый раз, ты меня тащишь, а я тебя сдал гэбистам... А он устал, хрипит, отдыхивается... У-ух. У-ух. И говорит: «Но не волкам же!»

Артем как раз нагнал Батю: — Вы что-то рассказываете? Мне?

— Нет. Просто вспомнил.

— О ком?

Батя пожал плечами:

— Да так... Ни о ком... О той старушке, которая подкрашивала в Питере губы.

Уходя и уже на Артема не оборачиваясь, Батя продолжает:

— Мы все как та старушка. Но что может подкрасить постаревший мужчина? Что могу подкрасить я?.. Ничего... Разве что свою вытоптанную память.

Батя уже ушел.

Из глубины комнат доносятся сходящие на нет его слова: — Есть такой далекий город Красноярск...

Артем: — Ольга смолкла. Ольга не плачет... Ты слышишь?

Инна заканчивает убирать стол: — Конечно.

— Как тихо.

И словно наперекор его словам зазвучала музыка... Играют в другой, в чужой части полуподвала — близко, по соседству.

Артем: — Что это?

Инна: — Гуляют.

— Там опять открылась пивная?

— Да. С сегодняшнего вечера.

— Это ведь хорошо, Инна. Это прекрасно!

— Могут загулять на всю ночь.

Артем: — Пусть! пусть поют-гуляют... Ах, как хорошо. Как хорошо, что и пиво и песни — здесь, в Москве, уже сами собой, а не по приказу!

Инна молчит, и Артем развивает неприжатую мысль:

— Хотя следует отметить, что по приказу у нас, в России, запоминается лучше. Зачастую и исполняется лучше.

— И это говорит воронежский школьный учитель!

— Разве твой любимый Питер построен не по приказу?

— Артем!.. Не трогать святое.

Артем уходит последним. Пора и ему спать:

— Ты права... Я ворчу... Я старею, Инна. Я так быстро, я так стремительно старею... Как жаль жизнь!.. Но все равно, Инна, ты прелесть! И Оля прелесть. Вы обе прелесть!.. Я счастлив, что еще раз в этой глухой жизни пересекся с вами, повидал вас. Спокойной ночи, Инна.

*

Инна одна. Все улеглись спать. Можно поскучать.

— Тихо... Я помню, пришли дядь Петр и дядь Кеша. Когда наш отец только-только вернулся из лагеря. Дядьки пришли к нам день в день. Говорят, они и сдали отца. А теперь пришли... А где-то совсем близко, у соседей, пели... Я как раз из школы. Маленькая... Дядь Кеша и дядь Петр — оба стоят в дверях и держат руки в карманах. А в карманах водка для мира. Они как бы честно, не прячась, встретили отца. А отец, только-только из лагеря, бодро так говорит: «Да проходите, черти!.. Я же вижу, у вас в карманах бутылки!»

Из глубины комнат вышла Ольга. Замедленными шагами к сестре — и спрашивает:

— Кому ты рассказываешь?

— Всему свету.

Ольга села на маленький диван:

— А я устала. От слез... Еле поднялась с постели.

Инна садится с сестрой рядом. Обнимает Ольгу:

— Поплакала?

— Да.

Сестры помолчали. Музыка. Инна осторожно спрашивает:

— «Останься» играют?

— Слышу.

— Не думай о Максиме.

— Забыла.

И еще они помолчали.

— Я ведь, Оля, сама знаю: сейчас там обнищало, бедно. Не то.

— Там — это где?

— Не то и не те. Однако мой коллега-компьютерщик, тот старый математик, он ведь говорил не шутя... Говорил, что Петербург — это наше спасение, наша козырная карта. Петербург — это не город, это не столько город, сколько наш застывший в камне духовный взрыв! И как только смута уляжется... Как только в России всё наше перестанет дергаться и кривляться, Петербург снова «выстрелит» и явит свою высоту!.. Его культура, его улицы и волшебные мосты... и невероятные, грандиозные туманы...

— Туманы? Разве?

— И какие туманы, Оля!.. Неужели ни разу не совпала с туманами? Ты что!.. Нева!.. Площади!.. Великий город, его торжественно-холодноватая белая эстетика... пространство само собой, без всяких усилий родит для издерганной России новое поколение мужчин. Качественно новое... Человек за человеком. Поштучно... И они не побегут, не потянутся косяком в Первопрестольную... Их создадут, вылепят улицы... Мосты... Площади... Почему?.. Почему мне этого так хочется, Оля? Почему мне так ждется?

— Не знаю. Я сейчас опять плакать начну.

— Ты слушаешь, Оля?.. Меня не заботит наша претензия на великость. И мне совсем не в боль наши имперские одышки... хронические! на каждом пригорке!.. Я, Оля, ненавижу кровь. Я холодею от национальной поножовщины... Я скромный камерный человечек. Я маленький. Но при всем этом... При всем этом, Оля, почему я так хочу мужского бесстрашия?

— Ты у нас храбрец.

— Вовсе нет. Женщина может и должна хотеть мужского бесстрашия. И я хочу. Страстно хочу! Не политизированного. Не с оглядкой! Не карикатурного... Хочу высокой мысли, настоящей чести и... и... и настоящего мужского бесстрашия.

Ольга смягчает, сбивает слишком высоко взятую сестрой ноту:

— Я ведь тоже отчасти верю в такой нарисованный твой Питер. В высокую мысль. В благородство и прочее... И я готова, пожалуй, поехать... как-нибудь... на пару дней — и как следует, неспешно пройтись с тобой по туманному Невскому.

— Не обязательно. Но потом, Оля, обязательно в пригороды... посмотрим тот памятник братьям Орловым. А?

— Может быть, все-таки прихватим с собой на прогулку... кого-то еще?.. из питерцев. Из живых. Для нашего сопровождения. Каких-нибудь симпатяг мужчин?

— Ни в коем случае. Только мы. Сестры будут стоять и смотреть на памятник братьям. А?.. Сколько там Орловых?

— Там — это где?

— В Истории?

— Пятеро.

— На нас хватит..

Сестры засмеялись... Вместе... Такой выжданный, такой жадный, такой нужный им сейчас смех!

И смолкли.

— Тс-с.

Вдруг перемигнул свет. И сразу ожил сросшийся, привязанный к мигающему свету Кандинский. Голос, читающий из Кандинского: *«СЛУЧАЙНОСТИ КРАСОК... СЛУЧАЙНОСТИ КРАСОК...»*

Ольга: — Это Батя. Старик где-то провод задел. Бродит туда-сюда... Я едва не наткнулась на него в темноте.

Голос читает спокойнее, тише:

«СЛУЧАЙНОСТИ КРАСОК... ОНИ НАУЧИЛИ МЕНЯ ВЕЩАМ, КОТОРЫЕ НЕ УСЛЫШАТЬ НИ ОТ КАКОГО УЧИТЕЛЯ».

Сестры сидят обнявшись. Притихли.

— На втором углу рычажок задел.

— Пойти выключить?

— Само смолкнет.

Тишина.

Краем комнаты прошел Батя. Действительно он. Старик вроде бы лег спать... Но опять встал. И куда-то слепо идет и идет. Кружит... Разматывая заодно слипшийся клубок своей винящейся памяти:

— ...Звоницын в охоте понимает! У них, в Сибири, на охоту надо выйти рано. Если за волками. Совсем рано. До света...

Инна: — Старик на автопилоте. Сам с собой.

Ольга вступает вдруг агрессивно, со смешком: — Новое поколение? Бесстрашные и благородные?.. Но мы-то с тобой как?.. Мы, Инна, постареем. Еще как! Ты моложе меня, но и ты, Инночка, к той поре постареешь.

— Пусть.

— И что?.. Пожилые симпатичные леди?.. Ждущие новое поколение питерцев?

— Пусть.

— Они придут, а мы старенькие.

— Пусть придут, Оля... И пусть мы их увидим.

— Ты хочешь, чтобы я опять завыла.

— Ты, Оля, красивая. Ты умная. И по сути — неозабоченная... Ты находишь себе мужчину не ища. У тебя даже выбор... Ты когда-то ответила мне — проблема выбора. А голос твой меж тем такой звучный, удачливый, фартовый, женски-сытый... А я?.. Только подбираю за тобой твои промахи. Да и то мимо!.. Однако заметь, Оля, я в кулачок не плачу. И нет у меня слез вером... Я не сдаюсь. Я буду ждать подрастающее поколение.

Ольга закрыла лицо руками.

— Не плачь, Оля... Они обязательно вырастут. Встанут в рост... Бесстрашные наши мужчины.

— Тс-с... Шаги. Слышишь, опять он шаркает.

Батя медленно проходит мимо них, не поднимая глаз — не замечая вжавшихся в диван, притихших сестер.

— ...У охотников в ходу их сибирское словечко *дорассвет*. Выйти на охоту надо рано, *на дорассвете*...

Батя рассказывает самому себе. Его хваткая, фиксирующая память ничего не упустит. Какая фантастическая память!

— ...Когда на немереной черноте горизонта зарождается маленькое бесцветное пятнышко — это значит дорассвет. Пятнышко набирает красноты... Не алый, а этакий слабый брусничный цвет. Так что мы вышли с Звоницыным на волков вовремя. Мы хотели успеть... На самом дорассвете.

— Инна, а как же Москва?.. Воспитала тебя, выучила, дала жилье... Неужели совсем не любишь?

— Я, Оля, женщина. Я люблю Москву, а мечтаю о Питере.

— А как же этот знаменитый трехсестринский зов?

— Зов, если честно, меня не слишком трогал... Согласись, Оля. Слышится надрыв. Еще какой!.. Да, да, да, — я завываю — в Москву-уу-у!.. и опять завываю — уу-у-у!

Обе смеются.

— Ты вся в слезах.

— Плевать.

— Вытри личико, красотка!

— Не хочу.

— А в ласковом «Пи-и-и-итер» никакого завыванья, заметь, нет. Музыка есть!

— Что-то птичье.

— Не птичье, а журавлиное.

— И словно бы издалека...

— Совсем-совсем другое. В Пи-и-итер!.. В Пи-и-итер!.. слышится, да?.. Ну-ка ты попробуй!

— Да ну тебя, Инка. Как ребенок!

— Попробуй. Умоляю.

Ольга пробует, Инна подхватывает.

Обе сестры в унисон. Как в стае. Соревнуясь с журавлями. Перекликаясь:

— В Пи-и-итер!.. В Пи-и-итер!.. В Пи-и-итер!..

И хохочут.

Инна смеется. Ее белая ладонь играет — вытянутая к потолку (к небесам). Одной рукой обнимая сестру, другой Инна машет кому-то поверх. Словно заманивая, зазывая под крышу этого полуподвального дома незлые небесные силы.

— Ну?.. Чтобы самому увидеть высокое и справедливое. Чтобы потрогать. Чтобы самой прочувствовать... Как?.. Как надо жить в сегодняшней России? — спрашивал себя и спрашивал всех нас старый математик.

— И что? Знал ответ?

— Знал.

— Ну и как?..

— Жить честно!.. достойно!.. всё это правильные слова. Но главное слово — как?.. Как надо жить в России, чтобы сбылось?

— Ну не томи... Как?

— Особенное слово. Прямо для тебя, Оля... Прожив одну жизнь, надо начинать жизнь вторую. А прожив ее — сразу и вдогон, не притормаживая, жить жизнь третью...

— Но где же ее взять, эту третью, Инна?!

— Здесь и взять.

— Что-то я никак не пойму.

И тогда Инна объясняет сестре — выдает наконец верное ключевое слово:

— Да, да, дорогая... В России надо жить *долго*.

И отдаленно, из глубины комнат, словно в дополнительный наказ, доносится голос матерого Бати:

— И еще надо выйти, выйти рано... На дорассвете. Обязательно на дорассвете.

Литературно-художественное издание

Маканин Владимир Семенович

ДВЕ СЕСТРЫ И КАНДИНСКИЙ

Ответственный редактор *Ю. Качалкина*
Художественный редактор *П. Петров*
Технический редактор *О. Куликова*
Компьютерная верстка *Г. Павлова*
Корректор *М. Козлова*

ООО «Издательство «Эксмо»
127299, Москва, ул. Клары Цеткин, д. 18/5. Тел. 411-68-86, 956-39-21.
Home page: **www.eksmo.ru** E-mail: **info@eksmo.ru**

Подписано в печать 01.08.2011.
Формат 84 108^1/$_{32}$. Гарнитура «Балтика».
Печать офсетная. Усл. печ. л. 16,8.
Тираж 10000 экз. Заказ № 7666

Отпечатано в соответствии с предоставленными материалами
в ЗАО "ИПК Парето-Принт", г. Тверь, www.pareto-print.ru

ISBN 978-5-699-49974-8